Anne Windkind
Der seltsame Tod des Mr McNab

Schon in jungen Jahren hat Anne Windkind zusammen mit ihrer Großmutter begeistert Edgar-Wallace-Verfilmungen geguckt. Auch wenn sie damals den Inhalt der Filme noch nicht richtig verstanden hat, ist die Leidenschaft für Kriminalromane geblieben. Nun wagt sie selbst den Schritt ins Krimi-Genre, »Der seltsame Tod des Mr McNab« ist ihr erster Roman.

Anne Windkind

Der seltsame Tod des Mr McNab

Ein Fall für Iain Wallace und Oma Trudy

PIPER

Mehr über unsere Autorinnen, Autoren und Bücher:
www.piper.de

Wenn Ihnen dieser Krimi gefallen hat, schreiben Sie uns unter Nennung des Titels »Der seltsame Tod des Mr McNab« an *empfehlungen@piper.de*, und wir empfehlen Ihnen gerne vergleichbare Bücher.

ISBN 978-3-492-50851-3

Für einen direkten Kontakt und Fragen
zum Produkt wenden Sie sich bitte an:
info@piper.de
Redaktion: Birgit Förster
Satz auf Grundlage eines CSS-Layouts
von digital publishing competence (München)
mit abavo vlow (Buchloe)
Covergestaltung: Emily Bähr, www.emilybaehr.de
Covermotiv: Bilder unter Lizenzierung von Shutterstock.com
genutzt (Afotostock, Helen Hotson, Bene_A)
Printed in the EU

Für Nils,
ohne den dieses Buch
niemals fertig geworden wäre.

Liste der Akteure

Iain Wallace	Detective Inspector, Polizeichef von Dunlay
Gertrude »Trudy« Wallace	Seine krimibegeisterte Großmutter
Alistair McNab	Schafhirt
Agatha Browning	Trudys Freundin
Isobel Shore	Trudys Freundin, Vorsitzende des Naturschutzverbandes
Nicholas Carmichael	Ihr Großneffe
Michael »Mike« Sweeney	Bürgermeister von Dunlay
Gwendolyn Gray	Bibliothekarin
Richard Lamb	Police Sergeant
Ben Parker	Police Constable
George Mcleod	Schafhirt, Special Constable, Freund von Richard Lamb
Marcus Larson	Schafhirt
Scott Larson	Sein Sohn
Dean Rodd	Landarbeiter von Alistair McNab
Roy Gilmour	Superintendent, Iains Vorgesetzter

Kapitel 1

Leise vor sich hin fluchend, bückte Iain Wallace sich nach seinem Handy, das glücklicherweise auf ein Büschel Gras und nicht in die danebenliegende Pfütze gefallen war. Er hatte zuvor instinktiv auf das Stechen am Handrücken reagiert und mit voller Wucht dagegen geschlagen, ohne jedoch an das Handy zu denken, das sich zur selben Zeit in seiner Hand befunden hatte. Verdammte Mücken! Iain hatte so früh im Jahr noch nicht mit ihnen gerechnet und deswegen Regel Nummer eins in den Highlands missachtet: Vergiss niemals dein Insektenspray! Schon gar nicht auf einer Schafweide am Morgen nach einem heftigen Regenguss. Am nächsten Tag würde er bestimmt am ganzen Körper mit Stichen übersät sein.

Das Handy hatte zu Iains Erleichterung nichts abbekommen. Er schaute es sich noch einmal von allen Seiten an, konnte aber keine Mängel entdecken. Erstaunt stellte er fest, dass das Gespräch, das er bis eben geführt hatte, schon über fünfzehn Minuten andauerte und dass die weibliche Stimme am anderen Ende der Leitung trotz seines Missgeschicks unermüdlich weitergeredet hatte. Ob es ihr wohl auffallen würde, wenn er einfach auflegte?

»Iain?«, schallte es plötzlich aus dem Telefon. Und dann noch einmal, aber wesentlich lauter: »Iain? Bist du überhaupt noch da?«

»Du musst nicht schreien. Ich bin noch dran.« Dass er

die letzten zwei Minuten verpasst hatte, ließ er unerwähnt.

»Und?«

»Was, und?«

»Kommst du nachher zum Mittagessen?«

»Wie oft soll ich es denn noch sagen? Ich habe heute keine Zeit!«, antwortete Iain gereizt. Wie gern hätte er heute Mittag in der angenehm kühlen Küche ihres Hauses gesessen, noch dazu gut gesättigt und bereit für ein kleines Mittagsschläfchen.. Stattdessen war er am frühen Sonntagmorgen von Police Constable Ben Parker aus dem Schlaf gerissen worden und quälte sich nun durch eine hügelige Weidelandschaft, weil es keine direkte Autoverbindung zum Tatort gab – zerstochen von Mücken und mit Schafmist an seinen guten Lederschuhen. Wahrscheinlich würde er sich auch noch einen Sonnenbrand holen, da sich die Sonne bereits ihren Weg durch die Wolkendecke bahnte.

»Hast du etwa ein Date?« Iain konnte eine gehörige Portion Aufregung und eine Spur Unglauben aus der Frage heraushören und war froh, dass sie nicht wusste, wie es in Wirklichkeit um sein Liebesleben bestellt war. Dieses Thema wollte er mit Sicherheit nicht am Telefon und schon gar nicht heute mit ihr besprechen.

»Ich habe einen neuen Fall«, sagte er stattdessen und wunderte sich, dass sie noch nichts davon gehört hatte. Regel Nummer zwei in den Highlands: Weiß es einer, wissen es alle! Obwohl so mancher genauso wie Iain glauben könnte, dass die Meldung, wegen der PC Parker ihn heute Morgen aus dem Bett geklingelt hatte, nichts weiter als heiße Luft war.

»Ein echter Fall?« Die Aussicht auf ein Verbrechen löste, wie Iain schon vermutet hatte, eine noch größere Aufgeregtheit aus als die Hoffnung, dass er ein Date haben könnte. »Worum geht …?«

Aber Iain kam nicht mehr in die Verlegenheit, eine ausweichende Antwort geben zu müssen, da die Verbindung plötzlich abbrach. Verwundert betrachtete Iain das Handy in seiner Hand – kein Netz. Hätte er das einem seiner Londoner Freunde erzählt! Keiner würde ihm glauben, dass es tatsächlich noch Orte gab, an denen man keine Verbindung zur Außenwelt hatte. Netzempfang war für sie genauso überlebenswichtig wie Atmen.

Iain konnte im Moment allerdings gut darauf verzichten. Ein paar Minuten ohne Empfang waren wie eine kleine Verschnaufpause von seinem Leben. Er konnte es immer noch nicht fassen, dass er mit Anfang dreißig zurück in seine Heimatstadt gezogen war, wenn man Dunlay denn als solche bezeichnen konnte, so wenig Zeit wie er dank seiner Mutter hier verbracht hatte. Am Ende war ihm keine Wahl geblieben. Die einzige andere Option war eine Suspendierung auf unbestimmte Zeit gewesen, aber sein ehemaliger Mentor DCI Watson hatte ihm geraten, sich lieber rarzumachen, bis die internen Ermittlungen abgeschlossen waren. Also hatte Iain beschlossen, statt in London zu sitzen und grüblerisch Däumchen zu drehen, die freie Stelle als Polizeichef von Dunlay, im hohen Norden von Schottland, anzunehmen und vorerst Dorfpolizist zu spielen. Dabei hätte er es besser wissen sollen. Denn nun saß er in Dunlay, dem wohl langweiligsten Ort der Welt, und drehte trotz allem grüblerisch Däumchen. In London hätte es wenigstens mehr als genug Dinge gegeben, die ihn von seinen Sorgen abgelenkt hätten. Das Aufregendste, was in Dunlay passierte, waren die wöchentlichen Bridgeabende im Seniorenheim. Deshalb fiel es ihm schwer zu glauben, dass es hier tatsächlich einen Mord gegeben haben sollte.

Iain nahm einen tiefen Atemzug, dann steckte er sein nutzlos gewordenes Handy in die hintere Hosentasche und konzentrierte sich auf seine Umgebung. Ohne die Möglichkeit, jemanden zu kontaktieren, sollte er sich hier definitiv nicht verlaufen. Iain sah zu dem Hügel hinauf, der hoch vor ihm aufragte und der ihm aus seiner Kindheit vage bekannt vorkam. Dahinter musste sich der Fundort der Leiche befinden. Das hoffte Iain zumindest. Er hatte zu schwitzen begonnen, und die Aussicht, diesen steilen Hügel zu besteigen, nur um dann festzustellen, dass es der falsche war, steigerte Iains Laune nicht im Mindesten.

Schnaufend erreichte Iain die Spitze des Hügels, stützte sich schwer atmend auf den Knien ab und lockerte seine Krawatte. Wann war er nur so unfit geworden? Hatte er nicht Jahr für Jahr die abteilungsübergreifenden Sportwettkämpfe der Londoner Polizei gewonnen und sich damit den Neid vieler Kollegen zugezogen? Und jetzt? Die Schweißflecke unter seinen Armen hatten die Größe von Elefantenohren, das Hemd spannte über seinem nicht mehr vorhandenen Waschbrettbauch, und er keuchte, als wollten seine Lungenflügel kollabieren. Dunlay hatte ihn träge gemacht. Wenig Bewegung und die gute Hausmannskost seiner Großmutter vertrugen sich einfach nicht. Ganz zu schweigen von den vielen Leckereien, die die Frauen der Stadt nahezu täglich in der Polizeistation vorbeibrachten.

Als Iain sich schließlich wieder aufrichtete, musste er sich aber eingestehen, dass sich der Aufstieg gelohnt hatte. Vor ihm, hinter der Steilküste, die südlich von Dunlay lag, funkelte das Sonnenlicht in den sanften Wellen des

Loch Ayren, einem Fjord, der in eine Meerenge mündete, die den Nordwesten Schottlands von den Äußeren Hebriden trennte. Die Inselgruppe konnte man an besonders klaren Tagen mit bloßem Auge sehen, heute aber war sie nur wolkenverhangen am Horizont zu erahnen.

In den übrigen Himmelsrichtungen erstreckte sich, so weit das Auge reichte, Weideland. Das Grün der Gräser war so intensiv, wie es nur nach einem heftigen Regenschauer in Schottland der Fall war. Hier und dort tummelten sich weiße wollige Schafe wie Wolken am Himmel, und ihr Blöken vereinigte sich mit den Schreien der Möwen zu einer einzigartigen Melodie. Richtung Norden konnte Iain noch die Außenzüge von Dunlay ausmachen, während man in Richtung Süden die Spitzen des verfallenen Corrin Castle erkennen konnte. Die salzige Meeresbrise fuhr durch Iains Haare und vermischte sich mit dem zarten Duft der Heideblüten und dem zugegebenermaßen strengen Geruch nach Schafmist.

Das hier war Heimat, und genau das hatte Iain an Schottland schon immer geliebt.

Weniger schön war allerdings die Menschenmenge, die sich in der Senke zwischen Hügel und Steilküste versammelt hatte und aufgeregt hinter einem flatternden gelben Absperrband wartete. Keine fünf Meter davon entfernt, am tiefsten Punkt der Senke, lag ein regloser Körper leicht verkrümmt im Gras. Sein Constable hatte nicht gelogen, es gab tatsächlich einen Toten. Sein Herz machte einen kleinen Satz, das Leben in Dunlay versprach doch aufregender zu werden als erwartet.

Von seinem erhöhten Standpunkt aus konnte Iain außerdem drei Personen in der typischen schwarz-weißen Uniform der schottischen Polizei ausmachen. Den Mann, der ganz am Ende des Absperrbands in der Nähe der Klippe stand, konnte Iain zwar nur undeutlich erkennen, er war sich aber sicher, ihm noch nie zuvor begegnet zu sein. Den schlaksigen jungen Mann, der am Absperrband entlangtigerte und jeden anzählte, der es wagte, seinen Fuß in Richtung Leiche zu bewegen, erkannte Iain allerdings sofort. Ben Parker, sein tüchtiger, manchmal etwas chaotischer Police Constable, dessen feuerrote Haare wie immer unter dem tief ins Gesicht gezogenen Hut hervorblitzten. Der Letzte im Bunde war ein untersetzter Mann, der seinen Polizeihut abgesetzt hatte und so den Blick auf seine angegrauten, am Hinterkopf lichter werdenden Haare freigab. Iain hatte mit Special Constable George Mcleod bisher noch nicht direkt zusammengearbeitet, hatte aber trotzdem das Gefühl, ihn gut zu kennen, da Mcleod den Großteil seiner Zeit im Polizeirevier verbrachte. Für gewöhnlich hockte er dann neben seinem alten Schulfreund Police Sergeant Richard Lamb und lenkte diesen von der Arbeit ab. Die beiden gab es nur im Doppelpack, deswegen irritierte es Iain, dass von Sergeant Lamb heute jede Spur fehlte. Auch wenn Iain es sich nur ungern eingestand, war er froh darüber. Er hatte keine Lust, sich einen weiteren Vortrag über seine eigenen Unzulänglichkeiten anzuhören. Denn obwohl Iain sein Vorgesetzter war, ließ Sergeant Lamb keine Gelegenheit aus, ihn zu kritisieren. Ob es um seine Arbeitsweise, die Art seiner Kleidung oder auch nur darum ging, wie Iain seinen Kaffee trank, der Sergeant konnte aus allem eine dreißigminütige Standpauke machen. Verbesserungsvorschläge natürlich inklusive. Ein klärendes Gespräch war schon lange überfällig, doch bis jetzt hatte Iain noch nicht die Energie dafür aufbringen können. Insgeheim hoffte er darauf, dass es sich mit der Zeit bessern würde. Schließlich war er noch keine drei Monate in Dunlay.

Da Iain sich aber voll und ganz auf den vor ihm liegenden Fall konzentrieren wollte, war die angespannte Situation mit PS Lamb heute zumindest nebensächlich. Er schritt langsam den Hügel hinab, da hatte PC Parker ihn bereits entdeckt, kam auf ihn zugelaufen und hielt ihm als Erstes eine Flasche Wasser entgegen, die Iain dankbar annahm. Etwas neidisch betrachtete Iain das hübsche Gesicht des Constables – unzählige Sommersprossen, aber nicht ein Tropfen Schweiß. Dem jungen Mann schienen weder die Sonne noch die Mücken etwas auszumachen. Unauffällig wischte Iain sich die letzten Schweißperlen von der Stirn.

»Guten Tag, Inspector, sind Sie etwa über die Weide gekommen? Wissen Sie, es gibt einen viel kürzeren Weg …«

»Den kenne ich, danke«, unterbrach Iain ihn und schob alle aufkommenden Erinnerungen an den schmalen Klippenpfad beiseite. Er drehte sich zu der anwachsenden Menschenmenge um. »Was machen die vielen Leute hier? Müssten die heute nicht in der Kirche sein?«

»Die Neuigkeit hat schnell die Runde gemacht. Ein Todesfall ist interessanter als das Gerede von Pfarrer Knox.« Parker zögerte kurz. »PS Lamb möchte allerdings keine Predigt verpassen. Es ist ihm ein Bedürfnis, im Anschluss mit dem Pfarrer jedes noch so kleine Wort durchzugehen und zu analysieren. Deswegen wollte ich ihn nicht behelligen.«

Da Iain nur zu Weihnachten und Beerdigungen in die Kirche ging, kannte er den Pfarrer nicht persönlich. Trotzdem tat John Knox ihm leid. So langsam fragte Iain sich, wer noch alles in den Genuss von Lambs Ergüssen kam.

»Das schaffen wir auch ohne ihn«, bestätigte Iain

schließlich seinem Constable, auf dessen Gesicht sich Erleichterung abzeichnete. »Sie haben sich anderweitig Hilfe geholt, Ben?«

PC Parker nickte beflissentlich. »Special Constable George Mcleod kennen Sie ja bereits, Sir. Das dort hinten ist SC Jimmy Gordon.« Der Constable deutete auf den Mann am anderen Ende der Menschenmenge, der kurz zu ihnen herüberwinkte.

Also ein weiterer freiwilliger Polizist, dachte Iain. Er war froh, dass sie Gordon und Mcleod hatten. Auch wenn Dunlay gewöhnlich nicht einmal Arbeit für die drei offiziellen Polizeibeamten bot, waren die Special Constables, die eingesetzt werden konnten, wenn das Personal knapp war, in diesem Fall mehr als hilfreich.

»Ich habe Superintendent Gilmour bereits telefonisch über den unklaren Todesfall informiert. Er lässt ein Forensikteam aus Inverness hochkommen. Aber es wird ein wenig dauern, bis sie hier sind«, sagte Parker. »Superintendent Gilmour hat mich zudem beauftragt, Ihnen mitzuteilen, dass Sie den Tatort gern schon untersuchen und dokumentieren können, da heute sicherlich kein Team der Mordkommission auftauchen wird.«

Iain sah den Constable mit hochgezogenen Augenbrauen an. Das entsprach nicht dem Protokoll.

Parker errötete und kam ins Stocken. »Ähm ... seine genauen Worte waren: ›Wallace soll sich ein Handy schnappen, ein paar Fotos machen, Fragen stellen und dann gefälligst auf die Forensiker warten!‹« Seine Gesichtsfarbe nahm bei dem Versuch, den rauen Ton des Superintendents nachzuahmen, einen tiefen Rotton an.

Iain nickte. Er hatte sich schon gefragt, wie sich der Umgang mit Gilmour gestalten würde. Kurz und knackig, so wie es aussah.

»Der dem Fall zugewiesene Detective Inspector wird sich bei Ihnen telefonisch melden, damit Sie ihm die bisherigen Erkenntnisse mitteilen können, Sir«, fügte PC Parker unsicher hinzu.

Gemeinsam gingen sie zu der Leiche hinüber. Die Augen des massigen Mannes blickten starr in den Himmel, und sein schütteres graues Haar hing schlaff am Kopf. Die quietschgelben Gummistiefel und der schreckliche, buntgemusterte Wollpulli bildeten einen seltsamen Kontrast zu dem steifen Toten.

»Dann sollten wir wohl ein paar Erkenntnisse für den DI sammeln, nicht wahr?« Iain versuchte die Bitterkeit darüber, dass er nicht mehr selbst in der Mordkommission arbeitete und diesen Fall wieder abgeben musste, aus seiner Stimme zu verbannen. »Also, was haben wir hier, Ben?«

»Das ist …« PC Parker errötete erneut, was seine Sommersprossen nur noch stärker hervorstechen ließ. »Das war«, korrigierte er sich selbst, »Mr Alistair McNab. Achtundsiebzig Jahre alt. Er war der wohlhabendste Schafhirte in der Gegend. Der Besitzer dieses Landes und aller darauf befindlichen Schafe. Wohnte in diesem kleinen Haus an der Ortsgrenze. Keine Angehörigen.«

»Irgendwelche Feinde, von denen Sie wissen?« Da Iain selbst erst vor gut zwei Monaten nach Dunlay gezogen war, war er auf das Lokalwissen seines Constables angewiesen. Dieser zögerte kurz, bevor er antwortete: »Er blieb gern für sich allein, hatte keine Freunde und tat alles dafür, dass es dabei blieb. Aber deswegen wird man doch nicht gleich umgebracht, oder?«

»Und wer hat ihn gefunden?«, fragte Iain, ohne auf die Bemerkung einzugehen.

»Sein einziger Mitarbeiter. Dean Rodd.« PC Parker deutete auf einen kräftigen Mann, der ganz rechts über die Gruppe von Schaulustigen hinausragte. Der Constable gab SC Mcleod einen Wink, woraufhin dieser Mr Rodd unter dem Absperrband hindurchließ und ihn zur Leiche führte.

PC Parker stellte Iain Dean Rodd vor. Es folgte ein kräftiges Händeschütteln – wie immer etwas länger als unbedingt nötig, um abzuschätzen, aus welchem Holz der jeweils andere geschnitzt war. Regel Nummer drei in den Highlands: Ein Handschlag sagt mehr als tausend Worte. Wie stumpfsinnig auch immer sich das anhören mochte. Nach dem ersten vermurksten Handschlag – natürlich mit PS Lamb – hatte Iain es sich angewöhnt, extra kräftig zuzudrücken. Deutlich zu viel war wohl immer noch besser als zu wenig, nahm Iain an. Da Rodd ihn aufmunternd ansah, hatte er den Test offenbar bestanden.

Iain sah sich den Schafhirten genauer an. Dean Rodd war das Abbild eines Nordmanns. Mit seinem kräftigen Körperbau und seinem struppigen, nicht allzu gepflegten blonden Haar sah er aus, als wäre er gerade von einem Wikingerschiff gesprungen. Die Herzen mussten ihm nur so zufliegen. Dass auch er quietschgelbe Gummistiefel trug, verminderte den Eindruck allerdings erheblich.

Neben dem riesigen Schafhirten sah der untersetzte SC Mcleod noch kleiner aus. Das schien ihn aber nicht im Geringsten zu kümmern, ganz im Gegenteil. Seine Mundwinkel waren so weit nach oben gezogen, dass es beinahe grotesk aussah und in der vorliegenden Situation völlig fehl am Platze wirkte.

»Sie müssen meine Begeisterung entschuldigen.« Seine Worte überschlugen sich fast. »Aber es ist alles so aufregend. Ich habe bisher immer nur bei Geschwindigkeitskontrollen oder beim Verteilen von Strafzetteln helfen dürfen. Aber eine Leiche! Hier in Dunlay. Damit hätte ich im Lebtag nicht gerechnet. Ich dachte, die Demonstration am Dienstag wäre das Aufregendste, was mir jemals in meiner Laufbahn als Special Constable passieren würde. Und jetzt das hier. Nur schade, dass dafür tatsächlich ein Mann sterben musste.«

Erwartungsvoll sah er in die Gesichter der anderen Männer, die ihn entgeistert anstarrten.

Im Grunde kannte Iain dieses Verhalten schon. Er hatte genügend Special Constables erlebt, die sich nur deshalb für diese Arbeit begeisterten, weil sie sich mehr Abwechslung in ihrem Leben wünschten. Das hatte allerdings noch nie jemand so unverblümt ausgesprochen.

Nach einem peinlichen Moment der Stille ergriff Iain das Wort. »Mcleod, würden Sie netterweise wieder zum Absperrband gehen und die Leute vom Tatort fernhalten?«

Dieser machte sich sofort eifrig nickend und immer noch grinsend davon, während Iain ihm nachdenklich hinterherschaute und sich fragte, wann er das letzte Mal so viel Begeisterung für seine Arbeit aufgebracht hatte. Auch wenn Mcleods Lächeln unangebracht war, wirkte es nicht böswillig, sondern aufrichtig verzückt, und Iain wünschte sich, selbst wieder so ein Hochgefühl erleben zu dürfen.

»Mr Rodd ...« Iain wandte sich dem jungen Schafhirten zu.

»Dean.« Er schenkte Iain ein Lächeln, das wohl schon so manches Herz erobert hatte. Iain, der kurz aus dem Takt geriet, holte sein Notizbuch hervor, ein Brauch, den er am Anfang seiner Ausbildung aufgeschnappt und auch als Detective Inspector beibehalten hatte. Durch die vertraute Geste fühlte er sich auf Anhieb wohler.

»Also gut, Dean. Sie haben Mr McNab gefunden?«

»Hab meine tägliche Morgenrunde gemacht, Zäune geprüft, Schafe gezählt. Da bin ich über ihn gestolpert.«

»Wann war das?«

»Kurz nach Sonnenaufgang.«

»Können Sie mir eine genaue Uhrzeit nennen?«

»Ich weiß nicht …« Hilfe suchend sah Rodd zuerst die Sonne und dann PC Parker an, doch der zuckte nur mit den Schultern. Augenrollend nahm Iain sich vor, die korrekte Uhrzeit später am Computer nachzuprüfen. Auch wenn Dean Rodd sehr gut aussah, der Hellste war er offensichtlich nicht.

»Und Mr McNab? Machte er gewöhnlich auch eine Morgenrunde?«, fragte Iain weiter.

»Wozu bräuchte er mich dann?«

Auf PC Parkers Gesicht stahl sich ein kleines Grinsen, während Iain versuchte nicht allzu genervt zu klingen. »Und können Sie sich vorstellen, was Mr McNab so früh am Morgen, noch vor Ihrer ersten Runde, hierhergeführt haben könnte?«

»War wahrscheinlich mit John spazieren.«

»John? Könnte ich den vielleicht sprechen?«, fragte Iain in der Hoffnung, einen brauchbareren Zeugen zu finden.

»Schwierig.« Rodd kratzte sich am Kopf.

»Wieso?«

»Little John ist Mr McNabs Hund.« Iain blieb der Mund offen stehen. Am liebsten hätte er Dean Rodd mit seinem Notizbuch geschlagen, als dieser wenig hilfreich hinzufügte: »Hab ihn nicht gesehen, falls du ihn doch befragen willst.«

Iain atmete tief durch. »Eine letzte Frage. Haben Sie die Leiche in irgendeiner Form angefasst?«

»Angefasst?«, fragte Dean Rodd und zog die Stirn kraus, was ihm einen etwas dümmlichen Gesichtsausdruck verlieh.

»Haben Sie die Leiche bewegt oder etwas entfernt?«, formulierte Iain seine Frage um.

Deans Gesicht hellte sich auf. »Er lag auf dem Bauch, superviel Blut am Hinterkopf. Hab ihn umgedreht, um zu gucken, ob er noch lebt. Soll ich euch helfen, ihn wieder zurückzudrehen?«

Der Hüne hatte sich bereits hinuntergebeugt, aber Iain packte seinen kräftigen Arm und zog ihn in Richtung des Absperrbandes. »Nein, vielen Dank, Mr Rodd ... Dean. Sie haben uns wirklich sehr geholfen und dürfen jetzt gehen. Wenn wir noch Fragen haben, melden wir uns bei Ihnen.«

»Cheerio.« Leise vor sich hin summend verschwand Dean Rodd nicht nur hinter die Absperrung, sondern gleich den nächsten Hügel hinauf.

»Dean ist ein bisschen einfach, aber kein schlechter Kerl«, nahm Parker den jungen Hirten in Schutz.

Kopfschüttelnd betrachtete Iain die vor ihm liegende Leiche. »Hoffen wir nur, dass er keine wichtigen Spuren verwischt hat.«

PC Parker schaute aufmerksam zu, während Iain sich neben den leblosen Körper kniete und ihn eingehend betrachtete. Die Untersuchung einer Leiche war kein Hexenwerk. Detective Chief Inspector Watson hatte Iain bei seiner allerersten Mordermittlung eine einfache, aber effektive Vorgehensweise beigebracht – erst den Gesamteindruck in sich aufnehmen und dann ins Detail gehen. Allerdings fiel ihm auf den ersten Blick nichts Ungewöhnliches an dem Toten auf außer dessen grotesker Kleidungsstil. Wenigstens trug der alte Mann zu dem grässlichen Pullover ein einfaches weißes Hemd und eine ebenso einfache braune Hose. Vielleicht war der Pullover ein Geschenk und der alte McNab hatte sich verpflichtet gefühlt, ihn zu tragen? Die gelben Stiefel waren höchstwahrscheinlich Arbeitskleidung, Dean Rodd hatte sie ebenfalls getragen. An den Sohlen klebte feuchte Erde, und an den Schäften waren Wassertropfen und Schlamm hochgespritzt. Der Rest der Kleidung war relativ trocken, aber ohne erkennbaren Grund übersät mit Grashalmen und vereinzelten lilafarbenen Blüten. Möglicherweise eine Folge des Wendemanövers, überlegte Iain. Er bemerkte eine leichte Seitwärtsbeugung des gesamten Körpers, die gewiss durch das Umdrehen entstanden war. Es ärgerte Iain, dass er sich die Wunde am Hinterkopf nicht angucken konnte, da er die möglicherweise am Leichnam vorhandenen Spuren nicht noch mehr verunreinigen oder zerstören wollte, als es womöglich schon geschehen war. Das würde die Obduktion klären müssen. Dafür hatten sie wenigstens einen guten Blick auf das Gesicht des Toten. Die Augen waren leicht aufgerissen, und der Mund war zu einem O geformt.

»Er sieht überrascht aus, nicht?« PC Parker war von hinten an Iain herangerückt und betrachtete den Toten über dessen Schulter.

Iain, der auf die Untersuchung konzentriert war, hatte nur eine gemurmelte Zustimmung für den jungen Polizisten übrig. Da mit dem Auftauchen des Forensikteams nicht so bald zu rechnen war, holte Iain sein Handy aus der Hosentasche und machte einige Fotos, bevor er sich die Leiche im Detail ansah. Wenigstens brauchte er dafür keinen Empfang. Weiter auf den Toten fokussiert, steckte Iain sein Handy zusammen mit seinem Notizbuch zurück in die Tasche und zog dann seine mitgebrachten Gummihandschuhe an. Er fuhr mit den Händen über die Kleidung, nahm aber nur eine leichte Feuchtigkeit wahr, zu wenig, um vom nächtlichen Regen zu stammen.

»Wissen Sie, wann es heute Nacht geregnet hat, Ben?«

»Das müsste zwischen ein und zwei Uhr morgens gewesen sein. Ich konnte nicht schlafen, Mary ist mir einfach nicht aus dem Kopf gegangen, sie arbeitet neuerdings in der Bank ...« Die Wangen des Constables flammten auf.

Iain konnte sich ein Lächeln nicht verkneifen, ging aber nur auf den ersten Teil des Gesagten ein. »Also haben wir zumindest ein Zeitfenster. Die Sonne geht wann ungefähr auf? Um fünf oder sechs? Der Tod muss also etwa zwischen zwei und sechs Uhr morgens eingetreten sein, wenn die Aussage des Schafhirten stimmt.«

Parker nickte beflissen, froh darüber, dass sein Geplapper unbeachtet blieb. Iain hatte inzwischen die Kleidung des Toten abgeklopft und machte sich nun an dessen Hosentaschen zu schaffen. Als er dort nichts fand, zog er McNab die Stiefel aus, was von der Menschenmenge hinter ihm mit einem Raunen quittiert wurde. Aber auch hier war nichts zu entdecken.

»Seltsam, müsste er nicht wenigstens einen Schlüssel dabeihaben? Oder ein Handy?«

»McNab wusste, wie er unerwünschte Besucher von seinem Haus fernhielt, dafür brauchte er nicht einmal abzuschließen. Wobei die meisten Leute das hier sowieso nicht tun, wenn sie nicht gerade den Schlüssel irgendwo am Haus verstecken.« Parker hielt inne und fuhr nach kurzer Überlegung fort: »Ich wette, der alte McNab hat gar kein Handy besessen, er hielt die meiste Technik für neumodischen Firlefanz.«

Iain blickte verwundert zu dem Constable hoch. Da

PC Parker aber nicht weiter auf das Thema einging, fuhr Iain mit der Untersuchung fort und betastete zu guter Letzt das Gesicht, den Hals und die Ohren des Toten, jedoch ergebnislos. Bis auf die mutmaßliche Wunde am Hinterkopf, die er im Moment nicht beurteilen konnte, schien der Tote keine Blessuren zu haben – keine Strangulationszeichen, keine ungewöhnlichen Einblutungen, keine Kratzer an den offenen liegenden Hautstellen – und die Kleidung war intakt. Es gab nichts, was auch nur annähernd hilfreich für die Ermittlungen gewesen wäre.

Iain richtete sich auf. Nach der Betrachtung des Toten folgte nun die der Umgebung. Diese bestand, so weit das Auge reichte, aus Wiese, durchsetzt mit kleinen Pfützen und Schafdung. An den angrenzenden Hügeln fanden sich kleine Ansammlungen von Heidekraut, die gegenwärtig ihre volle Blütenpracht noch nicht entfaltet hatten. Unterbrochen wurde dieser ansonsten unberührte Flecken Weideland von einem Trampelpfad, der quer durch die Senke etwa einen Meter neben dem Fundort der Leiche entlanglief und unzählige Fuß-, Pfoten- und Hufspuren aufwies.

»Nützliche Fußabdrücke zu finden, wird die Hölle werden«, sagte Iain.

»Ich denke, die Arbeit kann man sich sparen«, antwortete der Constable bekümmert. »Sowohl die Einheimischen als auch die Touristen nutzen diesen Weg als Abkürzung zwischen Dunlay und Corrin Castle, von den Klippen aus ist es nur noch eine halbe Meile bis zur Burg.«

»Einfach klasse.« Frustriert schaute Iain sich um. »Und McNab war damit einverstanden?«

»Solange sie ihn und seine Schafe in Ruhe ließen und auf dem Pfad blieben, schon.« Iain hatte den Eindruck, dass das nur die halbe Wahrheit war, kam aber nicht dazu, nachzufragen, da der junge Constable bereits weitersprach: »Als Sie vorhin noch nicht hier waren, habe ich mich mit einigen Leuten hinter der Absperrung unterhalten, aber keiner scheint etwas zu wissen oder etwas Brauchbares gesehen zu haben. Sie sind alle aus reiner Sensationslust hier. Es passiert aber auch nicht alle Tage, dass eine Leiche gefunden wird. Schon gar nicht in Dunlay.«

Seufzend sah Iain sich ein letztes Mal um. Sie hatten die Leiche eines reichen Schafhirten. Die Wunde am Kopf, wenn sie sich tatsächlich so darstellte, wie Dean Rodd sie beschrieben hatte, deutete auf einen Schlag auf den Kopf hin. Ein Tatwerkzeug hatten sie bis jetzt aber noch nicht gefunden. Es gab keinerlei Hinweise auf einen Kampf, und die einzigen Spuren waren Grashalme auf der Kleidung des Toten und die Fußabdrücke von halb Dunlay. Das Geld konnte möglicherweise ein Motiv sein, doch ein Motiv allein reichte nicht aus, um einen möglichen Mörder zu überführen. Dieser Fall war schon jetzt eine Sackgasse, der Albtraum eines jeden Ermittlers. Iain empfand eine gewisse Erleichterung, dass er ihn spätestens morgen wieder abgeben durfte. Sollte sich doch irgendein wichtiger Detective Inspector aus Inverness damit herumärgern.

Innerlich wollte Iain schon mit dem Fall abschließen, als ihm ein paar Meter den Hügel hinauf ein großer, feucht glänzender Stein ins Auge fiel. Wie konnte der Stein noch feucht sein, wenn das Gras drum herum schon vollständig in der Sonne getrocknet war? Iain schritt vorsichtig den Hügel hinauf, dicht gefolgt von PC Parker, als plötzlich ein Tumult ausbrach.

»Ma'am …«, erklang eine Stimme hinter ihnen, um Beherrschung bemüht.

»Komm mir nicht mit Ma'am, Jimmy Gordon. Ich habe dich schon als kleinen Jungen nackt durch den Garten laufen sehen. Nur weil du dich SC nennen darfst, heißt das noch lange nicht, dass du mich herumkommandieren darfst.« Eine aufgebrachte Frauenstimme schallte über die Hügel, gefolgt vom Lachen der Menschenmenge.

Ohne sich umzudrehen, wusste Iain, wer die Szenerie betreten hatte. Nur eine einzige Frau konnte mit nur zwei Sätzen so viel Aufmerksamkeit auf sich ziehen und gleichzeitig einen erwachsenen Mann zum Heulen bringen. Leise stöhnend ging Iain auf SC Gordon zu, um ihn von seinem Leid zu erlösen.

Mitfühlend ergriff er Gordons Schulter, der die scharfe Zurechtweisung von eben aber mit Fassung trug. »Danke, Gordon, ich übernehme ab hier.«

Das ließ sich der Special Constable nicht zweimal sagen und ging mit schnellen Schritten zu den beiden anderen Polizisten und der stetig wachsenden gaffenden Menge hinüber.

»Grandma, wie bist du so schnell hierhergekommen?«, fragte Iain, erhielt aber nur ein Schnauben als Antwort. »Okay, Tante Trudy«, versuchte er es erneut, diesmal mit deutlicher Betonung auf dem Wort Tante.

»Wie böse.« Ihre Augen funkelten ihn zwar an, aber Iain sah, dass ein Lächeln Trudys Lippen umspielte. Als er ein kleiner Junge gewesen war und seine Großmutter gerade einmal Mitte vierzig, hatte sie eine Zeit lang darauf bestanden, dass er sie mit Tante ansprach. Iain konnte sich noch genau daran erinnern, dass er das damals schon idiotisch gefunden hatte und allen Belehrungen zum Trotz bei Grandma geblieben war. Inzwischen nannte er sie meist beim Vornamen und hob sich, obwohl Trudy mit ihren zweiundsiebzig Jahren endlich das richtige Alter dafür erreicht hatte, das Grandma für besondere Gelegenheiten auf.

An sich konnte Iain sie sogar verstehen. Trudy war noch nie der großmütterliche Typ gewesen. Ihr weißblondes Haar war raspelkurz, und auch heute trug sie wieder eine ihrer verrückten Farbkombinationen. Nur Trudy konnte auf die Idee kommen, eine grelle orangefarbene Bluse mit grünen Shorts zu kombinieren. Getoppt wurde das Ganze wie immer von einem Halstuch im Tartan der Familie Wallace – ein grünes Karomuster auf rotem Grund, durchzogen von feinen gelben Linien. Wahlweise trug sie das Tuch statt um den Hals auch um die Hüften, den Kopf oder an ihrem Handgelenk. Ihr Beitrag zum schottischen Kulturerbe, wie sie ständig behauptete.

Durch ihre vor Anstrengung geröteten Wangen wirkte Trudy heute sogar noch jünger, auch wenn sie leicht außer Atem war. Sie musste den ganzen Weg von zu Hause bis hierher gerannt sein, und zwar an den Klippen entlang, ansonsten wäre sie nach ihrem Telefongespräch vorhin niemals so schnell hier gewesen.

Nachdem sie sich einige Sekunden lang angefunkelt hatten, lenkte Iain ein. Er hatte Wichtigeres zu tun, als sich mit seiner Großmutter zu streiten.

»Meine allerliebste Trudy, was hat dich an diesem wunderschönen Frühlingstag an diesen schrecklichen Ort geführt?«

Trudy warf ihm einen letzten genervten Blick zu, bevor sie erwiderte: »Ich wollte mir den Tatort angucken. Im Ort spricht man über nichts anderes.«

»Da dachtest du dir, du kommst in halsbrecherischer Geschwindigkeit hierhergelaufen, und dann was?« Iain schaute sie erbost an. Sie wusste, dass er es hasste, wenn sie den Klippenweg nahm. Er wollte sich gar nicht vorstellen, in welchem Tempo sie den schmalen Pfad entlanggerast war.

»Ich wollte dir meine Hilfe anbieten.«

»Ich brauche keine Hilfe.«

»Deinem Großvater habe ich immer bei seinen schwierigen Fällen geholfen.« Iains Großvater war bis zu seinem Tod der Polizeichef von Dunlay gewesen. Nachdem er am Anfang des Jahres gestorben war, hatte Iain kurz darauf seinen Job übernommen. Sehr zur Enttäuschung von PS Lamb, der wohl schon lange auf eine Beförderung gehofft hatte.

»Erstens habe ich genug Personal, das mir hilft.« Iain deutete auf die drei Männer, die am anderen Ende des Absperrbandes standen und wie der Rest der Schaulustigen ungeniert in ihre Richtung starrten. Sie saugten jedes einzelne Wort auf, das zwischen Iain und seiner Großmutter gewechselt wurde, sicherlich, um es später brühwarm im Ort weiterzuerzählen.

Iain griff nach dem Arm seiner Großmutter und führte sie ein Stück von der Meute weg.

»Zweitens«, sagte er in leiserem Ton, »ist das hier nicht mein Fall. Der Superintendent sucht wahrscheinlich genau in diesem Moment einen cleveren Inspector aus, der die Ermittlung übernehmen wird.«

Schließlich hatte sich doch Verbitterung in seine Stimme geschlichen. Iain hatte es geliebt, bei der Londoner Mordkommission zu arbeiten. Er vermisste das Gefühl, an einer heißen Spur dran zu sein, und den Nervenkitzel, dem Täter immer näher zu kommen, bis er ihn schließlich überführt hatte. In der letzten halben Stunde hatte er sich fast wieder wie er selbst gefühlt, so wenig einladend dieser Fall auch sein mochte.

Trudys Blick wurde weicher. Iain hatte ihr nichts über die Ereignisse in London und das Chaos, das er dort zurückgelassen hatte, erzählt und stattdessen den Tod seines Großvaters als Grund für seinen Umzug nach Dunlay vorgeschoben. Aber seine pfiffige Großmutter hatte es ihm natürlich nicht abgekauft, dass er seine gute Position in London allein ihretwegen aufgegeben hatte.

»Iain, am Ende wird alles gut werden«, sagte sie mit zur Abwechslung beinahe großmütterlichem Ton und fuhr ihm mit der Hand beruhigend über den Arm.

Der Moment währte aber nur kurz, da zu viel Emotionalität laut Trudy nur verweichlichte. Dann war seine gewohnt störrische Großmutter wieder da. »Das heißt aber nicht, dass ich dir nicht trotzdem helfen kann.«

»Du kannst absolut nichts zu diesem Fall beitragen. Es gibt keine Hinweise und keine Zeugen. Die Befragungen werden langwierig und wahrscheinlich im Nichts verlaufen. Und wer weiß, ob es überhaupt ein Mord war«, entgegnete Iain genervt. Den großen Stein, den er gerade hatte untersuchen wollen, ließ er lieber unerwähnt.

»Und die vielen Grashalme auf seiner Kleidung? Er wird sich ja nicht im Gras gewälzt und dann einfach zum Sterben hingelegt haben, oder?«

Iain verfluchte den Scharfblick seiner Großmutter, der mit zunehmendem Alter nicht weniger akkurat geworden war. Schon früher hatte sie sofort erkannt, wenn er irgendetwas ausgefressen hatte.

»Das hat nichts zu bedeuten, Dean Rodd hat ihn umgedreht«, sagte er dennoch.

»Dieser dumme Klotz von einem Schafhirten.« Natürlich kannte seine Großmutter ihn. Wie konnte es auch anders sein? Trudy kannte einfach alles und jeden.

»Und was ist mit Little John?«

»Was soll schon mit ihm sein? Es ist ein Hund, er wird sich irgendwo versteckt haben und irgendwann wieder auftauchen.« Iain verlor langsam die Geduld. Er wollte die Beweisführung abschließen und nach Hause gehen.

Aber Trudy sah ihn skeptisch an. »Hast du Little John schon einmal gesehen?«

»Nein ...«

»Das ist ein Biest von einem Tier. Sein Kopf geht mir bis hier.« Sie deutete auf ihre Schulter. »Eine Mischung aus Bloodhound und Deutscher Dogge.«

»Er kann trotzdem einfach weggelaufen sein.«

Trudy schüttelte vehement den Kopf. »Nein, nein, nein. Little John ist der anhänglichste Hund, den ich kenne. Ich dachte, ich würde ihn schon auf dem Weg hierher hören, weil er neben seinem toten Herrchen sitzt und heult. Aber keine Spur von ihm. Ich sage dir, wer den Hund hat, ist der Mörder.«

Trudy liebte alte Kriminalromane, von Sherlock Holmes bis Miss Marple, sie hatte sie alle gelesen, und Trudys Art, einen Fall aufzuklären, ähnelte offensichtlich den Methoden ihrer alten Helden – ein einzelnes unbedeutendes Indiz herauspicken und daran durch eine weit hergeholte Erklärung den Täter festmachen. Dass Polizeiarbeit harte, zuweilen langweilige Arbeit war und sich die Suche nach einem Täter über Monate, sogar Jahre hinziehen konnte, blieb in diesen Büchern natürlich unerwähnt.

Aber Iain hielt sich mit seiner Meinung lieber zurück, da er seine Großmutter nicht verärgern wollte. Denn wie lautete die überhaupt wichtigste Regel in den Highlands? Hör immer auf deine Großmutter! Allerdings nicht, wenn sie sich in deine Arbeit einmischen will.

»Warum willst du diesen Fall eigentlich so unbedingt aufklären?«, fragte er stattdessen.

»Alistair war ein Nachbar und guter Bekannter von mir.«

Iain zog die Augenbrauen hoch. Er konnte sich nicht

erinnern, dass Trudy jemals irgendjemanden als guten Bekannten bezeichnet hatte. Sobald sie jemanden gut leiden konnte, waren sie Freunde fürs Leben, und die Leute, die sie nicht mochte, fanden kaum Erwähnung. Alistair McNab schien in keine der beiden Kategorien zu passen, und doch war Trudy, im Gegensatz zu den übrigen Schaulustigen, ernsthaft betroffen.

Also gab Iain nach. »Momentan können weder du noch ich irgendetwas unternehmen. Versprichst du mir zu gehen, wenn ich dir im Gegenzug verspreche, dich auf dem Laufenden zu halten, falls es etwas Neues gibt?«

»Nur wenn du mir versprichst, morgen auf jeden Fall zum Mittagessen zu kommen.«

Wie aufs Stichwort knurrte Iains Magen. Wie gern wäre er jetzt mit seiner Großmutter zurück in die Stadt gegangen und hätte sich von ihr bekochen lassen! Da er heute früh keine Zeit mehr für ein vernünftiges Frühstück im *Marianne's* gehabt hatte, hatte ein alter Müsliriegel als morgendlicher Snack herhalten müssen, den Iain im Handschuhfach des Polizeiwagens gefunden hatte und von dem er nicht wissen wollte, wie lange er dort schon gelegen hatte. Bestimmt schon länger als ein Jahr, zumindest nach der Trockenheit und dem fehlenden Geschmack zu urteilen. Aber seine Untersuchung war noch nicht abgeschlossen, und das Forensikteam musste auch noch in Empfang genommen werden.

»Sobald ich den Fall übergeben habe, sollte einem Mittagessen nichts im Weg stehen«, versprach Iain.

Trudy strich Iain zum Abschied kurz über die Wange. »Traue niemals allgemeinen Eindrücken, mein Junge, sondern konzentriere dich auf die Einzelheiten. Finde den Hund, und du findest deinen Mörder!«

Ohne ein weiteres Wort wandte Trudy sich ab und ging in Richtung Klippen davon.

Iain biss die Zähne zusammen, allerdings nicht, weil Trudy schon wieder den gefährlichen Weg über die Klippen nahm. Dieser verdammte Arthur Conan Doyle, dachte er. Hätte er Sherlock Holmes nicht in einer Schreibtischschublade verrotten lassen können? Dann müsste er sich jetzt nicht mit seiner Zitate schwingenden Großmutter herumschlagen.

Kopfschüttelnd ging Iain zu der Stelle, an der er den feuchten Stein gesehen hatte. Er war sich sicher, dass Blut daran war.

Kapitel 2

In den Töpfen auf dem Herd blubberte es, und ein angenehmer Geruch nach Gewürzen und Knoblauch verteilte sich in Trudys Küche. Sie sah auf das Rezept, das Isobel ihr gegeben hatte, und stellte zu ihrer Zufriedenheit fest, dass sie keine Zutat vergessen hatte. Jetzt mussten der Eintopf und das Curry nur noch durchziehen. Trudy drehte die Hitze runter und sah zu ihren beiden Freundinnen hinüber, die sie zum heutigen Mittagessen eingeladen hatte.

Isobel Shore und Agatha Browning saßen an Trudys Küchentisch, auf dem eine Sonderausgabe der *Dunlay Post,* der hiesigen Tageszeitung, lag. Auf dem Titel prangte ein Bild vom Fundort der Leiche. Allerdings kein sehr gutes, soweit Trudy es von ihrem Platz am Herd aus beurteilen konnte. Im Vordergrund tummelten sich unzählige überbelichtete Hinterköpfe, und im Hintergrund, der dunkel und unscharf war, sah man nur zwei undeutliche Gestalten, die am Boden hockten, ganz so, als hätte jemand über die Menschenmenge hinweg fotografiert, statt sich die Mühe zu machen, sich bis zum Absperrband oder auch darüber hinaus vorzukämpfen. Laut Agatha, die die Zeitung mitgebracht hatte, berichtete die Sonderausgabe über den aufsehenerregenden Tod von Alistair McNab, was Trudy allerdings stark bezweifelte. Bis jetzt war das einzig Ungewöhnliche am Tod ihres Freundes der Fundort gewesen, da es sich dabei nicht wie bei den sonstigen Todesfällen in Dunlay um das eigene oder ein Krankenhausbett handelte. Sie konnte sich nicht vorstellen, dass das, was sie gestern am Tatort gesehen hatte, auch nur eine Seite füllen könnte. Stattdessen hatte dieses Revolverblatt Alistairs Tod sicherlich als Aufhänger genommen, um noch einmal ausführlich über das Referendum zu diskutieren, über das am kommenden Sonntag abgestimmt werden sollte, da Alistair als einer der Vorsitzenden des Schäferverbandes direkt in die Abstimmung involviert gewesen war. Dass dafür der möglicherweise gewaltsame Tod eines Mannes ausgenutzt wurde, schien die Redakteure nicht weiter zu stören. Angeekelt ging Trudy zum Tisch hinüber, schnappte sich die Zeitung und warf sie in den Müll.

»Hey«, rief Agatha empört, »die wollte ich noch lesen.«

Agatha war ein wahres Dunlayer Urgestein. Die Witwe des ehemaligen Bürgermeisters hatte zwar nie gearbeitet, sich aber in zahlreichen gemeinnützigen und städtischen Projekten engagiert. Es gab wohl keinen Verein in Dunlay, dem sie nicht angehörte, und kein noch so kleines Stückchen Tratsch, das ihr entging. Agatha war mit ihren achtzig Jahren allerdings schon etwas tüdelig, außen wie innen. Ihr graues Haar stand meist windschief vom Kopf ab, und immer wies mindestens eines ihrer Kleidungsstücke einen Fleck auf. Heute hatte Trudy schon zwei Flecken auf ihrer Hose ausmachen können, die verdächtig nach Schokolade aussahen.

»Da steht doch sowieso nichts drin, was du nicht schon weißt«, sagte Trudy abwinkend.

»Vielleicht hat sich etwas Neues zu Alistairs Tod ergeben«, gab ihre Freundin zu bedenken.

Trudy schnaubte. »Du glaubst doch nicht wirklich, dass

diese Banausen von der *Dunlay Post* auch nur eine Behauptung in ihrer Zeitung recherchiert haben.« Trudy hatte noch immer nicht den Bericht vergessen, den irgendein Schmierfink bei der Zeitung Anfang des Jahres geschrieben hatte, keine drei Wochen nach Seans Tod, als bekannt geworden war, dass ihr Enkel die Stelle als Polizeichef übernehmen würde. Von Vetternwirtschaft und korrupten Polizisten war dort die Rede gewesen, alles Sensationsmache und an den Haaren herbeigezogen natürlich. Aber es gab einfach noch zu viele Einwohner in Dunlay, die keine Außenstehenden in ihrer Stadt haben wollten. Dass Iain in Dunlay geboren worden war und seine ersten Lebensjahre und quasi alle Schulferien hier verbracht hatte, zählte nicht. Seitdem boykottierte Trudy die Lokalzeitung. Sie war nur froh gewesen, dass sowohl Sean als auch Iain den Artikel nicht hatten lesen müssen, da der eine bereits verstorben und der andere noch nicht hergezogen war.

»Agatha, McNab war doch ohnehin nicht mehr der Jüngste. Der ist bestimmt einfach tot umgefallen. Lass uns doch auf Gertrudes Enkel warten. Er wird uns sicher sagen können, ob es irgendetwas Neues gibt«, schlug Isobel vor, die die Einstellung ihrer Freundin der Zeitung gegenüber absolut nachvollziehen konnte. Sie war die Initiatorin des Referendums zur Abschaffung eines alten Viehhaltungsgesetzes und hatte in der Zeitung viel Spott über sich ergehen lassen müssen. Nicht zuletzt auch deshalb, weil einige der Journalisten auf diese Weise Rache an ihrer alten Mathelehrerin nehmen wollten. Isobel, die Trudy in Alter und Größe in nichts nachstand, war ansonsten das genaue Gegenteil von ihr. Sie trug ihr graues Haar in einem strengen Dutt, und ihre farblose Kleidung saß genauso tadellos wie noch zu ihren Lehrerinnenzeiten. Isobel war körperlich zwar nicht mehr ganz so rüstig, aber ihr Verstand war immer noch so scharf und bissig wie eh und je.

»Hast du gehört?«, fuhr sie fort, ohne auf eine Antwort von Agatha zu warten. »Lindsay Morgan will Lehrerin werden. Die armen Kinder!«

»Aber hat sie denn Pädagogik studiert?« Agatha, die für jede Art von Tratsch zu haben war, ging sofort auf dieses neue Häppchen Information ein, und die Sonderausgabe der Zeitung schien bereits vergessen. Trudy bedankte sich mit einem kurzen Kopfnicken bei Isobel, wandte sich wieder ihren Töpfen zu und überließ die beiden Frauen ihrem Gespräch.

»Das ist ja das Schlimme«, ereiferte sich Isobel. »Dafür muss man heutzutage nicht mehr studieren. Die Leute sind froh, wenn ihnen irgendjemand die Kinder für mehrere Stunden abnimmt. Ob sie dabei tatsächlich etwas lernen, ist den meisten völlig egal. Zu meiner Zeit wäre das nicht vorgekommen.«

»Isobel, du übertreibst. Lindsay wird sich bestimmt Mühe geben. Sie ist in meinem Gälischkurs und sehr engagiert.« Agatha wollte immer das Beste in den Menschen sehen, ein Charakterzug, den Trudy besonders an ihr schätzte, auch wenn es manchmal schon an Naivität grenzte.

»Fleiß ist nicht alles«, konterte Isobel.

»Wo wir gerade von Fleiß sprechen«, sagte Agatha und ging direkt zum nächsten Thema über, »dieses nette schwedische Ehepaar, das in der High Street wohnt – ihre Namen sind mir leider gerade entfallen –, das hat sich Bienen geholt. Waschechte Imker bei uns in Dunlay. Toll, oder? Wie ich mich schon auf den ersten Honig freue.

Nicht mehr dieses Zeug aus Südamerika, das es im Laden gibt.«

»Wenn du schon Honig kaufen musst«, erwiderte Isobel, die Veganerin war, widerwillig, »dann bestell ihn doch einfach im Internet.«

»Ach, dieses Internetz. Es macht einfach nicht das, was ich will. Aber immerhin bekomme ich so viel Post von Leuten aus aller Welt, die die verrücktesten Dinge anbieten. Wirklich nett.«

»Du reagierst doch nicht etwa auf diese Spam-Mails?«

»Spam? Wie das Frühstücksfleisch?«

»Ach, Agatha. Du solltest wirklich die Finger von Technik lassen«, sagte Isobel mit einem Seufzen.

Trudy hörte, während sie ab und zu in den Töpfen auf dem Herd rührte, dem Geplänkel ihrer Freundinnen nur mit halbem Ohr zu, da sie nach wie vor über den Tod von Alistair McNab nachdachte. Sie waren in den letzten Monaten gute Freunde geworden, und Trudy konnte noch gar nicht richtig begreifen, dass sie ihn nun nie wiedersehen würde.

»Und hast du das von George Mcleod und Jimmy Gordon gehört?«, fragte Isobel gerade, als Trudy sich gedanklich wieder in das Gespräch einschaltete.

»Nein, was?« Agatha zog erwartungsvoll die Augenbrauen hoch.

»Beide haben gestern Abend versucht, bei Daphne Anderson zu landen. Jetzt, wo sie tatsächlich als Hilfssheriffs agieren dürfen, glauben sie, sie wären der große Fang.«

»Und?«, fragte Agatha neugierig.

»Sie hat natürlich beide abblitzen lassen. Soweit ich weiß, hat sie nur Augen für Pfarrer Knox. Kann ich ihr nicht verdenken; lieber einen Geistlichen als einen Schafhirten oder einen Eisverkäufer.«

»Der liebe George macht doch mit seiner Schafzucht viel Geld, oder etwa nicht?«

»Behauptet er zumindest«, sagte Isobel mit einem skeptischen Blick. »Bei meinen Recherchen für das Referendum habe ich herausgefunden, dass die Schafhaltung bei Weitem nicht mehr so lukrativ ist wie früher.«

»Immerhin ist er im Vorstand des Schäferverbandes. So arm wird er schon nicht sein. Wenn ich ein paar Jahre jünger wäre, würde ich Jimmy Gordon nehmen. So viel leckeres Eis, wie man möchte, hmmm.« Agatha schaute verträumt in die Luft, in Gedanken zweifellos damit beschäftigt, ihre Lieblings-Eissorte auszuwählen.

»Pfarrer Knox ist sicherlich eine hervorragende Partie«, schaltete Trudy sich schnell in das Gespräch ein, bevor Isobel etwas erwidern konnte und womöglich das leidige Thema Schafe auf den Tisch brachte. Sosehr Trudy ihre Freundin dafür bewunderte, wie leidenschaftlich sie sich für das Referendum engagierte, hatte sie dennoch keine Lust, sich heute Mittag schon wieder mit den Nachteilen der Schafhaltung auseinanderzusetzen. Trudy hielt ein letztes schaffreies Mittagessen für nicht zu viel verlangt, bevor sich die nächsten Tage wegen der Demonstration und der Stadtversammlung ohnehin um kein anderes Thema mehr drehen würden. »Allerdings denke ich nicht, dass er momentan auf der Suche nach einer Frau ist«, fügte sie deshalb noch hinzu.

»Wie kommst du darauf?«, fragte Isobel.

»Wie ich höre, sind seine Reden nicht ansatzweise so beliebt, wie er es sich wünscht«, antwortete Trudy. »Richard Lamb hat ihm angeblich eine Liste mit über zwanzig Punkten zukommen lassen, die er für verbesserungswürdig hält. Deshalb hockt der Pfarrer die ganze Zeit in der Kirche und arbeitet an seinen Predigten.«

»Oh, der arme Pfarrer, gestern bei der Messe waren nicht mal zwei Reihen besetzt«, bestätigte Agatha. »Er sah aus, als würde er gleich weinen. Ich habe ihm nach der Predigt mein tief empfundenes Beileid ausgedrückt und ihm den ein oder anderen Tipp gegeben, aber leider musste er ganz schnell weg, weil er irgendetwas vergessen hatte.«

Trudy konnte sich gerade noch davon abhalten, laut loszulachen, und auch Isobels Mundwinkel zuckten nach oben.

Als es unerwartet an der Vordertür klingelte, warf Trudy einen Blick auf die Uhr am Herd. Zehn vor eins. Wer konnte das sein? Nicht nur ihr Enkel, auch alle anderen, die sie besuchten, kamen für gewöhnlich einfach herein. Selbst der Postbote stellte, ohne zu klingeln, die Pakete einfach im Flur ab, wenn Trudy nicht da war. Sie sah die anderen beiden verwundert an und lief zur Tür, traf dort aber zunächst auf ein kleines Hindernis.

»Komm schon, Sherlock, setz deinen dicken Hintern in Bewegung.« Trudys braun-schwarz gestreifter Kater streckte sich erst genüsslich in alle Richtungen, bevor er sich langsam von seinem Lieblingsplatz vor der Tür auf die Beine rollte und dem Essensgeruch in die Küche folgte.

Es klingelte ein weiteres Mal, und endlich öffnete Trudy die Tür. Eine junge Frau in einem langen gelben Kleid, das wunderbar zu ihrer dunklen Haut passte, stand vor der Tür und hielt einen farbenprächtigen Blumenstrauß in der Hand. Ihre schwarzen Locken hatte sie zur Abwechslung nach hinten gebunden, wodurch sie zusammen mit ihrer Brille heute viel eher wie eine Bibliothekarin aussah als sonst.

»Gwen?«, sagte Trudy und runzelte die Stirn.

»Du hattest mich doch für heute zum Essen eingeladen«, sagte Gwendolyn Gray und fügte unsicher hinzu: »Oder etwa nicht?«

Natürlich! Trudy schlug sich mit der Hand gegen die Stirn. Sie hatte Gwendolyn schon vor einer Woche zum heutigen Mittagessen eingeladen, um sie ihrem Enkel vorzustellen. Offiziell selbstverständlich nur, damit Iain ein paar Leute in seinem Alter kennenlernen konnte. Insgeheim hoffte Trudy allerdings, dass er sich verlieben und endlich diese Jamie aus London vergessen würde, der er immer noch nachzutrauern schien. Dumm nur, dass Trudy die junge Frau in dem ganzen Trubel um Alistair einfach vergessen hatte.

»Gwen ... ja ... entschuldige, komm ruhig rein.« Trudy führte Gwendolyn in die Küche, nahm ihr den Blumenstrauß ab und wollte sie ihren Freundinnen vorstellen, doch das schien gar nicht nötig.

»Oh, Gwen. Schön, dich zu sehen. Ich wusste gar nicht, dass du heute mit uns isst«, begrüßte Agatha sie als Erste, während Isobel auf ihre gewohnt herrische Art fragte: »Sind Sie immer noch in der Bibliothek angestellt, Ms Gray?«

»Die Bücher laufen nicht weg, also werde ich es auch nicht tun«, antwortete Gwendolyn der Zweiten, die wiederum anmerkte: »Sie wären viel besser für den Lehrerjob geeignet als diese Lindsay Morgan. Sie sollten darüber nachdenken.«

Gwendolyn blieb es jedoch erspart, Isobel zu antworten, als Trudy ihr einen Stuhl anbot und sich erkundigte, woher sich die junge Bibliothekarin und die beiden alten Frauen denn kannten.

»Ich bin bei Agatha im Gälischunterricht.«

»Und sie ist die beste Schülerin, die ich je hatte«, unterbrach Agatha sie stolz.

»Ich gehe schon seit geraumer Zeit in den Kurs, da ist das nicht schwer«, wiegelte die junge Frau ab. »Und Sprachen liegen mir einfach.«

»Nun stell dein Licht mal nicht unter den Scheffel, Mädchen. Gwen ist ein Sprachgenie, sie spricht neben Englisch drei weitere Sprachen fließend, und wer weiß, wie viele andere sie fast genauso gut beherrscht, es aber nicht verraten will«, teilte Agatha den anderen eifrig mit.

Um nicht noch weitere Lobpreisungen über sich anhören zu müssen, deutete Gwendolyn nun auf Isobel. »Miss Shore kenne ich vom letzten weihnachtlichen Wohltätigkeitsbasar. Der Stand der Bibliothek, an dem ich die ausrangierten Bücher angeboten habe, befand sich genau neben dem Stand des Naturschutzbundes, der Armbänder aus Plastikmüll aus dem Meer verkauft hat. Die Leute scheinen sich genauso wenig für alte Bücher wie für den Schutz der Meere zu interessieren, deshalb kamen wir ins Gespräch.«

»Wie ich Ihnen damals schon gesagt habe: In dieser Stadt wohnen größtenteils Banausen.« Wie gewohnt hielt sich Isobel mit ihrer Meinung nicht zurück. Einigen Leuten, wie Trudy, gefiel das. Anderen hingegen weniger.

»Ich mag es hier«, lenkte Gwendolyn das Thema diplomatisch in eine andere Richtung. »Es gefällt mir viel besser als in Edinburgh. Nicht so groß und laut. Außerdem ist es schön, wenn man seine Nachbarn kennt.«

Isobel schnaubte kurz, sagte aber nichts weiter, während Agatha freudig nickte.

Trudy musste kurz über den starken Kontrast zwischen ihren beiden Freundinnen lächeln, bevor sie zum Herd hinüberging, in die beiden Töpfe spähte und zufrieden nickte. Heute zahlte es sich aus, dass sie immer zu viel kochte, so musste keiner hungrig nach Hause gehen, obwohl sie nun eine Person mehr zum Essen waren. Sie rührte ein letztes Mal in den Töpfen und sah erneut auf die Uhr. Es gab nichts mehr zu tun. Nur Iain fehlte noch.

***

Iains Abend hatte mies geendet und sein Morgen mies angefangen. Er hatte den gesamten restlichen Tag gestern auf McNabs Weide mit Warten zugebracht, und nur sein Pflichtgefühl hatte ihn davon abgehalten, es den anderen gleichzutun und einfach nach Hause zu gehen. Nachdem Iain gemeinsam mit PC Parker den Leichnam mit einer Plane abgedeckt hatte und die Aussicht auf neuen Trubel immer geringer, dafür das Knurren der Bäuche aber umso lauter geworden war, hatte sich die sensationslüsterne Menschenmenge nach und nach aufgelöst. Als der letzte Schaulustige verschwunden war, waren George Mcleod und Jimmy Gordon ebenfalls nach Hause verschwunden, und als es dann nachmittags zu regnen begann, hatte Iain schließlich auch Ben Parker weggeschickt. Der schöne Frühlingstag, den der Vormittag versprochen hatte, war schnell zu einer matschigen und dreckigen Angelegenheit geworden. Und welchen Nutzen hätte es gehabt, wenn sie beide durchnässt wurden? Da die Verantwortung für den Fall in Iains Händen lag, war es auch seine Aufgabe, das Forensikteam aus Inverness in Empfang zu nehmen. Der Constable war allerdings erst gegangen, nachdem er Iain eine Decke, seinen Polizeihut mit integriertem Regencape und eine Handvoll Kekse gegeben hatte, und selbst dann nur äußerst widerwillig.

Stundenlang hatte Iain allein in der nassen Kälte auf einem halbwegs windgeschützten Fleckchen Weide gesessen, den Schafen beim Grasen zugesehen und sein Schicksal verflucht. Erst gegen Abend waren zwei Menschen in Schutzanzügen aufgetaucht. Eine brünette, sportliche Frau stellte sich kurz als Dr. Natalie Stephens vor, bevor sie ohne weitere Nachfragen mit der Untersuchung begann. Von dem dicken, käsebleichen Mann erfuhr Iain nicht einmal den Namen, denn dieser fing, sobald er nach dem Marsch über die Hügel wieder zu Atem gekommen war, an, wüst über die Highlands, idiotische Dorfbewohner, das Wetter und die schlechten Lichtverhältnisse zu fluchen, und hörte nur dann für einige Sekunden damit auf, wenn er Dr. Stephens zur Hand gehen musste.

Die Untersuchung selbst war ernüchternd gewesen. Iain hätte getrost nach Hause gehen können, denn keiner der beiden interessierte sich für einen einfachen Dorfpolizisten und das, was er zu sagen hatte. Als Iain sie auf den blutigen Stein hinwies, den er unberührt an Ort und Stelle liegen lassen und später mit Parkers Regencape abgedeckt hatte, tüteten sie ihn kommentarlos ein und waren nach einer halben Stunde mit einem knappen »Wir melden uns, wenn es Ergebnisse gibt« schon wieder verschwunden.

Iain blieb sprachlos neben der Leiche von McNab zurück. In seiner ganzen Laufbahn als Polizist hatte er noch keine so armselige Tatortuntersuchung erlebt. Und was sollte er jetzt mit dem Leichnam anfangen?

Zu Iains Glück hatte er nach einigen Schritten Richtung Dunlay wieder Netzempfang bekommen und erreichte die Polizeistation nach dem dritten Klingeln, wo PC Parker aber schon mit der nächsten Hiobsbotschaft aus Inverness auf ihn wartete. Die Obduktionssäle und Leichenschauhäuser dort waren völlig überfüllt, sodass McNabs Leiche im Krankenhaus vor Ort untersucht und von der Dunlayer Polizei selbst abtransportiert werden musste. Iain wollte seinen Ohren nicht trauen. Wo war er hier nur gelandet? Das widersprach jeglicher Verfahrensweise, die im Polizeihandbuch stand. Wenigstens war auf seinen Constable Verlass. Er hatte bereits einen Transport und genügend Männer organisiert, um die Leiche in das örtliche Krankenhaus zu verlegen. Erstaunlich schnell und effizient hatten sie die Leiche über die Hügellandschaft in den wartenden Krankenwagen geschafft, und Iain hatte es Parker überlassen, für die sichere Überführung ins Krankenhaus zu sorgen.

Nach einer heißen Dusche und einem warmen Kakao endlich im Bett liegend, hatte Iain sich nur noch auf das Mittagessen bei seiner Großmutter sowie das erlösende Telefonat mit Superintendent Gilmour am nächsten Tag gefreut.

Um dieses Telefongespräch diesmal unter allen Umständen persönlich anzunehmen, war Iain besonders früh aufgestanden und zum Polizeirevier gegangen. Leider erwies sich das als Fehlentscheidung. Statt des Anrufs bekam Iain es mit einem nervtötenden Reporter und dem nörgelnden Sergeant Lamb zu tun. Rory Cullen, ein überambitionierter Schreiberling der hiesigen Zeitung, wartete bereits in der Polizeistation auf Iain und verstand dessen »Kein Kommentar« eher als Aufforderung denn als Zurückweisung. Er bombardierte Iain mit Fragen, die dieser zum jetzigen Zeitpunkt weder beantworten konnte noch wollte. Erst das Versprechen von Sergeant Lamb, den jungen Mann als Ersten zu informieren, falls es Neuigkeiten bezüglich McNabs Tod gab, veranlasste den Reporter zu gehen. Die darauffolgende Diskussion darüber, dass PS Lamb nicht in der Position war, solche Versprechen zu geben, hatte letztlich mit schweren Vorwürfen seitens des Sergeants geendet. Er beschuldigte Iain, ihn bewusst aus dem Fall heraushalten zu wollen, da er ihn auch nicht zu der Untersuchung am Vortag dazugerufen hatte. Dass Iain seinen gestrigen Nachmittag ohne Weiteres mit dem des Sergeants getauscht hätte, ließ Iain unerwähnt und beauftragte ihn stattdessen mit der Befragung und Überprüfung der übrigen Schafhirten der Gegend. Sobald Lamb gegangen war, hatte Iain sich besser gefühlt. Er hatte es auf diese Weise nicht nur geschafft, den Sergeant für den gesamten weiteren Tag außerhalb der Polizeistation beschäftigt zu halten, sondern auch schon einen Teil der Ermittlungsarbeit angestoßen.

Der restliche Vormittag verlief ruhig, und als mittags immer noch kein Anruf vom Superintendent eingetroffen war, beschloss Iain, dass er genauso gut auch zu seiner Großmutter zum Essen gehen konnte. Trudy war eine wunderbare Köchin und besaß somit das magische Talent, Iains Laune, wie schlecht sie auch sein mochte, anzuheben.

Iain lief die kurze Strecke zu Trudys Haus zu Fuß und wollte einfach hineingehen, doch die Tür hakte wie gewohnt. Nicht etwa, weil sie verzogen war oder schlecht geölt. Nein, hinter der Eingangstür lag der fetteste Kater, den man sich vorstellen konnte, ohne die geringste Absicht, sich von der Tür wegzubewegen. Sherlock, benannt nach dem berühmten Detektiv, den seine Großmutter so verehrte, hatte es sich zur Lebensaufgabe gemacht, Iain das Leben schwer zu machen. Es war egal, durch welche Tür er gehen wollte, ob es die Haustür, die Hintertür in der Küche oder auch nur die Badezimmertür war, immer lag Sherlock davor und versperrte den Weg. Aber nicht nur das, wenn der Kater nicht gerade die Türen blockierte, lag er mit einer irritierenden Genauigkeit immer dort, wo Iain langgehen wollte, was Iain schon so manchen blauen Fleck und unzählige Kratzer eingebracht hatte. Gegen niemanden außer Iain hegte Sherlock eine solche Antipathie, das behauptete Trudy zumindest.

Iain stemmte sich deshalb mit etwas Kraft gegen die Tür, bis er sie so weit geöffnet und damit den Kater so weit weggeschoben hatte, dass er in den Hausflur schlüpfen konnte. Sobald Iain das Haus betreten hatte, erhob sich Sherlock gemächlich und verschwand ins Wohnzimmer. Sein Werk war getan.

Kopfschüttelnd und leicht schmunzelnd drehte Iain sich um und ging den langen Flur in Richtung Küche entlang. Jedes Mal überkam ihn dabei das Gefühl, in die Vergangenheit zurückzureisen, denn im Gegensatz zu den übrigen Wänden des Hauses, an denen dicht gedrängt die selbst gemalten Bilder seiner Großmutter hingen, war die linke Wand des Flures von Fotos einer einzigen Person gesäumt – ihm selbst. Allesamt Porträtfotos aus seiner Schul- und Ausbildungszeit. Das neuste zeigte Iain bei seinem Abschluss an der Polizeischule und hing direkt neben der Eingangstür. Auf dem letzten Bild der Reihe am Ende des Flures sah man einen Jungen von sechs Jahren in einer viel zu großen Schuluniform. Iain blieb vor dem Bild stehen. Seine Mutter hatte die Uniform damals zwei Nummern größer gekauft, damit er nicht zu schnell herauswachsen würde und sie nicht sofort wieder Geld für eine neue ausgeben musste. Iain konnte sich erinnern, dass er schon damals das unbestimmte Gefühl hatte, keine wichtige Rolle im Leben seiner Mutter zu spielen. Ein Gefühl, das sich nach seinem Sommer im Krankenhaus nur verstärkt hatte. Wie gering ihre Wertschätzung für ihn tatsächlich gewesen war, hatte er aber erst einige Jahre später erfahren müssen, als er nach ihrem Tod herausfand, dass sie von dem Geld ihres Ehemanns, Iains Stiefvater, Tausende dieser Uniformen hätte kaufen können. Es war niemals um das Geld gegangen, sie hatte schlicht und einfach keine Lust gehabt, sich um ihn und seine Bedürfnisse zu kümmern. Dennoch sah der Junge auf dem Bild zufrieden aus. Seine Welt war trotz allem in Ordnung und noch nicht von den Sorgen des Erwachsenseins überschattet.

Iain versuchte den Gedanken abzuschütteln, als er von Gelächter, das aus dem Esszimmer drang, abgelenkt wurde. Er hatte mit einem ruhigen Mittagessen gerechnet, doch seine Großmutter hatte offensichtlich andere Pläne. Iain konnte nur inständig hoffen, dass es sich nicht wieder um einen von Trudys albernen Verkupplungsversuchen handelte. Daphne, Tiffany, Trixie ... Wo fand sie nur diese Frauen, deren Namen auch noch so perfekt zu ihren Charakteren passten? Nicht, dass Iain an irgendeiner Frau interessiert gewesen wäre, aber nur einmal wünschte er sich eine Person, die in der Lage war, ein vernünftiges Gespräch zu führen, und die in ihm nicht das Bedürfnis auslöste, sich einen Nagel in den Kopf zu rammen. Er beschloss, statt den Stimmen, zunächst dem verführerischen Duft in die Küche zu folgen, wo er seine Großmutter gedankenverloren in einem Kochtopf rührend vorfand.

***

Iain drückte Trudy einen Kuss auf die Wange. »Dein Kater hasst mich. Wenn du mich noch mehr mästest, sehe ich bald so aus wie er und passe gar nicht mehr durch die Tür.« Nichtsdestotrotz nahm er sich einen Kochlöffel, angelte sich ein Stück Fleisch aus dem Topf und steckte es sich in den Mund. Nur um sofort auf der Stelle zu tänzeln und zu prusten.

»Hättest du mich gefragt, hätte ich dir gesagt, dass es heiß ist.« Trudy, die in Gedanken noch halb mit Alistairs Tod beschäftigt war, schlug ihm spielerisch gegen den Arm.

Nachdem Iain das Stück endlich zerkaut und heruntergeschluckt hatte, drückte er ihr noch einen Kuss auf die andere Wange und strahlte. »Lammeintopf? Du verwöhnst mich.«

»War es jemals anders?« Trudy schmunzelte. Manchmal benahm er sich noch wie der kleine Junge, der, statt im Sommer am Wasser zu spielen, lieber mit ihr in der Küche gestanden, ihr beim Kochen zugeguckt und die ganze Zeit aus den Töpfen genascht hatte. Allerdings hatten sich inzwischen einzelne graue Strähnen in sein dunkelbraunes Haar geschlichen.

»Das ist heute aber auch nötig«, entgegnete Iain. »Der Tag gestern hat sich endlos lange hingezogen, und heute …«

»Warte noch kurz mit deiner Erzählung. Ich habe den anderen versprochen, dass sie sich deinen Bericht über Alistair auch anhören dürfen«, unterbrach Trudy ihn.

»Den anderen?« Das Lächeln verschwand von seinen Lippen.

»Meine Freundinnen vom Krimiclub und ein weiterer Gast.« Trudy murmelte die letzten Worte leise vor sich hin. Sie nahm an, dass Iain die Aussicht, eine weitere Frau beim Mittagessen kennenlernen zu müssen, nicht behagen würde. Zum Glück hatte sie ihm sein Lieblingsessen gekocht, und bei Gwendolyn hatte Trudy nach all den Fehlschlägen endlich das Gefühl, die richtige Wahl getroffen zu haben. Sie war sich sicher, dass Iain ihr dankbar sein würde, wenn er erst wieder in festen Händen war.

Allerdings schien er sich an etwas ganz anderem aufzureiben. »Vom Krimiclub? Was denn für ein Krimiclub?«

»Du hast mir doch gesagt, dass ich nicht immer Trübsal blasen und mir eine sinnvolle Beschäftigung suchen soll.« In Wahrheit hätte Trudy ihrem Enkel am liebsten genau das Gleiche gesagt, da von ihnen beiden eindeutig er derjenige war, der sich zu Hause einigelte und seine Aktivitäten und Kontakte auf ein Minimum reduzierte. Aber sei es drum, dann musste sie mit gutem Beispiel vorangehen. »Isobel liest genauso gerne Krimis wie ich, und Agatha war sofort Feuer und Flamme, als sie hörte, dass es um jemanden mit dem gleichen Vornamen geht. Sie ist sowieso in jedem Verein, den Dunlay zu bieten hat. Einer mehr oder weniger, darauf kommt es auch nicht mehr an.«

Iain verzog gequält das Gesicht. »Ich hatte eher an so etwas wie Stricken gedacht.«

»Obwohl ich Miss Marple verehre, wie du sehr wohl weißt, ist dieses ganze Gestricke doch mehr als lächerlich. Für wen strickt sie das ganze Zeug überhaupt? Nein, das mag vor hundert Jahren ganz okay gewesen sein, aber für die moderne Frau ab siebzig ist das heute nichts mehr.« Verstohlen sah sie zum Wohnzimmer hinüber. Die Wolle neben dem Kamin musste unbedingt verschwinden, bevor Iain sie entdeckte. Trudy hatte nach dem ersten Pullover das Stricken gleich wieder aufgegeben. Ihre Hände hatten vom krampfhaften Nadelhalten wehgetan, und das Endergebnis hatte fürchterlich ausgesehen. Sie war sich jedenfalls sicher, dass Alistair den Pullover nur aus Mitleid getragen hatte.

»Außerdem«, fuhr Trudy fort, »ist es doch nur ein Buchclub, in dem wir unsere Lieblingskrimis besprechen. Komm, ich stell sie dir vor.«

Dass es bis jetzt nur ein Buchclub war, weil es noch

keine Fälle gegeben hatte, die aufzuklären sich gelohnt hätte, verschwieg Trudy lieber. Zweifelnd sah ihr Enkel sie an, ließ es dann aber dabei bewenden.

Gemeinsam füllten sie den Inhalt der Töpfe in Schalen und trugen sie ins Esszimmer, wo die drei anderen bereits Geschirr und Besteck verteilt hatten und in ein angeregtes Gespräch vertieft waren. Während Trudy sich setzte, nahm Iain die Schöpfkelle zur Hand und fing an, den Eintopf zu verteilen. Mit jedem Teller, den er füllte, stellte Trudy die betreffende Person vor.

»Agatha kennst du doch sicher noch von früher. Sie ist einfach immer und überall dabei, wenn es in Dunlay etwas zu erleben gibt, und kennt quasi jeden Einheimischen seit der Geburt. Wenn du also irgendwann eine Frage über Dunlay oder einen seiner Bewohner haben solltest, kann sie dir bestimmt weiterhelfen. Aber ihre wahre Leidenschaft gilt der Erhaltung der gälischen Sprache.«

»Genau, ich unterrichte jeden Donnerstag Gälisch im großen Saal der Bibliothek. Der Kurs ist bunt gemischt, fast alle jungen Leute aus Dunlay kommen dort zusammen. Da ist sicher auch für dich etwas dabei.« Agatha zwinkerte ihm vertraulich zu, und Trudy sah, wie eine leichte Röte an seinem Hals hochstieg. Ansonsten ließ er sich allerdings nichts anmerken und machte mit dem nächsten Teller weiter.

»Das ist Gwendolyn. Sie ist Bibliothekarin und nach dem Tod ihrer Mutter von Edinburgh hierhergezogen. Also auch eine kleine Großstädterin wie du.« Iain hielt kurz inne und sah zu Gwendolyn hinüber, zeigte zu Trudys Enttäuschung aber kein besonderes Interesse.

Als er den dritten Teller nehmen wollte, hielt Trudy ihren Enkel zurück. »Nein, für Isobel ist die kleine Schale gedacht. Sie ernährt sich ausschließlich vegan, und das bestimmt schon seit den Achtzigern, als es noch nicht hip oder cool war. Sie leitet sowohl den Tier- als auch den Naturschutzbund im Ort.«

Nachdem Iain Trudys und seinen eigenen Teller gefüllt hatte, setzte er sich ebenfalls. »Ihnen haben wir also diese Demonstration morgen zu verdanken?«

Isobels Gesicht verdunkelte sich. »Was wollen Sie damit sagen, junger Mann?«

»Der Aufwand für so eine Veranstaltung ist enorm. Wir haben nur wenige Polizisten, und die sind hauptsächlich mit dem Absperren von Straßen und dem Beruhigen der Anwohner beschäftigt. PS Lamb arbeitet seit Monaten an der Organisation. Es erscheint mir alles, nun ja«, Iain machte eine kurze Pause, »ein bisschen übertrieben.«

»Übertrieben?«, ereiferte sich Isobel. »Ist der Schutz unserer Natur, unserer Lebensgrundlage übertrieben? Diese Schafe zerstören schon seit Jahrzehnten, nein, seit Jahrhunderten, den guten Boden der Highlands, nur damit ein paar wenige Profit aus ihrem Fleisch und ihrer Wolle schlagen können. Das Referendum ist ein wichtiger Schritt, um die Highlands wieder zu dem zu machen, was sie einmal waren.«

Trudy wusste nicht, ob es Absicht war, aber Iain schob sich genau in diesem Moment ein großes Stück Lammfleisch in den Mund und kaute genüsslich darauf herum. Isobels Nasenflügel blähten sich bedenklich, und die kleine Zornesfalte zwischen ihren Brauen verhieß nichts Gutes.

»Und Sie meinen, so eine kleine Demonstration kann daran etwas ändern?«, fragte Iain, nachdem er den Bissen heruntergeschluckt hatte.

»Was heißt denn hier klein? Wir erwarten mindestens hundert Demonstranten. Mein Neffe Nicholas bringt all seine Freunde aus den umliegenden Gemeinden mit, und Sie würden sich wundern, wie viele Menschen in Dunlay sich für die Einschränkung der Schäferrechte einsetzen. Sogar einige Schafhirten, mit denen ich gesprochen habe, haben ihr Interesse bekundet.« Isobel hatte sich in Rage geredet und war nicht mehr zu bremsen. »Es geht nicht nur darum, die örtlichen Schafhirten zum Verzicht auf ihre Ansprüche zu zwingen, sondern auch darum, neue Naturreservate zu erschaffen. Das wird uns allen zugutekommen. Waren Sie schon mal auf der A835 unterwegs? Dann wüssten Sie, was ich meine.«

Isobel saß Iain mit geschwellter Brust und gerecktem Kinn gegenüber. Trudy war froh, dass er sich diesmal zurückhielt. Sie konnte sich ausmalen, was Iain von einer Demonstration mit hundert Personen hielt. Wenn man aber bedachte, dass Dunlay nur knapp tausend Einwohner hatte, konnte Isobel zu Recht stolz auf ihre Leistung sein.

»Wollen wir nicht über etwas anderes sprechen? Das Thema wird sicherlich noch in der Stadtversammlung morgen für einige Furore sorgen.« Gwendolyn versuchte die Wogen zu glätten und fügte hinzu: »Der Lammeintopf ist übrigens vorzüglich, Trudy.«

»Das Curry auch. Ich danke dir für den Mehraufwand, Gertrude«, stimmte Isobel zu.

Während Trudy beiden dankbar zunickte, spähte Gwendolyn hinüber in die kleine Schale. »Wirklich? Dann würde ich auch gern probieren.«

»Gern, meine liebe Ms Gray!« Isobel schnappte sich begeistert den Schöpflöffel und füllte den Rest des Currys auf Gwendolyns Teller. »Gertrude kocht ohnehin immer viel zu viel. Sind Sie morgen denn auch bei der Demonstration dabei?«

»Nein, leider nicht. Ich muss arbeiten«, sagte Gwendolyn bekümmert. »Aber zu der Stadtversammlung abends komme ich selbstverständlich.«

Bevor Isobel weiter über die Demonstration sprechen konnte, nutzte Agatha, die bis jetzt still ihren Eintopf gegessen und dabei einen ansehnlichen neuen Fleck auf der Vorderseite ihrer Bluse hinterlassen hatte, die Chance und wandte sich an Iain. »Trudy hat uns versprochen, dass du uns etwas zum Tod von McNab erzählst.«

Iain runzelte die Stirn, doch es war Gwendolyn, die das Wort ergriff. »Alistair ist tot?«

Iain schmunzelte zum ersten Mal, seit er sich an den Tisch gesetzt hatte. »Es gibt tatsächlich jemanden in Dunlay, der noch nichts davon gehört hat?«

»Ich hatte keine Ahnung. Ich bin erst heute früh von einer Konferenz nach Hause gekommen und habe mich noch einige Stunden schlafen gelegt, um ... na ja, für den Rest des Tages ausgeruht zu sein.«

»Er wurde gestern früh tot aufgefunden«, informierte Iain sie, ohne auf den nervösen Blick zu achten, den sie mit Trudy wechselte.

»Wie schrecklich!« Gwendolyn schlug sich die Hand vor den Mund. »Der arme Mann.«

»Armer Mann? Ha, dass ich nicht lache. Ein alter Griesgram und Nutznießer der Missstände des Staates war er«, sagte Isobel.

»Isobel, jetzt übertreibst du aber«, wies Trudy sie zurecht. Auch wenn sie wusste, dass Alistair bei vielen Leuten nicht sehr beliebt gewesen war, konnte sie nicht zulassen, dass man so herablassend über ihren toten Freund sprach.

»Na ja«, schaltete Agatha sich ein und stellte sich zu Trudys Überraschung auf Isobels Seite, »er war wirklich kein sehr netter Mensch. Immer so für sich allein. Wollte mit keinem reden außer mit seinen Schafen und diesem großen Hund. Hat sich für nichts im Ort interessiert außer für den Schäferverband. Und denk nur daran, was er Jahr für Jahr mit den armen Kindern angestellt hat.«

»Das sind doch alles nur Gerüchte!«, rief Trudy, während Gwendolyn schniefend sagte: »Wie kann man nur so über einen Toten reden? Zu mir ist er immer nett gewesen und hat mir sein Land und die Schafe gezeigt. Er wollte mir dieses Jahr sogar zeigen, wie man Schafe schert.«

Agatha tätschelte beschwichtigend Gwendolyns Arm. »Schon gut, Liebes. Er hatte wohl einen Narren an dir gefressen, und das spricht natürlich für ihn. Das ändert allerdings nichts daran, dass er zu anderen Leuten manchmal sehr garstig war.«

»Manchmal? Ich würde sagen, immer«, korrigierte Isobel.

Trudy war fassungslos. Zu Seans Lebzeiten hatte sie kaum einen Gedanken an Alistair McNab verschwendet. Erst nach dem Tod ihres Ehemannes hatte sie Alistair zufällig bei einer einsamen Wanderung in den Mooren getroffen, und er war ihr in ihrer Trauer zu einer großen Stütze geworden. Nie hätte sie vermutet, dass er so viel Feindseligkeit auf sich gezogen hatte, dass selbst die gutmütige Agatha kein gutes Haar an ihm lassen wollte.

Gwendolyn standen inzwischen Tränen in den Augen, aber sie sagte nichts mehr. Stattdessen wühlte sie wahllos in ihrer Tasche herum, bis Iain, der bislang geschwiegen hatte, ihr ein Taschentuch vor die Nase hielt. Dankbar nahm Gwendolyn das Taschentuch an und trocknete sich damit die Augen.

»McNab scheint eine sehr polarisierende Persönlichkeit gewesen zu sein«, sagte Iain diplomatisch. Trudy hatte jedoch bemerkt, wie begierig er die Informationen in den letzten Minuten aufgesaugt hatte. Ganz so, als würde er sie sich für einen späteren Zeitpunkt abspeichern. »Ich kann nur wenig zur Diskussion beitragen, da ich ihn nicht gekannt habe«, fuhr er fort, »und zum laufenden Fall darf ich mich leider nicht äußern.«

Seine Worte lösten fast noch einen größeren Tumult aus als zuvor.

»Iain, du kannst uns doch nicht einfach so auf glühenden Kohlen sitzen lassen!«, beschwerte sich Trudy, und die beiden älteren Frauen stimmten aufgebracht mit ein, während Gwendolyn vernehmlich in ihr Taschentuch schnaubte.

Iain hob beschwichtigend die Hände. »Polizeiinterne Informationen dürfen nicht an Außenstehende weitergegeben werden«, sagte er, und Trudy kam es so vor, als zitierte er einen auswendig gelernten Text aus dem Polizeihandbuch. »Aber ich kann euch insofern beruhigen, als dass es auch nicht viel zu wissen gibt.«

»Das kann doch nicht sein!«, rief Trudy. »Habt ihr denn keine Tatwaffe gefunden?«

Agatha fügte unterstützend hinzu: »Genau, in jedem guten Krimi gibt es eine Tatwaffe.«

»Und Zeugen«, warf nun auch Isobel ein. »In jeder Kriminalgeschichte gibt es Zeugen. Hat denn wirklich niemand etwas gesehen?«

»Aber das hier ist kein Krimi.« Iain ließ seinen Kopf frustriert sinken. »Bis jetzt gibt es keine Tatwaffe, keinen Zeugen, keinen brauchbaren Hinweis. Ich bin nur froh, wenn das zuständige Ermittlerteam auftaucht und ich den Fall endlich abgeben darf.«

»Weißt du, wer den Fall übernehmen wird?«, fragte Trudy neugierig.

»Bisher hat sich noch niemand bei mir gemeldet, und solange das nicht passiert, sitze ich einfach hier und warte.« Iain lehnte sich in seinem Stuhl zurück, holte sein Handy aus der Hosentasche und legte es demonstrativ auf den Tisch. Genau in diesem Moment fing das Telefon an zu klingeln. Das Display zeigte eine unbekannte Nummer.

Kapitel 3

Unter den neugierigen Blicken von Gwendolyn und den drei alten Damen sprang Iain vom Tisch auf und lief in Richtung Hintertür. Dabei stolperte er über Sherlock, der Iain erst anfauchte und dann mit einem fiesen Grinsen bedachte.

Erst als Iain im Garten seiner Großmutter stand, nahm er das Gespräch an. Noch bevor er seinen Namen sagen konnte, dröhnte eine tiefe Männerstimme aus dem Handy.

»Wallace, warum dauert das so lange? Ich habe nicht den ganzen Tag Zeit.« Superintendent Roy Gilmour war ein großer, raubeiniger Glasgower, der kein Blatt vor den Mund nahm und vor allem eins von seinen Untergebenen einforderte: Respekt. Iain hatte ihn erst einmal persönlich getroffen und war nicht sonderlich erpicht darauf, die Begegnung in näherer Zukunft zu wiederholen. Bei seinem Vorstellungsgespräch im Januar war Iain immer mehr in sich zusammengesunken, nachdem Gilmour angefangen hatte, jede noch so kleine Verfehlung aufzuzählen, die Iain sich in seiner Zeit als Polizist geleistet hatte, bis hin zu dem Eklat, der Iain letztlich dazu bewogen hatte, sich für die Stelle in Dunlay zu bewerben. Er hatte sich schon unverrichteter Dinge nach London zurückfahren sehen, als Gilmour ihn völlig unerwartet direkt einstellte. Seitdem war für Iain eins absolut klar: Der Superintendent würde unter seiner Führung keine Verfehlungen dulden.

»Es tut mir leid, Sir, ich musste zuerst einen ruhigen Ort finden.« Betty, eines der beiden Schafe seiner Großmutter, fing an, an Iains freier Hand zu lecken, während Cosmo, das andere Schaf, im Hintergrund blökte und die Hühner zum Gackern animierte. Iain wischte sich missmutig die Hand an der Hose ab, bevor er sich damit das Ohr zuhielt. »Ich habe Ihren Anruf erwartet, Sir. An wen darf ich mich mit der Übergabe des Falles wenden?«

»Niemanden! Sie werden den Fall übernehmen!«

»Aber … aber …« Iain war sprachlos. Er war nicht ohne Grund zum Dorfpolizisten degradiert worden, und eine Mordermittlung ohne einen Detective Chief Inspector der Mordkommission war unvorstellbar. Nicht zum ersten Mal überkam Iain das Gefühl, dass die Dinge in Schottland nach ihren eigenen Regeln abliefen.

»Kein Aber. Sie sind mein Mann. Ich kann absolut niemanden hier entbehren. Dieser Serienmörder bringt uns an den Rand unserer Kapazitäten.« In den rauen Ton des Superintendents mischte sich eine fühlbare Gereiztheit angesichts der Tatsache, dass sie den Mörder, der in den letzten Wochen siebzehn Frauen in und um Inverness umgebracht hatte, immer noch nicht gefasst hatten.

»Aber, Sir …« Iain schossen tausend Gründe durch den Kopf, warum gerade er nicht der richtige Mann für diesen Job war, aber er wurde sofort von Gilmour unterbrochen.

»Was habe ich gesagt?«, schnauzte er ins Telefon, »kein Aber! Sie haben doch Erfahrung, Wallace, Sie sind ab sofort meine Ein-Mann-Mordkommission. Bei Ihrem Ruf haben Sie den Täter morgen schon in der Tasche.«

Iain wusste nicht, ob er sich geschmeichelt fühlen oder das Ganze als einen Scherz abtun sollte. »Ich habe noch nie ohne einen DCI gearbeitet.« Iain versuchte die leichte Panik, die in ihm aufstieg, aus seiner Stimme zu verbannen. »Ich habe noch nie allein ermittelt, Sir.« Er konnte sich des Eindrucks nicht erwehren, dass es sich hierbei um irgendeine Art Test des Superintendents handelte.

»Einmal ist immer das erste Mal. Außerdem sind Sie nicht allein. PS Lamb und Ihr Constable – Porter, Peters oder wie auch immer er heißt – werden Sie unterstützen. Wie schwer kann es schon sein, in dem kleinen Ort einen Mörder zu finden. Wenn es denn überhaupt ein Mord war, am Ende hatte der arme Teufel wahrscheinlich nur einen Herzinfarkt.« Und ohne eine Antwort abzuwarten, verabschiedete der Superintendent sich: »Ich muss jetzt los, meine Sekretärin klärt Sie über alles Weitere auf. Und grüßen Sie Trudy von mir.«

Ungläubig starrte Iain auf sein Handy, das Desinteresse, mit dem dieser Todesfall behandelt wurde, erschütterte ihn mehr als der Tod selbst. Auch wenn es sich bei dem Toten nicht um eine junge Frau aus Inverness, sondern nur um einen unbeliebten Tattergreis aus einem kleinen Ort in den Highlands handelte, hatte er es doch verdient, dass ihm Gerechtigkeit widerfuhr. Aber auf Unterstützung aus Inverness war offenbar nicht zu hoffen.

Iain ließ mutlos die Arme sinken und störte sich nicht einmal daran, dass Betty, die nur auf ihre Chance gewartet hatte, von Neuem anfing, an seiner Hand zu lecken.

»Hallo?«, tönte eine helle Frauenstimme aus Iains Handy, und obwohl sie gar nicht wie seine Großmutter klang, hatte ihr genervter Tonfall eine erschreckende Ähnlichkeit mit Trudys während des Telefonats gestern früh.

»Hallo, sind Sie noch dran?« Ganz ohne Zweifel Gilmours Sekretärin.

Iain hielt das Telefon wieder an sein Ohr und antwortete schwach: »Ja, ich bin hier.«

»Gut, dann können wir es ja hinter uns bringen. Der

Super bemüht sich, Ende der Woche ein oder zwei Polizisten für den Fall freizumachen. Ich würde mich aber nicht darauf verlassen. Gilmour hat Sie wahrscheinlich längst wieder aus seinen Gedanken verbannt. Die Obduktion von Alistair McNab findet heute Nachmittag um fünfzehn Uhr im Krankenhaus von Dunlay statt. Wie Sie bereits wissen, sind alle unsere Abteilungen derzeit stark überlastet, deshalb wird ein ortsansässiger Arzt die Obduktion durchführen.«

Iain konnte zu seinem Ärger nicht verhindern, dass Bilder von verhassten Krankenhausfluren und rücksichtslosen Ärzten vor seinem inneren Auge auftauchten, musste sich aber zum Glück nicht allzu lange damit auseinandersetzen, da Gilmours Sekretärin, an die er sich nur noch dunkel vom Vorstellungsgespräch erinnern konnte, schon dabei war, in ihrer effizienten, emotionslosen Art weiterzusprechen.

»Das dürfte alles sein. Bei weiteren Fragen wenden Sie sich direkt an mich, nicht an Gilmour. Ich verbinde Sie jetzt mit der Forensik.«

Ohne einen Abschiedsgruß legte sie auf und ließ Iain abermals sprachlos zurück. Passierte das gerade wirklich? Nur das leichte Knabbern an seinen Fingerspitzen, zu dem Betty inzwischen übergegangen war, überzeugte Iain davon, dass er nicht träumte. Die einschläfernde Wartemusik, die nun aus dem Handy erklang, verstärkte die Absurdität der gerade geführten Telefonate. Es gab keine offizielle Mordkommission, keinen behördlichen Gerichtsmediziner und keinen vernünftigen Detective Chief Inspector. Es gab nur Iain und einen Todesfall, der, außer dass Alistair McNab wohl keinen Beliebtheitswettbewerb gewinnen würde, nicht den geringsten Ansatzpunkt bot. Iain konnte nur missmutig hoffen, dass das Forensikteam trotz der mageren Untersuchung etwas herausgefunden hatte.

Die Wartemusik verklang, und Iain hörte ein Klicken in der Leitung, gefolgt von einem genervten Aufstöhnen. »Ja?«

»Hallo, hier ist Inspector Iain Wallace aus Dunlay, die Sekretärin von Superintendent Gilmour hat mich bezüglich der Forensikergebnisse von gestern an Sie verwiesen.« Wenigstens er wollte ein Mindestmaß an Professionalität wahren.

»Gestern?« Die unbekannte Stimme klang gelangweilt.

»Ja, die Leiche auf der Weide. Dieser alte Mann.«

»Ach das!« Iain vernahm das unverkennbare Knistern einer Chipstüte. »Ist noch nichts da.«

»Was soll das heißen, es ist noch nichts da?«, fragte Iain zunehmend verärgert.

»Hören Sie, wir haben bei dem schlechten Wetter gestern zwei Stunden da hoch gebraucht, und dann mussten wir auch noch durch die Hügellandschaft kraxeln und uns von Mücken zerstechen lassen. Die Überstunden hätte ich hier im Labor sinnvoller zubringen können. Aber nein, wir müssen durch den Regen kriechen und sinnlose Proben von einem altersschwachen Sack nehmen, nur damit so ein Dorfpolizist wie Sie Cowboy spielen kann.«

»Jetzt hören Sie mir mal gut zu«, platzte es aus Iain heraus, und Betty machte erschrocken einen Satz zur Seite. »Auch wenn Sie glauben, Inverness wäre der Nabel der Welt, und Sie sich gerade für einen tollen Macker halten, weil Sie an der Jagd nach einem Serienmörder beteiligt sind, sind Sie doch nur ein armseliges Würstchen, das in einem Labor in einer schottischen Kleinstadt sitzt. Also machen Sie endlich Ihren Job, und bewegen Sie Ihren fetten Arsch an den Schreibtisch, um die verdammte Akte für mich herauszusuchen!«

Die erste Reaktion war ein undeutliches Gemurmel, durchsetzt von einigen saftigen Schimpfwörtern. Dann aber folgte das Quietschen eines Schreibtischstuhls und das leise Tippen auf einer Tastatur. Ein wenig schämte Iain sich, dass er die Beherrschung verloren hatte, aber die Gleichgültigkeit und die Überheblichkeit des Forensikassistenten, dessen Namen Iain immer noch nicht kannte, hatten das Fass zum Überlaufen gebracht und ihn so wütend gemacht, dass Iain den gesamten Frust der letzten vierundzwanzig Stunden an ihm ausgelassen hatte.

Ein leises Hüsteln drang durch die Leitung. »Also, die Blutgruppe auf dem Stein, den Sie gefunden haben, passt zu der vom Toten, die DNA-Ergebnisse sind aber noch nicht da und werden voraussichtlich erst Anfang nächster Woche kommen. Und bevor Sie mich noch mal anschreien: Daran kann ich auch nichts ändern, das Labor ist überlastet. Ansonsten war nichts Ungewöhnliches zu finden. Bei den Pflanzenpartikeln auf der Kleidung handelt es sich um herkömmliches Gras und Heidekraut, typisch für diesen Abschnitt der Highlands.«

»Danke.« Ohne ein weiteres Wort legte Iain auf. Er würde sich bei der nächsten Gelegenheit bei dem Assistenten entschuldigen, aber heute war er einfach zu aufgebracht dafür.

Iain tätschelte beruhigend Bettys Kopf und ging dann zurück zu Trudys Haus. Der Appetit war ihm vergangen.

***

»Er hätte ruhig hier ans Telefon gehen können, dann hätten wir ein bisschen lauschen können«, sagte Agatha betrübt und sprach damit auch die Gedanken der anderen am Tisch aus. Das Tischgespräch war nach Iains Abgang zum Erliegen gekommen, und die Frauen warteten gespannt auf seine Rückkehr.

Als Iain wortlos wieder ins Esszimmer trat, sich an seinen Platz setzte und missmutig auf seinen Eintopf starrte, stellte Trudy besorgt fest, wie erschöpft ihr Enkel aussah. Fast genauso wie in den ersten Tagen nach seinem Umzug aus London. Trudy wusste zwar nicht, was dort vorgefallen war, hatte aber von Anfang an nicht daran geglaubt, dass er nur ihretwegen seine vielversprechende Karriere bei der Londoner Mordkommission aufgegeben hatte. Iain hatte behauptet, sie unterstützen zu wollen, und war nur wenige Wochen nach dem Tod seines Großvaters in Dunlay aufgetaucht – mit neuem Job und ohne Jamie. Weder über seine alte Stellung noch über seine Freundin, von der Trudy außer dem Namen nur das Alter kannte, hatte Iain ein Wort verloren und war, seit er hier angekommen war, nur grummelig seiner Arbeit nachgegangen. Dennoch hatte Trudy den Eindruck gehabt, dass das Leben in Dunlay, so langweilig es für ihn auch sein mochte, ihm gutgetan hatte, er sah nicht mehr so abgemagert aus wie am Anfang, und ab und zu stahl sich sogar ein echtes Lächeln auf seine Lippen.

Nichtsdestotrotz schienen sich in den wenigen Minuten, die das Telefonat gedauert hatte, ein oder zwei neue Falten in sein Gesicht geschlichen zu haben und ließen ihn viel älter erscheinen als seine dreiunddreißig Jahre.

»Und?«, fragte Trudy. »Wie war das Gespräch?«

»Ich soll dich von Superintendent Gilmour grüßen«, sagte Iain teilnahmslos. »Ich wusste gar nicht, dass ihr euch kennt.«

»Er war ein Freund deines Großvaters und einige Male zum Essen hier. Aber das ist doch jetzt unwichtig. Wen werden sie schicken, um den Fall zu übernehmen. Kennst du ihn?«

»Jaaaa«, erwiderte Iain gedehnt, und Trudy und die anderen blickten ihn erwartungsvoll an. »Ich werde den Fall leiten.«

Trudy sah ihn angesichts dieser Eröffnung sprachlos an.

»Die Polizei in Inverness ist völlig überlastet«, erklärte ihr Enkel, während er sich mit der Hand durch die Haare fuhr. »Es gibt dort eine Mordserie, die alle in Atem hält.«

»Davon habe ich gehört«, sagte Agatha und hippelte aufgeregt auf ihrem Stuhl. »Ich habe meiner Nichte geraten, die nächste Zeit lieber bei mir zu wohnen, aber davon wollte sie nichts wissen. Diese modernen Frauen ... Als wenn ein Serienkiller sich nicht an sie herantrauen würde, nur weil sie jetzt in der Führungsetage von irgendeinem großen Konzern arbeitet.«

Trudy nickte zustimmend, nicht, was die modernen Frauen anging, sondern was die Mordfälle in Inverness betraf. Sie hatte mit regem Interesse die Berichterstattungen im Fernsehen verfolgt, wohl wissend, dass es nicht den geringsten Bezug zu ihrem eigenen Leben gab. Niemals wäre sie auf die Idee gekommen, dass die Morde irgendeinen Einfluss auf die Abläufe in Dunlay nehmen könnten.

Iain räusperte sich und stand auf. »Es tut mir leid, Gran. Ich muss zum Krankenhaus und der Obduktion beiwohnen. Danke für das Mittagessen.« Er gab ihr einen Kuss auf die Wange und nickte den anderen Frauen am Tisch zum Abschied zu.

Trudy ignorierte die ungeliebte Anrede und hielt Iain am Arm zurück. »Kommst du damit zurecht? Ich kann dich auch begleiten.« Bereits während sie es aussprach, kam sie sich albern vor. Ihr Enkel war inzwischen ein erwachsener Mann, und nicht nur das, er war ein Detective Inspector, der einen Mord aufzuklären hatte. Er würde es ganz sicher auch ohne sie schaffen, das Krankenhaus von Dunlay zu betreten.

Auch wenn es keiner Bestätigung bedurfte, schüttelte Iain freudlos den Kopf und verschwand mit einem großen Schritt über Sherlock hinweg durch die Tür.

»Was ist mit ihm los? Mag er keine Obduktionen?«, fragte Agatha mitfühlend. »Das kann ich verstehen, Leichen sind mir auch immer unheimlich. Aber in unserem Alter kommt man ja kaum noch drum herum.«

»Nein, das ist es nicht ... Es ist das Krankenhaus.«

»Das Krankenhaus?«, hakte Gwendolyn verwundert nach.

Trudy seufzte. »Als Iain noch ein Junge war, hatte er einen schweren Unfall und musste im Krankenhaus behandelt werden. Sean und ich wollten zu ihm, aber der behandelnde Arzt wollte uns um keinen Preis zu ihm durchlassen, da wir zum damaligen Zeitpunkt noch nicht seine Erziehungsberechtigten waren.«

»Und seine Eltern?«, fragte Isobel mit einem vorwurfsvollen Ton in der Stimme.

»Iains Mutter war den ganzen Sommer mit ihrem Mann in Saint-Tropez und lag in der Sonne. Zumindest nehme ich an, dass sie das getan hat. Sie hat sich kein einziges Mal gemeldet oder auf unsere Anrufe reagiert. Der arme kleine Kerl lag tagelang mutterseelenallein in seinem Krankenzimmer.« Trudy sah aus dem Fenster und versuchte die aufkommenden Erinnerungen zu verdrängen. Die Erleichterung auf Iains Gesicht, als Sean und sie ihn endlich aus dem Krankenhaus mit nach Hause nehmen durften, und die Enttäuschung, als seine Mutter ihn am

Ende des Sommers abholte und sich weder nach seinem eingegipsten Arm noch nach seinem Wohlergehen erkundigte.

Isobel sprach unverhohlen aus, was alle anderen dachten: »Warum bekommt so eine schreckliche Frau überhaupt Kinder?«

Trudy warf einen letzten Blick aus dem Fenster, bevor sie sich wieder den anderen zuwandte. »Seine Mutter ... meine Tochter ... Schon als junges Mädchen wollte sie um jeden Preis reich und berühmt werden, das Kleinstadtleben war ihr nie genug, und eine ungewollte Schwangerschaft mit siebzehn passte da nicht ins Bild. Sie war nie eine besonders fürsorgliche Mutter gewesen, doch nachdem sie ihren reichen Mann geheiratet hatte, interessierte sie sich gar nicht mehr für Iain. Sean und ich haben versucht, für ihn da zu sein, aber die paar Wochen im Sommer und über Weihnachten sind einfach nicht genug, um die fehlende Liebe einer Mutter zu ersetzen.« Trudy seufzte erneut. »Iain war nach diesem Sommer nicht mehr derselbe, irgendetwas ist damals in ihm zerbrochen.«

»Aber trotzdem ist ein wundervoller junger Mann aus ihm geworden«, sagte Agatha.

»Ja«, antwortete Trudy nicht ohne Stolz, »jetzt muss er das nur noch selbst erkennen.«

Als hätte Sherlock seine Krallen in ihre Wade gerammt, sprang Gwendolyn schlagartig vom Tisch auf und riss dabei fast die Schale mit dem Lammeintopf um. Hektisch griff sie nach ihrer Serviette, um die wenigen Tropfen, die über den Schalenrand auf die Tischdecke getropft waren, wegzuwischen, und schaute dann auf ihre Armbanduhr.

»Es tut mir so leid, ich habe völlig die Zeit vergessen. Ich müsste schon seit zehn Minuten auf der Arbeit sein.

Danke vielmals für die Einladung und das leckere Essen. Bis bald.« Ohne auf die Abschiedsgrüße der erstaunten Frauen zu warten, war sie durch die Tür verschwunden.

»Tja, Trudy, Verkuppeln geht anders«, sagte Agatha schmunzelnd, und auch Isobel konnte sich ein Lächeln nicht verkneifen. »Die hast du ganz schön verschreckt.«

»Wenn es nur das wäre ... Aber Iain zeigt auch überhaupt kein Interesse.«

»Vielleicht triffst du einfach nicht seinen Geschmack«, wandte Isobel ein. »Nicht jeder mag die gleichen Dinge. Die meisten Menschen lieben Äpfel, aber manch einer bevorzugt Birnen.«

»Oder Bananen«, steuerte Agatha mit einem verschmitzten Lächeln bei.

»Daran kann es eigentlich nicht liegen, ich habe ihm die unterschiedlichsten Frauen vorgestellt. So ziemlich alles, was Dunlay zu bieten hat.« Trudy wandte sich noch einmal nach der Tür um, durch die erst Iain und kurz darauf auch Gwendolyn verschwunden war, und schüttelte dann den Kopf. »Aber das ist im Moment nicht von Bedeutung«, sagte sie. »Wir haben weitaus Wichtigeres zu tun: Heute Abend werden wir in Alistairs Haus einsteigen.«

Kapitel 4

Das Krankenhaus befand sich auf einer Landzunge am nördlichen Ende von Dunlay, versteckt hinter einem Park. Iain hatte nie verstanden, warum man das Krankenhaus an einer so abgeschiedenen und schlecht zugänglichen Stelle errichtet hatte. Krankheit und Tod machten den Menschen Angst und erinnerten sie an ihre eigene Sterblichkeit, dachte er nun, als er stocksteif vor dem einstöckigen weißen Gebäude stand. Er konnte hören, wie die Wellen von Loch Ayren gegen die Felsen auf der anderen Seite des Krankenhauses schlugen, und wünschte, er könnte die Gischt in seinem Gesicht spüren. Die kühlen Wassertropfen hätten ihn sicherlich beruhigt. Iain konnte sich nur dunkel an den Unfall erinnern, bei dem er ausgerutscht und von den Klippen gestürzt war. Erst Stunden später hatte man ihn bergen können, und er war mit Unterkühlung und einem kollabierten Lungenflügel hierhergebracht worden. Die Zeit im Krankenhaus hatte Iain dafür umso lebhafter in Erinnerung. Seine gebrochenen Rippen hatten geschmerzt, genauso wie der in Gips gepackte, mehrfach gebrochene Arm, und die gesamte Zeit hatte er sich nach seiner Mutter und seinen Großeltern gesehnt. Er hatte sich wie im Gefängnis gefühlt.

Das Gebäude, vor dem Iain nun stand, hatte allerdings keinerlei Ähnlichkeit mehr mit dem tristen grauen Bau aus Iains Erinnerung. In der Zwischenzeit waren zahlreiche Modernisierungen vorgenommen worden, vor dem Haus reihten sich Blumenbeete aneinander, und der gläserne Eingangsbereich wirkte geradezu einladend. Trotzdem konnte Iain den Schauer nicht unterdrücken, der ihm über den Rücken lief, als er langsam auf das Gebäude zuging.

Auch das Innere des Krankenhauses hatte sich seit damals drastisch verändert. Iain trat in eine helle, weitläufige Eingangshalle, in deren Mitte ein ausladender Empfangstresen stand. Zu seinem Bedauern hatte sich der Geruch nach abgestandener Luft und Desinfektionsmittel aber hartnäckig über die Jahre gehalten. Er sah sich um und stellte erleichtert fest, dass es den Stationsflügel, in dem er gelegen hatte, nicht mehr gab. Die aufgeregten Schreie seiner Großmutter, die er durch die dünnen Krankenhauswände hatte hören können, hallten trotzdem in seinen Ohren wider. Abwesend fuhr Iain mit den Fingern über die lange Narbe am rechten Ellenbogen. Das gelegentliche Ziehen erinnerte ihn auch heute noch an die furchtbarsten Tage seiner Kindheit.

Iain atmete tief durch und ging mit langen Schritten auf den Empfangstresen zu, hinter dem ein freundlich lächelnder, älterer Mann saß. Iains Frage nach dem Obduktionssaal ließ ihn allerdings irritiert die Augenbrauen zusammenziehen. Der Mann griff mit einem entschuldigenden Lächeln nach dem Telefon, und nach einer kurzen Diskussion hellte sich sein Gesicht auf.

An Iain gewandt sagte er: »Der Leichenkeller ist … nun ja, im Keller. Der Obduktionsraum befindet sich wohl genau daneben.«

»Und wie komme ich dorthin?«

»Sie gehen einfach diese Treppe dort hinunter.« Der Mann deutete auf das Treppenhaus schräg hinter ihm.

»Unten halten Sie sich rechts und gehen am Ende des Flures links, dort sollten Sie Dr. Bishop finden.«

»Den Pathologen?«

»Er wird Ihnen alles Weitere erklären«, antwortete der Mann ausweichend und drehte sich zu dem Pärchen um, das neben Iain an den Tresen getreten war.

Iain folgte leicht verunsichert der Beschreibung, fand den Obduktionssaal aber ohne Probleme. Die Bezeichnung Saal spottete allerdings jeglicher Beschreibung, Besenkammer hätte es weit besser getroffen. An den Wänden des gefliesten, fensterlosen Raumes reihten sich verschiedene Edelstahlschränke und -arbeitstische aneinander, und in die kleine Lücke dazwischen hatte man den Leichentisch geschoben, sodass für den Pathologen nur noch ein schmaler Gang von weniger als einem halben Meter zum Arbeiten blieb. Kein Wunder, dass der Mann am Empfang nichts von einem Obduktionssaal wusste, dachte Iain und schüttelte zweifelnd den Kopf. Er konnte nur hoffen, dass der Pathologe keinen ausgeprägten Hang zu gutem Essen hatte.

Doch der Mann im weißen Kittel, der mit einem dicken Wälzer unter dem Arm durch eine zweite Tür auf der anderen Seite des Raumes trat, war so dünn, dass er zweimal zwischen Obduktionstisch und Schränke gepasst hätte. Ohne auf Iain zu achten, trat er an einen der Arbeitstische und ließ das dicke Buch mit einem lauten Rums darauf fallen. Iain hatte nur einen kurzen Moment, um einen Blick auf das Buch zu erhaschen, bevor der weißhaarige Arzt es seufzend aufschlug und im Inhaltsverzeichnis nach der richtigen Seite suchte. Der Titel des Buches *Alles, was man über die ärztliche Leichenschau wissen muss* ließ Iain laut aufstöhnen, woraufhin der ältere Mann hochfuhr und sich erschrocken an die Brust fasste.

Es dauerte einen Augenblick, bis sich seine Atmung wieder normalisierte. »Sie können mir doch nicht so einen Schrecken einjagen!«, fuhr er Iain an. »Einen kurzen Moment hatte ich geglaubt, McNab wäre von den Toten auferstanden.«

Iain entschuldigte sich und reichte dem Mann die Hand. »Ich bin Inspector Iain Wallace, man hat mich mit dem Fall McNab betraut. Der Mann am Tresen hat mich hier heruntergeschickt.«

»Ich habe Sie schon erwartet.« Auch wenn er gewiss schon an die sechzig Jahre alt war, drückte er mit seiner hageren Hand kräftig zu. »Bishop ist mein Name, Dr. Arthur Bishop. Ich werde die Untersuchung vornehmen.«

Iain schüttelte kurz seine schmerzende Hand und sah dann skeptisch zu dem aufgeschlagenen Buch hinüber. »Wissen Sie auch, was Sie da tun?«

Dr. Bishop warf genervt die Hände in die Luft. »Hören Sie, es gibt nur eine Handvoll Ärzte in diesem Krankenhaus. Das heißt, in einem Umkreis von mindestens fünfzig Kilometern bin ich das Beste, was Sie finden können.«

»Weil Sie das kürzere Stäbchen gezogen haben?«, fragte Iain und konnte den sarkastischen Unterton nicht unterdrücken.

»Nein.« Ein müdes Lächeln umspielte die Lippen des Arztes. »Ich bin der einzige Chirurg vor Ort, also der Einzige, der hin und wieder Leute aufschneidet. Sie können natürlich gern auch unsere Allgemeinärzte oder am besten noch unsere Psychiaterin fragen, ob einer von ihnen diese verfluchte Aufgabe übernehmen möchte.«

»Das qualifiziert Sie trotzdem nicht, eine Obduktion durchzuführen«, erwiderte Iain. Sein Ton bewegte sich inzwischen haarscharf an der Grenze zur Unhöflichkeit, doch das Ausmaß an Stümperei, das diese Ermittlung angenommen hatte, verärgerte ihn ungemein. Wenn er schon keinen Gerichtsmediziner bekommen konnte, hatte er doch wenigstens mit einem ausgebildeten Pathologen gerechnet.

»Ob es Ihnen passt oder nicht, Sie müssen mit mir vorliebnehmen. Sie können sich gern bei den Arschlöchern in Inverness beschweren, aber ich habe nicht den Eindruck, dass es sie sonderlich interessieren wird.« Dr. Bishop klang eher resigniert als verärgert, als er sich wieder seinem Arbeitstisch zuwandte. »Ich war nach dem Studium zwei Jahre lang in der Pathologie tätig. Mal sehen, wie viel nach über dreißig Jahren noch hängen geblieben ist.« Entschlossen schnappte er sich zwei Gummihandschuhe aus einer Box, sortierte nochmals sein Werkzeug, das er sich offenbar schon zuvor zurechtgelegt hatte, warf einen letzten Blick in das aufgeschlagene Buch und machte sich dann an die Arbeit.

Iain setzte sich stumm auf einen Hocker direkt neben der Tür, weil er hoffte, dass er dort am wenigsten stören würde. Er lehnte seinen Rücken gegen die kühlen Fliesen und schloss für einen Moment die Augen, während er der elektrischen Säge des Doktors lauschte. Dieser Fall war ein einziges Schlamassel. Eine Sekunde lang dachte Iain, wie wundervoll es wäre, wenn sich McNabs Tod als Unfall herausstellen würde, einfach eine unglückliche Verkettung von Ereignissen, die zu der Wunde an seinem Hinterkopf geführt hatte. Dann könnte Iain zu seinem ereignislosen Leben in Dunlay zurückkehren und müsste sich keine Gedanken mehr über Morde, London oder verlogene Ex-Partner machen. Er würde genauso gelangweilt und frustriert wie PS Lamb in der Polizeiwache herumhängen, bis er irgendwann ins Gras biss.

Erschrocken riss Iain die Augen auf. Hatte er das gerade wirklich gedacht? Er schüttelte den Kopf, um seine verworrenen Gedanken loszuwerden. Dunlay war von vornherein nur als Zwischenstation gedacht gewesen. Die Verdachtsmomente gegen ihn wegen Beweismittelverschleppung würden sich schon bald in Luft auflösen, und wenn die internen Ermittlungen abgeschlossen waren, würde er sich über Jamie nie wieder den Kopf zerbrechen müssen. Es würde sich schon alles fügen, da war sich Iain sicher. Auch dieser Todesfall würde sich aufklären lassen, ob nun Unfall oder Mord, Iain musste sich nur auf seine Stärken besinnen.

Er setzte sich aufrechter hin und beobachtete interessiert Dr. Bishop bei der Arbeit. Ohne es zu merken, rutschte Iain im Laufe der Untersuchung näher an den Untersuchungstisch. Er hatte zwar während seines Studiums einen Kurs über Gerichtsmedizin besucht, hatte allerdings noch nie einer vollständigen Obduktion vom Anfang bis zum Ende beigewohnt. Später bei der Kriminalpolizei war dafür in der Regel keine Zeit geblieben, meistens hatten die Gerichtsmediziner ihre Ergebnisse einfach telefonisch übermittelt, nur in seltenen Fällen hatte Iain sich die Todesopfer noch einmal selbst angeguckt.

Auch wenn Dr. Bishop langsam arbeitete, ging er doch zielsicher und präzise vor. Er wog die einzelnen Organe, nahm Proben, machte sich Notizen auf einer bereitstehenden Tafel und beendete seine Arbeit schließlich damit, die Organe zurück in den Körper zu legen und die Hautlappen zu vernähen. Er zog sich die blutigen Handschuhe aus und wusch sich eine ganze Weile die Hände, als wäre er in Gedanken noch bei seiner Untersuchung, bevor er sich wieder an Iain wandte.

»Also …« Dr. Bishop hielt kurz inne. Während der gesamten Untersuchung war es ruhig gewesen, keiner von beiden hatte ein einziges Wort gesagt. Nur das Schneiden des Skalpells und das Quietschen des Stiftes auf dem Whiteboard waren zu hören gewesen, sodass Dr. Bishops Stimme in dem kleinen Raum nun übermäßig laut klang. »Also, ich bin alles extra zweimal durchgegangen und habe mir auch die Patientenakte von Amy, seiner Allgemeinärztin, geben lassen, und es bleibt nur eine Schlussfolgerung.«

Iain sah ihn erwartungsvoll an.

»Mit seinen achtundsiebzig Jahren war Alistair McNab so gesund wie ein dreißigjähriger Marathonläufer. Definitiv fitter als ich und wahrscheinlich auch fitter als Sie. Eine natürliche Todesursache kann ich ausschließen«, beendete Dr. Bishop seinen Obduktionsbericht. Ertappt schaute Iain auf das kleine Bäuchlein, das sich neuerdings unter seinem Hemd abzeichnete. Er sollte wirklich aufhören, jeden Tag bei Trudy zu Mittag zu essen.

»Also kein Herzinfarkt, Schlaganfall oder irgendetwas Vergleichbares?« Iain versuchte sich wieder auf den Fall zu konzentrieren und sich nicht von seinen eigenen Problemen ablenken zu lassen.

»Nein.« Dr. Bishop drehte sich zu einem Bildschirm um, der hinter ihm an der Wand hing und Iain in dem vollgestellten Raum bisher nicht aufgefallen war. Er schaltete ihn ein, und es erschien das Bild eines Schädels. »Wir haben seinen Kopf geröntgt, bevor er hier nach unten gebracht wurde. Sehen Sie das hier?« Er deutete auf eine Stufe im Knochen am Hinterkopf. »Das ist eine sogenannte Impressionsfraktur, vermutlich verursacht durch einen stumpfen Gegenstand.«

»Zum Beispiel durch einen Stein?«, fragte Iain.

Dr. Bishop bewegte abwägend seinen Kopf hin und her. »Könnte sein. Das Problem ist die Lokalisation der Fraktur. Sie liegt genau auf der Hutkrempe. Eine Positionierung darunter würde für einen Sturz sprechen, darüber für einen Schlag auf den Kopf, aber so ist beides durchaus möglich.«

»Es könnte sich also tatsächlich um einen Mord handeln?«

»Möglich wäre es, bei einem kleinen Täter.« Bishop schaute abschätzend auf die Bilder. »Falls es Mord war, suchen Sie auf jeden Fall nach einem Rechtshänder.«

»Das schränkt es wirklich ein«, antwortete Iain mit einem freudlosen Lachen.

»Ich weiß, es ist nicht gerade viel. Ich habe einige Proben aus der Wunde am Hinterkopf genommen, ich werde sie gleich nach Inverness schicken. Unser Labor ist für solche Spezialuntersuchungen nicht ausgestattet.« Der Arzt sah Iain mitfühlend an. »Tut mir leid, dass ich Ihnen nicht mehr helfen konnte.«

»Es ist ja nicht Ihre Schuld. Dieser Fall ist wie verhext. Keine Spuren, keine Zeugen, und niemand interessiert sich für die Aufklärung.« Außer ihm und seiner Großmutter, dachte Iain bei sich. »Aber ich danke Ihnen vielmals für Ihre Mühe, Sie haben Ihr Bestes getan, um den Fall voranzubringen.«

Iain schüttelte ihm die Hand zum Abschied und bemerkte, wie sehr der Arzt sich über die Wertschätzung seiner Arbeit freute. Einem Impuls folgend, lud Iain Dr. Bishop als Entschuldigung für sein barsches Auftreten am Anfang der Obduktion auf ein Bier ein.

»Heute kann ich leider nicht«, erwiderte der Arzt. »Wie sieht es morgen Abend bei Ihnen aus?«

»Ist da nicht die Stadtversammlung?«

»Genau. Das heißt, man hat freie Platzwahl im *Squeaky Bagpipe.*«

Iain stimmte lachend zu und machte sich wesentlich besser gelaunt auf den Weg zum Revier.

Kapitel 5

Das kleine Häuschen von Alistair McNab stand verlassen auf einem Hügel an der Stadtgrenze von Dunlay. Es zeichnete sich dunkel gegen den abendlichen Himmel ab, als drei schwarz gekleidete Gestalten leise den langen Gartenweg hinaufstiegen. An der Hausfront angekommen, verharrten sie im letzten Licht der untergehenden Sonne und sahen sich um.

»Wie kommen wir da überhaupt herein? Ich könnte wetten, McNab war einer von diesen Menschen, die immer abschließen«, schnaubte Isobel. Sie war die Einzige von den dreien, die sich nicht dafür begeistern konnte, in das Haus des Toten einzusteigen. Als Trudy den Vorschlag gemacht hatte, war Isobel rigoros dagegen gewesen, während Agatha sofort von der Idee mitgerissen worden war. Trudy hatte den beiden erklärt, dass es ihre Pflicht als Krimiclub war, der Wahrheit auf den Grund zu gehen und Alistair Gerechtigkeit widerfahren zu lassen. Isobel hatte dagegen argumentiert, dass es sich hierbei um Einbruch handelte und dass es außerdem die Aufgabe der Polizei war und nicht die von drei alten Frauen, einen Täter zu finden, wenn es sich denn bei der ganzen Angelegenheit überhaupt um einen Mord handelte. Aber trotz all der gerechtfertigten Gründe, die sie vorgebracht hatte, waren Trudy und Agatha nicht mehr von dem Plan abzubringen gewesen, und so hatte Isobel schließlich nachgegeben.

»Da ist ein Ersatzschlüssel unter dem Holzschaf neben der Tür. Guck doch mal nach, Agatha!« Trudy schob Agatha in Richtung des Holzschafes und schaut sich dann um. Auch wenn das Haus eine halbe Meile vom nächsten entfernt war, wollte sie sichergehen, dass sie ungestört waren. Es hätte ihr noch gefehlt, erwischt zu werden und Iain erklären zu müssen, was genau die drei in Alistairs Hütte zu suchen hatten. Zumal sie selbst nicht so recht wusste, was sie zu finden hoffte.

»Und das weißt du weshalb so genau?«, fragte Isobel schnippisch.

»Ich weiß es eben. Agatha, hast du den Schlüssel …?« Trudy sah zu Agatha hinüber, die sich bereits an der Tür zu schaffen machte. Der Tür sprang sanft auf, und die drei Frauen steckten die Köpfe hindurch. Sie konnten allerdings nichts erkennen, da es im Inneren des Hauses stockfinster war.

»Uh, ist das aufregend«, flüsterte Agatha und klatschte entzückt in die Hände.

»Eher dunkel«, stellte Isobel nüchtern fest. »Wo ist der Lichtschalter?« Sie wollte vorangehen, stolperte dabei aber über Trudy, die ihrerseits Agatha mit zu Boden riss. Es folgte ein kurzes Gerangel, bei dem niemand wusste, wo oben und unten war, und das im ungebremsten Glucksen von Agatha mündete.

»Schhhh.« Trudy versuchte Agatha zum Schweigen zu bringen und sich gleichzeitig aufzurichten, fiel dabei aber über die noch am Boden liegende Isobel, woraufhin Agatha, anstatt aufzuhören, vollends in Gelächter ausbrach.

»Also wirklich, Agatha!«, empörte sich Isobel. »Man könnte meinen, du wärst drei Jahre alt.«

Während Isobel sich langsam erhob, bewegte Trudy sich schon in die Richtung, in der sie den Kamin vermutete. Vorsichtig tastete sie sich an dem Kaminsims entlang, bis sie fand, was sie gesucht hatte. Mit einem triumphierenden »Ha« riss sie ein Streichholz an und entzündete mehrere Kerzen auf dem Kamin, bis der ganze Raum in wohligen Kerzenschein getaucht war. Denn mehr als einen Raum gab es in der Hütte nicht. In der einen Ecke neben der Eingangstür war eine Küchenzeile untergebracht, vor der ein kleiner Tisch stand, auf dem Trudy nun noch weitere Kerzen entzündete. In der anderen Ecke befand sich ein Bett und an der Wand daneben ein großes Regal, in dem hauptsächlich Bücher und hier und da auch ein paar Kisten standen, aus denen Papier, Bindfäden und anderer Kleinkram herauslugten. Vor dem Kamin gegenüber der Eingangstür standen ein abgewetztes, aber bequem aussehendes Sofa und ein großer Couchtisch, der mit zahlreichen Papierstapeln übersät war. In die Wand neben dem Kamin war eine weitere Tür eingelassen, die zu einem nach draußen ausgelagerten Bad führte, wie es bei manchen alten Häusern üblich war. Im ganzen Raum fand sich weder ein Elektrogerät noch elektrisches Licht, der Ofen und der Herd in der Küche waren feuerholzbetrieben.

»Für Komfort hatte der Alte wohl nicht viel übrig, was?«, meckerte Isobel, während sie sich ihre rechte Hüfte rieb.

»Ich finde es romantisch«, sagte Agatha, die immer noch halb auf den Boden lag, verträumt.

Isobel quittierte die Aussage mit einem »Pfff…« und ergriff dann Agathas Hände, um ihr hochzuhelfen. Trudy aber nutzte den Moment, ging langsam durch den Raum und ließ die Atmosphäre auf sich wirken. Obwohl sie schon häufiger hier gewesen war, hatte sie es bisher nie so betrachtet, aber Agatha hatte recht. In warmes Kerzenlicht getaucht erschien der Raum wie ein gemütlicher Rückzugsort, und sobald der Kamin loderte, würde die aufkommende Wärme ein Übriges tun. Trudy riss ihren Blick los und sah zu ihren Freundinnen hinüber, die sich inzwischen vollständig hochgerappelt hatten. »Los, schaut nach, ob euch irgendetwas Verdächtiges auffällt.«

Trudy ging zum Regal hinüber und zog gespannt eine Kiste aus dem Regal. Sie war schon öfter versucht gewesen, Alistair nach dem Inhalt zu fragen, hatte aber nie die richtige Gelegenheit dafür gefunden. Die erste Kiste enthielt zu ihrer Enttäuschung allerdings nur Angelhaken und Angelspulen. Eine zweite, sehr schwere Kiste war voll mit Schneekugeln, kleinen Holzspielfiguren und anderem Tinnef, von dem Trudy nie vermutet hätte, dass Alistair ihn besaß. Das war zwar unterhaltsam, würde sie aber bei der Aufklärung seines Todes nicht weiterbringen. Missmutig schob sie die Kiste zurück ins Regal und sah dann mit zusammengezogenen Augenbrauen zu Agatha hinüber, die es sich auf der Couch gemütlich gemacht hatte und voller Tatendrang die Zettel auf dem Tisch, die zuvor in fein säuberlichen Bündeln aufgestapelt gewesen waren, durcheinanderbrachte.

»Können wir nicht einfach wieder gehen?«

»Wir sind doch gerade erst angekommen.« Stirnrunzelnd ließ Trudy ihren Blick zu Isobel hinüberwandern, die noch immer in der Mitte des Raumes stand und unentschlossen von einem Fuß auf den anderen hippelte.

»Ich muss doch morgen wegen der Demonstration und der Stadtversammlung früh raus. Da will ich fit sein.«

»Als wenn du nachts jemals länger als fünf Stunden

schlafen würdest«, stichelte Trudy, während sie ohne viel Zuversicht eine weitere Kiste aus dem Regal zog.

»Ich könnte immer bis mittags schlafen«, warf Agatha wenig hilfreich ein. Sie hatte gerade einen Zettel in die Hand genommen und hielt ihn im Wechsel erst dicht vor ihr Gesicht und dann weit von sich entfernt.

Kopfschüttelnd wandte Trudy sich wieder der Kiste zu und stellte mit Genugtuung fest, dass sie voller loser Zettel und Fotos war. Mit der einen Hand zog sie nacheinander Papiere aus der Kiste, mit der anderen wedelte sie in Richtung Küche. »Je schneller du suchst, desto schneller sind wir hier fertig und desto früher kannst du ins Bett gehen. Also schau dich um!«

Leise vor sich hin zeternd, drehte Isobel sich in Richtung Küche. Sie stieg vorsichtig über ein gigantisches Hundekissen und über zwei Futternäpfe in der Größe von Autoreifen. Die Ablageflächen der Küche waren leer, weshalb sie unmotiviert in die Schränke sah. Doch mehr als Dosennudeln und Hundefutter hatten diese nicht zu bieten.

»Wie kann man nur so leben!«, entfuhr es Isobel laut und brachte ihr ein genervtes »Schhhh« von Trudy ein.

Isobel wandte sich unmotiviert dem Küchentisch zu und geriet ins Stocken. »Seltsam!«

»Was ist seltsam?«, fragte Trudy und drehte sich interessiert zu Isobel um. Auch die dritte Kiste hatte sich als Flop erwiesen. Trudy hatte ihre Lesebrille vergessen und hegte Zweifel, ob sie selbst mit Brille im schummrigen Licht der Kerzen mehr als unscharfe Formen auf den Papieren hätte entziffern können. Sie war kurz versucht gewesen, einfach einen Schwung der Zettel in die Tasche zu stecken, traute sich aber nicht, auch nur einen einzigen zu entwenden. Was wäre, wenn er tatsächlich einen wichtigen Beweis enthielt? Wie sollte sie Iain erklären, wie sie in den Besitz des Papiers gekommen war? Dass Trudy schon viele Male vor dem heutigen Einbruch in diesem Haus gewesen war, musste weder er noch irgendjemand anderes erfahren. Nicht viele Menschen würden die Freundschaft zwischen Alistair und ihr verstehen, schon gar nicht, da sie sich so schnell nach dem Tod ihres Mannes entwickelt hatte.

»Guckt doch mal!«, sagte Isobel und deutete nun aufgeregt auf den Tisch. »Da stehen zwei benutzte Teller und Gläser und dazwischen mehrere Kerzen. Es sieht fast so aus, als hätte er jemanden zu einem romantischen Essen eingeladen. Obwohl ich nicht weiß, wem er diesen Dosenfraß vorsetzen wollte.«

»Na ja, romantisch würde ich es nicht nennen ...« Trudy beugte sich über den Tisch, als ein lauter Ausruf von Agatha sie zusammenschrecken ließ.

»Was für ein schönes Bild!«, quiekte sie begeistert. Agatha hatte die Papiere auf dem Tisch in heillosem Chaos liegen lassen und war unverrichteter Dinge durch den Raum gegangen. Nun stand sie vor dem Bett und starrte auf das Gemälde an der Wand darüber. »Komm, Trudy, du kennst dich doch mit so etwas aus. Schau es dir genauer an!«, schrie Agatha und wedelte den anderen auffordernd zu.

»Schhhh, nicht so laut«, mahnte Trudy abermals und nahm Agathas Arm, um sie in die Küche hinüberzulotsen. Natürlich kannte Trudy sich mit dem Bild aus, sie hatte es schließlich selbst gemalt. Allerdings hatte sie nicht erwartet, dass Agatha es wiedererkennen würde, schon gar nicht im Halbdunkel des Kerzenlichts. Sie musste das Bild vor einer halben Ewigkeit in Trudys Wohnzimmer gesehen haben, bevor es einem ihrer neueren Werke hatte weichen müssen. Seitdem hatte es einen festen Platz in Seans Büro gehabt, bis Trudy sich nach seinem Tod von all den Dingen hatte trennen wollen, die sie zu sehr an ihren toten Mann erinnerten. Alistair hatte das Bild gefallen, und so hatte Trudy es ihm kurz entschlossen geschenkt. Inzwischen war sie froh, dass sie es nicht weggeworfen hatte und es gelegentlich in Alistairs Haus betrachten konnte. Es war schließlich immer Seans Favorit gewesen. Trudy hatte momentan allerdings keine Lust, diesen Umstand ihren Freundinnen zu erklären. Agatha, da sie nun einmal die Fährte aufgenommen hatte, war jedoch nicht mehr so leicht davon abzubringen, sie befreite sich aus Trudys Griff und ging noch einmal zum Bett hinüber.

»Das habe ich irgendwo schon mal gesehen!«, rief Agatha und legte ihren Kopf schief.

»Agatha, du musst wirklich leiser sein!«, schalt Trudy sie.

»Als wenn uns hier draußen irgendwer ...« Agatha kam nicht dazu, ihren Satz zu beenden, denn ein Knacken vor dem Fenster ließ alle drei zusammenzucken.

»Das war nur ein ...«, versuchte Trudy nicht nur die anderen beiden, sondern auch sich selbst zu beruhigen. Doch draußen war ein erneutes Knacken zu hören, dicht gefolgt von einem Rütteln an der Tür.

Trudy sah in die entsetzten Gesichter ihrer Freundinnen. »Los, los, raus hier!«, rief sie und scheuchte die beiden in Richtung Hintertür. So schnell sie ihre Füße tragen konnten, schossen sie nach draußen in den Garten und warfen die Tür hinter sich zu. Ohne sich umzusehen, flohen die drei den Hügel hinunter und machten sich auf den Weg zu Isobels Auto, das sie ein Stück die Straße hinunter geparkt hatte.

Kapitel 6

»Wer könnte gestern bloß an der Tür gewesen sein?«, schrie Trudy über die grölenden und singenden Demonstranten hinweg und ignorierte die kritischen Blicke der beiden Männer hinter sich, bei denen es sich um Freunde von Nicholas, Isobels Großneffen, handelte. Sie ließ der Gedanke nicht los, beinahe dem Mörder von Alistair McNab begegnet zu sein, und sie machte sich Vorwürfe, nicht beim Haus geblieben zu sein, um zu erfahren, wer außer ihnen noch dort gewesen war.

»Da war überhaupt niemand. Der Wind hat an der Tür gerüttelt, und unsere Fantasie hat ein Übriges getan«, wiegelte Isobel ab. Ihre ganze Aufmerksamkeit galt der Demonstration, und ihr Blick schweifte immer wieder über die große Menschenmenge hinter ihnen. Die drei Frauen schritten am Kopf der sich langsam fortbewegenden Ansammlung von Demonstranten voran, wobei Isobel das eine Ende eines großen Banners in der Hand hielt, auf dem in großen leuchtenden Buchstaben stand: »Beweise endlich Mumm, sag JA! zum Referendum!« Das andere Ende hielt ihr Großneffe fest, der einige Personen weiter links von ihnen ging und in regelmäßigen Abständen energisch in seine Trillerpfeife blies.

»Wir sind einfach drei schreckhafte alte Schachteln«, sagte Agatha kichernd. Sie schwang verzückt ihr selbst gebasteltes Schild mit der Aufschrift »Mehr Waldeulen statt Lammkeulen« durch die Luft, das mit etwas Fantasie eine plüschige Eule und ein durchgestrichenes, aber nicht weniger plüschiges Schaf zeigte.

Zweifelnd sah Trudy zu ihrer Freundin hinüber. Zum einen war sie sich nicht sicher, ob Agatha es schaffen würde, die gesamte Strecke ihr Schild oder auch nur sich selbst auf den Füßen zu halten. Auch wenn Agatha es nicht zugeben wollte, war der gestrige Abend eine körperliche Tortur für sie gewesen, und der vor ihnen liegende Weg war kein Spaziergang. Zum anderen konnte Trudy die Meinung ihrer Freundinnen nicht teilen. Ein zufälliges Knacken konnte sie noch durchgehen lassen, aber dass der Wind den Türknauf bewegt haben sollte, klang für sie viel zu sehr nach einem billigen Krimi.

»Ich weiß nicht …«, begann sie.

»Trudy, es gibt bedeutendere Dinge als das! McNab ist tot, und das wird er morgen auch noch sein. Dein angeblicher Mörder wird schon nicht weglaufen«, entfuhr es Isobel plötzlich lautstark, und ein paar Leute sahen verunsichert zu ihr hinüber. Isobel aber fuchtelte unbeeindruckt mit ihrem freien Arm herum und fuhr in leiserem, aber unverändert hitzigen Ton fort: »Schau dich doch mal um! Was wir hier auf die Beine gestellt haben! Aus allen Gemeinden der Umgebung sind die Leute zusammengekommen, um für den Schutz unserer Natur zu demonstrieren. Wir können in Dunlay ein Zeichen setzen und diesem übertriebenen schottischen Schafkult ein Ende machen!«

Trudy sah schuldbewusst zu Boden. »Du hast ja recht«, sagte sie mit einem kleinen Seufzer und versuchte sich ihrer Freundin zuliebe auf die Demonstration zu konzentrieren.

Trudy konnte es nicht abstreiten, Isobel und ihr Neffe hatten Großartiges geleistet. Statt der erwarteten hundert

Demonstranten waren mehr als tausend Menschen aufmarschiert, und als Trudy einen Blick hinter sich warf, sah sie, dass immer mehr dazukamen. Selbst wenn es sich teilweise nur um Schaulustige handelte, war das Interesse der Bevölkerung an dem Referendum doch enorm. Die Polizei hatte sogar Mühe, die Demonstranten im Zaum zu halten. Trudy sah auf der einen Seite der Menschentraube die feuerroten Haare von PC Parker aufblitzen, der die Leute freundlich bat, innerhalb der markierten Wege zu bleiben, während sie durch die Straßen zogen. Auf der anderen Seite hatte PS Lamb seine ganz eigene charmante Art, die Demonstranten zu maßregeln. Während er ihnen die meiste Zeit mit dem Schlagstock drohte, hörte Trudy ihn zwischendurch Witze über einige der Teilnehmer und über die Sinnlosigkeit der ganzen Veranstaltung machen. George Mcleod, der neben ihm lief, schien den Scherzen seines Freundes heute aber zur Abwechslung nichts abgewinnen zu können und schaute verbissen in die Menge. Trudy konnte es ihm nicht verdenken. Eine Gruppe von Menschen zu beaufsichtigen, die für die Abschaffung der eigenen Lebensgrundlage demonstrierte, war sicher nicht leicht.

Während sie Agatha, die sich inzwischen bei Isobel untergehakt hatte, das Protestschild abnahm und sich an schlecht zusammengereimten Gesängen beteiligte, musterte Trudy weiterhin die Menge. Sie und ihre Freundinnen waren mit Abstand die ältesten unter ihnen. Vor allem im vorderen Teil des Aufmarsches hatten sich viele junge Leute zusammengefunden, die zu Nicholas' Freundeskreis und zum Naturschutzbund gehörten. Dahinter folgte ein bunt gemischter Haufen von Menschen, und Trudy musste ein Lachen unterdrücken, als ein kleines Mädchen, das auf den Schultern ihres Vaters saß, ihr Plakat mit so viel Eifer schwang, dass es ständig im Gesicht des armen Mannes landete.

Doch egal, wo Trudy hinsah, sie konnte Iain nirgendwo entdecken. Erst jetzt fiel ihr auf, dass sie ihn gar nicht gefragt hatte, ob er heute bei der Demonstration dabei sein würde. Sie war einfach davon ausgegangen, dass sich die gesamte Polizeieinheit Dunlays daran beteiligen würde. Aber der Tod von Alistair hatte die ursprüngliche Planung anscheinend über den Haufen geworfen. Schlagartig wurde ihr leichter ums Herz. Wenigstens einer würde sich heute mit der Mordermittlung und nicht mit der Demonstration beschäftigen.

Trudy wog gerade ab, wie sauer ihr Enkel werden würde, wenn sie ihn nachher auf der Polizeistation aufsuchen und nach dem Fall befragen würde, als ein lang gezogenes Hundejaulen ertönte. Entgeistert drehte sie sich in die Richtung des Geräusches, das so sehr nach Little John klang, dass sie ihren Ohren nicht trauen wollte, aber von dem riesigen, braunen Hund fehlte jede Spur. Nur ein hellhaariger Labrador marschierte mit seinem Herrchen in der Demonstration mit, und der wirkte ganz zufrieden. Hörte Trudy jetzt schon Phantombellen? Sie war in ihren Gedanken so sehr mit Alistair und seinem Mörder beschäftigt gewesen, dass sie Little John einfach vergessen hatte. Dafür machte sie sich jetzt umso mehr Sorgen um den anhänglichen Rüden. Was, wenn er, wie sie anfangs vermutet hatte, vom Mörder verschleppt worden war oder sich versteckte und nicht genügend Futter hatte? Trudy begann in alle Richtungen nach Anzeichen des Hundes Ausschau zu halten.

»Was ist denn mit dir los?«, fragte Isobel, die von dem veränderten Verhalten ihrer Freundin abgelenkt wurde. »Du bist auf einmal so zappelig.«

»Es ist wegen Alistair.«

Isobel rollte mit den Augen. »Nicht schon wieder.«

»Genauer gesagt, es ist wegen Little John. Mir ist gerade erst wieder eingefallen, dass er zu dem Zeitpunkt verschwunden ist, als sie Alistairs Leiche gefunden haben. Während der Demonstration heute und bei der laufenden Mordermittlung wird die Polizei doch keine Kapazitäten haben, nach ihm zu suchen. Vielleicht sitzt er irgendwo ganz verängstigt fest und hat nichts zu fressen, oder der Mörder hat ihn auch umgebracht, und seine Leiche verrottet jetzt irgendwo unbeachtet in einem Graben.« Trudy, die sich inzwischen schreckliche Vorwürfe machte, weil sie sich fast zwei Tage lang nicht um den Verbleib des Hundes gekümmert hatte, appellierte an Isobels Tierliebe und daran, dass ihr das ungewisse Schicksal eines Tieres nicht gleichgültig sein durfte.

Isobel sah Trudy fest in die Augen, als suchte sie darin nach einem anderen Grund für das Verhalten ihrer Freundin, gab dann aber seufzend nach. »Versprichst du mir, dich in den nächsten paar Stunden nicht mehr ablenken zu lassen, wenn ich dir später helfe, Little John zu suchen?«

Trudy nickte erleichtert.

»Super!« Agatha stimmte freudig mit ein. »Noch eine Suchaktion. Ich hätte nicht geglaubt, dass dieser Krimiclub so spannend werden würde.«

***

»Da kommen sie, meine Schäfchen. Wer hätte gedacht, dass es so viele werden?« Mit einem gönnerhaften Grinsen drehte sich Bürgermeister Michael Sweeney vom Fenster weg, und schon zum dritten Mal innerhalb von fünf Minuten fragte Iain sich, ob Sweeney wohl mehr Zähne als der Durchschnittsbürger hatte.

Als Iain in das Büro des Bürgermeisters getreten war, hatte dieser ihn mit einem breiten Lächeln begrüßt, das vermutlich genauso falsch war wie das Heer strahlend weißer, gerader Zähne, das es offenbarte. Nachdem Iain dann das Angebot des Bürgermeisters, ihn Mike zu nennen, aus Gründen der Professionalität abgelehnt hatte, war Sweeney sich mit der Hand durch sein blond gefärbtes, auftoupiertes Haar gefahren und hatte ihn mit einem Lächeln bedacht, das einen Hai neidisch gemacht hätte. Sweeney war schließlich ans Fenster getreten, um sich den Einzug der Demonstranten auf dem Marktplatz vor dem Rathaus anzuschauen.

Während Iain sich auf einen der Stühle vor dem ausladenden Mahagoni-Schreibtisch setzte, ging der Bürgermeister vom Fenster zu einem kleinen Tischchen, auf dem eine Whiskykaraffe, eine Sodaflasche und mehrere Gläser standen.

»Kann ich Ihnen einen Whisky anbieten?«

Kopfschüttelnd lehnte Iain ab und vermied es, auf seine Uhr zu sehen. Es konnte nicht später als zehn Uhr sein. Außerdem fehlte es ihm gerade noch, dass ihm jemand Trunkenheit im Dienst nachwies.

»Seltsam«, erwiderte Sweeney, der sich sein Glas halb voll füllte und sich genüsslich einen großen Schluck genehmigte. »Lamb ist immer für ein Gläschen zu haben, und Ihr Großvater war auch nie abgeneigt.«

Mit offenem Mund starrte Iain den Bürgermeister an. Er wagte nicht zu beurteilen, ob Lamb jemals während der Arbeitszeit getrunken hatte, aber er war sich umso sicherer, dass sein Großvater in seinen über dreißig Jahren als Polizeichef kein einziges Glas Alkohol im Dienst angerührt hatte. Es blieb ihm aber erspart, auf diese haltlose

Unterstellung antworten zu müssen, da der Bürgermeister bereits wieder das Wort ergriffen hatte.

»Haben Sie sich schon einmal mit diesen Leuten unterhalten?« Sweeney deutete mit dem Daumen zum Fenster hinüber, während er zu seinem Schreibtisch hinüberging. Er fuhr langsam mit dem Finger über das schimmernde, rote Holz, bevor er sich in seinen Stuhl fallen ließ und seine Füße genau dort ablegte, wo eben noch seine Finger gewesen waren. »Völlig verdrehte Ansichten über Eigentum und Besitz und darüber, was die Stadt und das Umland braucht. Aber wenn sie demonstrieren wollen, sollte man sie lassen, nicht wahr? Den Wähler immer glücklich halten, das ist meine Devise. Und wer weiß, vielleicht hat das Referendum dieses Mal Erfolg. Auch wenn ihre kleine Schafrebellion am Ende dann wohl nicht zu dem führen wird, was sie erwarten.«

Iain war abermals sprachlos. Zum Glück schien der Bürgermeister auf seine eingestreuten Fragen keine Antwort zu erwarten. Stattdessen lächelte er versonnen in sich hinein, als ob er einen Witz erzählt hätte, den nur er verstand.

»Sie fragen sich sicher, was ich meine.« Sweeney kippte seinen großen Lederstuhl, der um einiges bequemer aussah als der Holzstuhl, auf dem Iain saß, ein Stück nach hinten. »Diese selbst ernannten Naturschützer wollen den hiesigen Schafhirten ihr Recht absprechen, auf ihrem Land so viele flauschige Schafe weiden zu lassen, wie sie es für richtig halten, wenn diese sich nicht an bestimmte Auflagen halten. Sie fordern, dass die Art, wie das Weideland genutzt werden darf, von der Stadt auf ihre ökologische Nachhaltigkeit geprüft werden muss. Am liebsten wäre es den Naturschützern natürlich, wenn das ganze Weideland zum Naturschutzgebiet erklärt werden würde.

Aber wer außer denen würde das schon wollen?« Ein weiteres feines Lächeln umspielte seine Lippen.

Stirnrunzelnd sah Iain zum Bürgermeister hinüber und versuchte aus dem einseitigen Gespräch und den darin versteckten Andeutungen schlau zu werden. Genau genommen war er heute Morgen in der Hoffnung ins Rathaus gekommen, mehr über Alistair McNab zu erfahren. Aber leider bestätigte sich jetzt der erste Eindruck, den Iain auf der ersten und einzigen Stadtversammlung gewonnen hatte, die er in Dunlay besucht hatte und auf der er vom Bürgermeister vorgestellt worden war: Michael Sweeney hörte sich am liebsten selbst reden. Und wie alle anderen in der Stadt interessierten ihn im Moment nur die Demonstration und das damit verbundene Referendum.

»Ich und meine Mitarbeiter würden uns natürlich dieser verantwortungsvollen Aufgabe stellen«, sagte Sweeney breit lächelnd, machte dann jedoch eine wegwerfende Handbewegung zum Fenster hin. »Aber selbst wenn es diese Leute schaffen, die Einwohner der Stadt von ihrem Vorhaben zu überzeugen, und die Abstimmung am Sonntag zu ihren Gunsten ausfällt, hat der Vorstand des Schäferverbandes immer noch das Recht, ein Veto einzulegen, und ich bezweifle doch sehr, dass irgendeiner von ihnen auf ihr Recht zur bedingungslosen Schafhaltung verzichten wird.«

»Der Schäferverband?« Iain nutzte seine Chance, den Bürgermeister in seinem Redeschwall zu unterbrechen, da er das Gefühl hatte, langsam den Faden zu verlieren. Es war die Aufgabe von PS Lamb gewesen, für den reibungslosen Ablauf der Demonstration heute und der Abstimmung am Sonntag zu sorgen. Die Organisation hatte schon vor Iains Umzug nach Dunlay begonnen, und er hatte es mit Freude dem Sergeant überlassen, sich weiterhin mit dem damit verbundenen bürokratischen Aufwand herumzuschlagen. Iain hatte nur am Rande mitbekommen, worum es sich bei dem Referendum handelte, und war davon ausgegangen, dass es sich mit der Abstimmung am Sonntag damit erledigt hätte.

»Sie kennen doch den Crofters' Holdings Act von 1886?«, fragte der Bürgermeister, und Iain nickte, obwohl er sich nur dunkel an diesen Teil der schottischen Geschichte erinnern konnte. »Nun, in Dunlay liegen die Gesetze noch etwas anders«, fuhr Sweeney fort. »Hier haben sich die Viehhirten schon frühzeitig von ihren Pächtern emanzipiert und ihnen das Land abgekauft. Zum Ende des 19. Jahrhunderts wurde ihnen dann sogar gesetzlich zugesichert, dass ihnen niemand das Recht und die Pflicht absprechen darf, Schafe oder auch andere Nutztiere auf ihrem Land zu halten, solange sie dem nicht selbst zustimmen. Sollte das Referendum zugunsten der Naturschützer ausfallen, hat der Vorstand des Schäferverbandes die Möglichkeit, innerhalb von achtundvierzig Stunden Einspruch dagegen einzulegen.«

»Aber aus welchem Grund sollten sie das nicht tun?«, fragte Iain verwundert.

»Das ist die Frage, nicht wahr? Die Naturschützer glauben, sie mit guten Argumenten davon abbringen zu können. Völliger Nonsens natürlich. Die Schafhirten pochen auf ihre alten Traditionen und sind bezüglich ihrer Rechte bockiger als ihre Schafe. Dies ist das sechste Referendum innerhalb von zwanzig Jahren. Bisher haben es die Naturschützer nicht einmal geschafft, die Abstimmung zu gewinnen, auch wenn sie beim letzten Mal nahe dran waren. Wer weiß? Vielleicht klappt es ja diesmal. Dann hätten die Vorstandsmitglieder zur Abwechslung etwas zu tun.« Der Bürgermeister schwenkte bedächtig sein fast leeres Whiskyglas, gerade so, als würde ihm der Gedanke gefallen.

»Und wer sitzt in diesem Vorstand?«, hakte Iain nach, da Sweeney das erste Mal an diesem Vormittag nicht von allein weiterredete.

»Das wird jedes Jahr am Neujahrstag neu evaluiert. Die Hirten mit den größten Viehherden erhalten den Sitz. Derzeit sind es Alistair McNab, Marcus Larson und George Mcleod – und ihre Erben natürlich, falls einer innerhalb des Jahres versterben sollte. Die drei können frei und unabhängig voneinander von ihrem Vetorecht Gebrauch machen, und jeder andere Schafhirt in Dunlay ist an ihre Entscheidung gebunden.«

Iain richtete sich in seinem Stuhl auf und schaute den Bürgermeister verdutzt an. Natürlich wusste Iain bereits, dass McNab ein Schafhirt gewesen war, und Marcus Larson kannte er durch einige Beschwerden über Wilderei, die dieser im Laufe der letzten Monate bei der Polizei vorgebracht hatte. Ihm war aber nicht bewusst gewesen, dass sein eigener Hilfspolizist George Mcleod zu den größten Schafhirten der Gegend zählte. Kein Wunder, dass er am Fundort der Leiche so aus dem Häuschen gewesen war. Das Leben eines Schafhirten musste erstaunlich wenig zu bieten haben, wenn Mcleod den Großteil seiner Zeit in der Polizeistation verbrachte und auf ein wenig Aufregung hoffte.

Aber noch eine andere Information hatte Iain aufhorchen lassen. McNabs Vetorecht würde mit seinem Tod erlöschen, es sei denn, es fände sich in gegebener Zeit ein passender Erbe. Laut PC Parker hatte McNab keine Angehörigen. Ob der alte Mann daran gedacht hatte, ein Testament zu machen? Iain nahm sich vor, später am Tag dem

Haus von McNab einen Besuch abzustatten. Vielleicht waren dort brauchbare Indizien zu finden.

Er wandte sich wieder dem Bürgermeister zu. »Meinen Sie, das wäre ein Grund, McNab umzubringen?«

»Ob einer von den Demonstranten den alten McNab umgebracht haben könnte, damit er nach der Abstimmung keinen Einspruch einlegen kann, meinen Sie?«, fragte Sweeney gedehnt und schüttelte dann den Kopf. »Nein, nein, das kann ich mir beim besten Willen nicht vorstellen. Obwohl McNab natürlich immer ein wahrer Verfechter der Schafhaltung war und dieser Nicholas Carmichael ein echter Hitzkopf ist.«

»Sie spielen auf den Neffen von Isobel an?«, fragte Iain erstaunt.

»Isobel Shore? Stimmt, die beiden sind verwandt, das vergesse ich manchmal«, antwortete der Bürgermeister gelangweilt. »Sie sind die Vorsitzenden des lokalen Naturschutzbundes.«

Iain holte sein Notizbuch hervor und machte sich einen Vermerk, konnte sich aber beim besten Willen nicht vorstellen, dass es sich hierbei um ein vernünftiges Mordmotiv handelte. »Kennen Sie denn sonst jemanden, der einen Vorteil aus McNabs Ermordung ziehen würde?«

»War es denn wirklich Mord? Ich dachte, der alte Halunke wäre an seinem Geiz erstickt.«

»Dr. Bishop kann einen Mord nicht ausschließen, also werde ich so lange ermitteln, bis ich den Täter habe oder das Gegenteil bewiesen ist«, sagte Iain irritiert. So langsam wurden ihm das seltsame Gebaren und die vagen Antworten des Bürgermeisters zu bunt. Noch immer halb in seinem Bürostuhl liegend, erweckte Sweeney den Eindruck, dass sein Interesse für seine Mitbürger nicht über das Wahlergebnis hinausging.

»Der gute alte Dr. Bishop. Wenn er sagt, es könnte Mord sein, dann müssen Sie dem natürlich nachgehen.«

»Hatte McNab Familie? Irgendwen, der erbberechtigt ist?«, fragte Iain und ignorierte den schneidenden Kommentar über den Chirurgen.

»Meines Wissens war er nie verheiratet. Er hatte eine Schwester in Irland, aber die ist schon seit Jahren tot.«

»Und wie sieht es mit Feinden aus?«

»Feinde, sagen Sie? Nicht, dass ich wüsste. Er war ein alter Kauz, den keiner wirklich leiden konnte. Keine Frage. Aber ihn deswegen umzubringen, wäre doch lächerlich.«

»Aber irgendwer wird vielleicht an seinem Land interessiert gewesen sein«, gab Iain zu bedenken.

»Was haben Sie darüber gehört?« Der Bürgermeister fuhr stocksteif in seinem Stuhl hoch.

»Ich kenne mich mit Grundstückswerten nicht aus, aber mir scheint, dass McNabs Grund und Boden einiges wert sein dürfte, vor allem wenn das Referendum durchkommt und es nicht mehr als Weidefläche genutzt werden muss.« Iain zuckte mit den Schultern. »Es wird doch bestimmt jemand Interesse daran haben.«

»Nun ja.« Zu Iains Überraschung zögerte der Bürgermeister kurz. »Es kommen ständig Anfragen für Nutzflächen auf meinen Tisch. Sei es nun für die landwirtschaftliche Nutzung oder zu touristischen Zwecken. Bisher war das aber irrelevant, da das Weideland ausschließlich zur Viehhaltung genutzt werden darf.«

»Und liegt aktuell ein solches Angebot vor?«, bohrte Iain weiter. Er schien einen Nerv getroffen zu haben, auch wenn er nicht wusste, was an einfachen Grundstücksanfragen so besonders sein sollte.

»Von einem Angebot zu sprechen, wäre übertrieben«,

sagte der Bürgermeister abwägend. »Eine große Hotelgruppe, deren Namen ich unerwähnt lassen möchte, hat ihr Interesse an unserem kleinen Städtchen bekundet. Aber sie wollen nur investieren, wenn das Grundstück genügend Platz bietet für den Gebäudekomplex, die Stallungen, mehrere Tennisplätze und einen Golfplatz natürlich.«

»Natürlich, kein Hotel kommt heutzutage noch ohne aus.«

Dem Bürgermeister entging Iains sarkastischer Unterton vollkommen. »Sie verstehen also. Für ein derartiges Projekt kommen nur ganz wenige Grundstücke infrage, und keines von ihnen steht bei der derzeitigen Gesetzeslage zur Verfügung.« Sweeney stand auf, schenkte sich noch etwas Whisky ein und nahm einen tiefen Schluck, bevor er betrübt aus dem Fenster sah. »Ein Jammer. Die Hotelanlage würde Dunlay immens bereichern. Die ausländischen Touristen haben Schottland für sich entdeckt, man muss ihnen nur den richtigen Anreiz bieten, hierher nach Dunlay zu kommen.«

Die Touristen würden wegen der familiären Bed and Breakfasts, der unberührten Natur und vor allem wegen der vielen bunten, kleinen Fischerhäuschen, die sich am Ufer des Loch Ayren aufreihten, kommen, dachte Iain, und nicht wegen einer überteuerten, seelenlosen Touristenhölle. Er konnte ein lautes Schnauben nicht unterdrücken, doch der Bürgermeister schien ihn gar nicht mehr wahrzunehmen. Sweeney richtete einzelne seiner Haarsträhnen in der Spiegelung im Fenster, als sich sein Gesicht plötzlich aufhellte. »Wer weiß«, sagte er leise, »vielleicht könnte der ein oder andere sich doch für das Referendum erwärmen. Es bräuchte wahrscheinlich nur etwas Nachdruck und Überzeugungskraft.«

Als wäre ihm gerade erst wieder eingefallen, dass er nicht allein war und Iain unverändert auf einem Stuhl in seinem Büro saß, drehte Sweeney sich auf einmal schwungvoll vom Fenster weg und strahlte Iain mit einem aufgesetzten Lächeln an. »Aber das ist natürlich Aufgabe der Naturschützer. Die Stadtversammlung heute Abend wird ihnen eine weitere Gelegenheit geben, ihren Standpunkt zu bekräftigen.« Seine Stimme hatte wieder die gewohnte Geschwindigkeit und Blasiertheit angenommen. »Ich werde heute Abend als neutrale Partei die Debatte zwischen Naturschützern und Schafhirten moderieren. Werden Sie auch dabei sein?«

Auch wenn er einen anderen Eindruck erwecken wollte, war das alte Gesetz zugunsten der Schafhirten dem Bürgermeister ganz eindeutig ein Dorn im Auge. Er konnte die Naturschützer aber in ihrem Vorhaben nicht offen unterstützen, ohne einen anderen Teil seiner Wählerschaft zu brüskieren. Zumal er das eigentliche Ansinnen der Naturschützer, das Weideland zum Naturschutzgebiet zu erklären, anscheinend für reinen Blödsinn hielt. Ob den Demonstranten draußen vor dem Rathaus bewusst war, dass der Bürgermeister die Weideflächen lieber für Hotelanlagen nutzen wollte? Und was verheimlichte Sweeney wohl sonst noch? Sein jäher Stimmungswechsel war ebenso eigenartig gewesen wie sein falsches Lachen. Iain glaubte keine Sekunde daran, dass der Bürgermeister aus reiner Herzensgüte und nur zum Wohlergehen Dunlays agierte, kam aber zu dem Schluss, dass er von Sweeney selbst keine brauchbaren Informationen bekommen würde.

Iain ignorierte die zuvor gestellte Frage des Bürgermeisters und fragte ihn stattdessen nach der Telefonnummer der Hotelgruppe, deren Angebot derzeit vorlag. Vielleicht waren die Hoteliers auskunftsfreudiger als Sweeney und würden Iain mitteilen, an welchen Ländereien in Dunlay sie interessiert waren. Der Verkaufswert von McNabs Besitz schien Iain im Moment das einzig stichhaltige Mordmotiv, aber auch nur dann, wenn es tatsächlich einen potenziellen Käufer gab.

Statt zu antworten, schritt der Bürgermeister unvermittelt auf Iain zu und streckte ihm die Hand entgegen. »Mr Wallace, es war nett, mit Ihnen zu plaudern. Aber ich bin ein viel beschäftigter Mann und habe noch andere Dinge zu erledigen.«

Iain stand zwar ebenfalls auf, blieb aber stur. »Ich brauche diese Telefonnummer.«

»Die muss mir entfallen sein.«

»Ihre Sekretärin wird sicherlich keine Schwierigkeiten haben, sie herauszusuchen.« Mit schnellen Schritten ging Iain in Richtung Tür, wurde aber vom Bürgermeister am Arm zurückgehalten, bevor er diese öffnen konnte. »Warten Sie! Wir müssen Ms Patel doch nicht mit so einer Lappalie belästigen. Mir ist gerade wieder eingefallen, dass die Leute der Hotelgruppe am Donnerstagmorgen ohnehin zu einer Präsentation vorbeikommen wollen. Kommen Sie gern dazu, falls sich Ihre Fragen bis dahin noch nicht geklärt haben.«

»Das werde ich tun.« Iain trat ohne ein Wort des Abschieds aus der Tür und ging erschöpft in Richtung Ausgang.

***

Wenige Minuten später fand Iain sich vor dem Rathaus wieder und drehte sich verwundert noch einmal zum Eingang um. So abrupt war er noch nie irgendwo herausgeschmissen worden. Das Gespräch mit Sweeney hatte sich angefühlt, als würde ein glitschiger Fisch ihm immer wieder aus den Händen gleiten, sodass Iain sich sicher war, dass der Bürgermeister mit seinem pompösen Auftreten und ausschweifenden Gerede irgendetwas verbergen wollte. Die selbstgefällige Fassade war ziemlich schnell in sich zusammengefallen, sobald Iain das richtige Thema angeschnitten hatte. Sweeneys Geheimniskrämerei hatte aber anscheinend nichts mit McNabs Tod zu tun, sodass ein Treffen am Donnerstag vollkommen ausreichen würde. Zumal Iain noch nicht einmal wusste, ob McNab überhaupt einen Erben eingesetzt hatte und was passieren würde, falls dies nicht der Fall war. Im Moment gab es so viele unbekannte Faktoren, dass Iain hoffte, bis zum nächsten Treffen mit dem Bürgermeister klarer zu sehen und ihn dann konkret auf bestimmte Themen ansprechen zu können.

Eine riesige Menschentraube, die sich vor einer kleinen Bühne versammelt hatte, lenkte Iains Aufmerksamkeit auf den Marktplatz. Das waren aber weit mehr als hundert Demonstranten! Iain hatte sogar im Vorfeld mit Lamb über die Möglichkeit gesprochen, weitere Polizisten aus den umliegenden Gemeinden als Verstärkung für die Demonstration anzufordern, und zur Abwechslung waren sie sich beide einig gewesen, dass bei der geringen Teilnehmerzahl kein Anlass dafür bestand. Wie man sich doch täuschen konnte. Iain konnte nur hoffen, dass Sergeant Lamb und die drei anderen zurechtkamen.

Die letzten Töne eines Dudelsacks und einer Violine verklangen, und während die Musikanten unter großem Jubel und Beifall von der Bühne geleitet wurden, nahm eine ziemlich steif wirkende Frau hinter dem Mikrofon Aufstellung, in der Iain trotz der Entfernung Trudys Freundin Isobel erkannte. Neben ihr tauchte ein junger

Mann mit dunkelblonden schulterlangen Haaren auf und stellte sich ebenfalls an ein Mikrofon. Bei dem Mann, der nicht viel größer war als sie, musste es sich um Isobels Großneffen handeln, vermutete Iain.

Nach dem fruchtlosen Gespräch mit dem Bürgermeister beschloss er, sein Glück als Nächstes bei den Naturschützern zu versuchen. Auch wenn Sweeney unverhohlene Andeutungen gemacht hatte, konnte Iain sich beim besten Willen nicht vorstellen, dass einer von ihnen McNab wegen seiner Einwände gegen das Referendum umgebracht haben sollte, insbesondere da noch nicht einmal feststand, ob sie die Abstimmung am Sonntag gewinnen würden. Dennoch durfte Iain keinen noch so unwahrscheinlichen Anhaltspunkt außer Acht lassen, und wenn er jetzt mit ihnen sprach, konnte er bereits eine weitere Aufgabe von der Ermittlungsliste abhaken.

Entschlossenen Schrittes wollte er sich auf den Weg zur Verkündung machen, als er mit jemandem zusammenstieß und unversehens lauter lose Blätter wie Schneeflocken um ihn herumstoben. Mit einem kleinen Fluch warf sich die andere Person auf den Boden, um die Zettel einzusammeln.

»Gwendolyn?«, fragte Iain, der die Stimme wiedererkannt hatte, und bückte sich ebenfalls, um ihr beim Aufräumen behilflich zu sein.

»Iain, du bist es!«, rief Gwendolyn leicht außer Atem und blickte zu ihm auf. »Tut mir leid, ich habe dich nicht gesehen. Ich muss diese Unterlagen so schnell wie möglich ins Bürgermeisterbüro bringen. Das hätte ich gestern schon erledigen müssen, aber nachdem ich von Alistairs Tod erfahren habe, war ich einfach zu durcheinander.«

Gwendolyns unerwartete Offenheit überraschte Iain. Gestern war sie ihm eher zurückhaltend vorgekommen, aber möglicherweise hatte das nur daran gelegen, dass aus der Esseneinladung unversehens ein Blind Date unter den Augen von drei alten Damen geworden war, das dann auch noch von Alistair McNabs Tod überschattet worden war.

»Es war nicht deine Schuld, ich war so auf die Demonstranten konzentriert, dass ich nicht auf meine Umgebung geachtet habe.« Iain nahm einige Blätter und klopfte sie mit einer Kante auf den Boden, sodass ein ordentlicher Stapel entstand. »Was ist denn so wichtig, dass es nicht warten kann, bis die Demonstration vorbei ist? Die ganze Stadt scheint bei der Kundgebung zu sein.«

»Eigentlich nichts von Bedeutung«, sagte Gwendolyn. »Aber wenn der Bürgermeister einem sagt, dass man heute Vormittag zu arbeiten hat, dann muss man eben arbeiten.«

»Er hat dir verboten, zur Demonstration zu gehen?«, fragte Iain ungläubig.

»Nicht nur mir und auch nicht mit diesen Worten. Alle Angestellten der Stadt haben dieselbe E-Mail erhalten. Darin stand, dass heute ein Arbeitstag wie jeder andere ist und dass ein unentschuldigtes Fernbleiben vom Arbeitsplatz zu einer Kündigung führen kann. Nicht sonderlich subtil, aber wirksam. Wir mussten Desmond, unseren Bibliotheksleiter, vorhin regelrecht zwingen, nach Hause zu gehen, weil er trotz hohem Fieber zur Arbeit gekommen ist.« Sie schob ihre Brille zurecht. »Aber wie gesagt, ich bin mit der Abgabe dieser Unterlagen schon im Verzug, insofern hätte ich heute früh ohnehin arbeiten müssen.«

Sie hatten sich inzwischen beide wieder aufgerichtet, und Iain wollte gerade seinen Schwung Dokumente auf den von Gwendolyn legen, als sein Blick auf das obere

Blatt ihres Stapels fiel. Auch wenn der Zettel verkehrt herum lag, konnte er problemlos das Logo in der rechten oberen Ecke erkennen – das unverwechselbare Geweih von The Stag, einer der am schnellsten expandierenden Hotelgruppen der letzten Jahre.

»Gwendolyn, was sind das für Papiere?«

»Nenn mich doch bitte Gwen, das andere klingt so überladen«, sagte sie und zuckte dann mit den Schultern. »Mike bittet mich hin und wieder, Dokumente für ihn zu kopieren und zu archivieren, bestimmt einmal pro Woche. Als hätte ich als Bibliothekarin nicht schon genug zu tun. Aber er ist der Ansicht, dass seine Sekretärin nicht vertrauenswürdig genug ist.«

Gwendolyns hübsches Gesicht, das heute von dunklen Locken eingerahmt wurde, verzog sich zu einer kleinen Grimasse, und Iain wurde plötzlich klar, dass die windige Sekretärin mit Sicherheit nicht der einzige Grund war, warum Sweeney Gwendolyn jede Woche in seinem Büro antanzen ließ. Da sie sich ihrer eigenen Wirkung aber nicht bewusst zu sein schien, sparte er sich einen Kommentar. Es war bestimmt schon schlimm genug, für den Bürgermeister arbeiten zu müssen, wenn man nicht wusste, dass er eine Schwäche für einen hatte. Außerdem hatte Iain momentan ganz andere Dinge im Kopf.

»Hast du dir diese hier genauer angesehen?«, fragte er und deutete auf den Stapel in ihrer Hand.

»Wieso?« Gwendolyn schaute ihn argwöhnisch an.

»Die Informationen darin könnten mir vielleicht dabei helfen, den Fall zu lösen.«

»Du darfst mich bitte nicht für neugierig halten«, sagte sie und blickte verlegen zur Seite. »Aber stumpf Dokumente zu kopieren, ist so langweilig, und meist möchte Mike sie auch noch in dreifacher Ausführung haben. Also lese ich mir manchmal die Papiere durch, während der Kopierer läuft. Nicht, dass es sich dabei um erstklassige Literatur handeln würde.«

»Würdest du mir sagen, was drinsteht?«, fragte Iain begierig, aber dann fiel ihm auf, in welche Lage er sie mit dieser Frage brachte. Sie sollte ihm vertrauliche Informationen preisgeben, die Sweeney anscheinend nicht einmal seiner Sekretärin überlassen wollte. Iain wollte schon einen Rückzieher machen, als Gwendolyn antwortete: »Und es würde dir wirklich helfen, Alistairs Tod aufzuklären?«

Die Lüge lag schon auf Iains Zunge, doch ihr vertrauensvoller Blick ließ ihn innehalten. »Um ehrlich zu sein, nicht direkt. Es würde mir aber durchaus helfen, herauszufinden, ob der Bürgermeister in die Sache involviert sein könnte.«

Gwendolyn rückte noch einmal ihre Brille zurecht und sah sich dann nach allen Seiten um. »Okay. Aber nicht direkt hier vor dem Rathaus. Ich möchte nicht, dass uns jemand zufällig belauscht.«

»Wirklich?« Iain strahlte sie an, und Gwendolyn erwiderte sein Lächeln zaghaft. »Wie wäre es morgen früh im *Marianne's?* Da ist meist nicht viel los«, schlug er vor.

Gwendolyn nickte und verabschiedete sich mit einem entschuldigenden Blick auf die Papiere in ihrer Hand. Iain sah ihr nach, bis sie im Rathaus verschwunden war, und drehte sich dann in Richtung Marktplatz, um sich unter die Demonstranten zu mischen. Bevor er mit den Naturschützern sprach, dachte Iain, wäre es vermutlich keine schlechte Idee, Trudy zu suchen und ihr zu danken, dass sie ihm Gwendolyn vorgestellt hatte.

***

Nicholas und Isobel standen gemeinsam auf der Bühne und hielten die letzten Reden der Kundgebung, während Trudy am Seiteneingang stand und die beiden fasziniert beobachtete. Sie hatte Agatha bereits vor dem Konzert nach Hause gebracht, da der lange Marsch durch die Stadt seinen Tribut gefordert hatte. Nachdem Agatha sich sofort für ein Schläfchen hingelegt hatte, war Trudy zurück zur Kundgebung auf dem Marktplatz gegangen und konnte so noch die letzten Minuten von Isobels und Nicholas' Reden mit anhören. Aufgrund der vielen jungen Teilnehmer hätte man denken können, dass Nicholas derjenige war, der mit seiner forschen und anstachelnden Rede die Menge mitriss, doch es war Isobel, die die Menschen in ihren Bann zog. Obwohl sie sich, wie sie Trudy vorher im Vertrauen erzählt hatte, die schlagkräftigsten Argumente für die Stadtversammlung und damit für die Einwohner Dunlays aufsparte, hielt sie die Menge wie selbstverständlich in Schach und erntete mit ihren kurzen, aber prägnanten Argumenten viel Beifall und zustimmende Jubelrufe. Trudy, die Isobel schon seit der Schulzeit kannte, hatte sie immer als strenge und etwas steife Person wahrgenommen, bei der alles seine strikte Ordnung haben musste, und war nun überrascht, wie energisch und gelöst ihre Freundin auf der Bühne auftrat.

Die Demonstration hatte sich länger hingezogen als gedacht, und sobald Isobel und Nicholas ihre Reden beendet hatten und die letzten Schlachtrufe verklungen waren, löste die Menschenmenge sich schnell auf. Während einzelne Grüppchen sich auf den Weg nach Hause machten, überrannten andere die vielen Lokale und Restaurants, die sich rund um den Marktplatz und an der Wasserfront Dunlays angesiedelt hatten.

Trudy stand noch immer am seitlichen Bühnenaufgang,

als Nicholas mit einem siegessicheren Lächeln und Isobel mit vor Aufregung weit geöffneten Augen und geröteten Wangen von der Bühne herabkamen.

»Es war großartig«, schrie Nicholas laut, drosselte seine Lautstärke aber, als ihm einfiel, dass er nicht mehr auf der Bühne stand. »So viele Leute. Bestimmt zehnmal so viele, wie wir erwartet hatten. Und wie sie alle mitgemacht haben! Ein Mega-Erfolg.«

»Ja, ich glaube, diesmal könnten wir es wirklich schaffen.« Isobel strahlte über das ganze Gesicht. »Wir müssen nur noch die Stadtversammlung heute Abend vernünftig über die Bühne bringen, und dann liegt es nicht mehr in unserer Hand.«

Nicholas gab seiner Großtante einen Kuss auf die Wange. »Ich muss los, ich treffe mich noch mit den anderen zum Feiern. Wir sehen uns heute Abend.«

»Nicht so schnell!«, ertönte es hinter ihnen, bevor Nicholas auch nur einen Schritt machen konnte. Iain winkte beherzt mit dem Arm und drängte sich an den letzten Demonstranten vorbei. »Ich habe Fragen an Sie beide bezüglich des Mordfalls Alistair McNab«, sagte Iain leicht außer Atem, als er bei ihnen ankam. Nicholas' Gesicht wurde zu einer starren Maske, während das eben noch strahlende Lächeln auf Isobels Lippen erstarb.

»Mr Wallace, das kann doch nicht Ihr Ernst sein!«, empörte sich Isobel, gleichzeitig fragte Trudy bestürzt nach: »War es denn wirklich Mord, Iain?«

»Die Möglichkeit eines gewaltsamen Todes steht im Raum. Ich muss alle Verdachtsmomente überprüfen, deshalb bin ich hier«, antwortete Iain beiden.

»Ich kenne diesen McNab doch nicht einmal«, ereiferte sich Nicholas.

»Das behaupte ich auch nicht. Mir sind Informationen

zugetragen worden, die das anstehende Referendum mit Alistair McNab in Verbindung bringen. Wie jedem anderen Hinweis muss ich dieser Sache auch nachgehen, und da Sie beide die Vorsitzenden des lokalen Naturschutzbundes sind, wäre ich Ihnen dankbar, wenn Sie mir einige Fragen beantworten könnten.«

»So wollen Sie also unseren sicheren Sieg torpedieren! Indem Sie uns einen Mord unterschieben!« Nicholas machte Anstalten, auf Iain loszuspringen, doch Isobel hielt ihn zurück und warf ihm einen eindringlichen Blick zu.

»Beruhige dich, Nick. Niemand verdächtigt uns des Mordes«, ergriff sie das Wort und wandte sich dann an Iain. »Oder, Inspector? Es handelt sich sicherlich nur um ein paar grundlegende Fragen zum Naturschutzbund und zum Referendum, und die werden wir Ihnen natürlich gerne beantworten. Wir müssen hier nur noch aufräumen und den Abtransport der Bühne organisieren. Würde es Ihnen nachher zum Tee bei mir passen?«

Iain nickte.

»Sehr gut. Trudy kennt meine Adresse. Wir sehen uns dann nachher.« Mit diesen Worten packte sie Nicholas für eine Frau ihres Alters erstaunlich fest am Arm und zog ihn zur Hinterseite der Bühne, wo schon einige Männer mit dem Abbau begonnen hatten.

»Was war das denn?«, fragte Iain.

Trudy sah stirnrunzelnd ihrer Freundin und deren Neffen hinterher. »Ich habe keine Ahnung, sie ist heute wohl etwas angespannt.«

»Und ihr Großneffe ist sehr leicht reizbar.«

»Ich habe ihn erst zwei- oder dreimal getroffen, da hat er sich nicht so benommen. Aber sie arbeiten schon seit Monaten auf diese Woche hin, vielleicht gehen ihnen die

Nerven am Ende ein bisschen durch.« Trudy warf noch einen letzten Blick auf ihre Freundin, die gerade hitzig mit Nicholas diskutierte, bevor sie sich wieder zu Iain umdrehte. »Hast du Lust auf die Reste von gestern?«

»Solange ich nicht das vegane Curry essen muss ...«

Lachend hakte sich Trudy bei Iain ein, und die beiden machten sich auf den Weg zu Trudys Haus.

Kapitel 7

Ben Parker fuhr mit dem Polizeiwagen über die Main Street und bog dann in die Riverside Road, die entlang des Loch Ayren nach Süden führte. Er hielt mit beiden Händen das Lenkrad umklammert und blickte konzentriert auf die Straße, während Iain neben ihm saß und abwesend aus dem Fenster sah. Iain hatte nur einen kurzen Abstecher zu Trudy gemacht, sich schnell den aufgewärmten Lammeintopf einverleibt und war dann sofort zu Polizeistation gegangen, um sich seine Tasche und den Wagen zu holen. Sein Constable war bereits von der Überwachung der Demonstration zurück gewesen und hatte angeboten, ihn zum Haus von Alistair McNab zu begleiten. Da Iain weder genau wusste, wo das Haus stand, noch, wie er dort hinkam, hatte er das Angebot dankbar angenommen und es zugleich PC Parker überlassen, die Fahrerrolle einzunehmen. Seine Gedanken kreisten weiterhin um den Bürgermeister, und er musste sich eingestehen, wie wenig er diesen Mann leiden konnte. Leider galt Aufgeblasenheit nicht als solides Mordmotiv.

Iain seufzte und wandte sich seinem Kollegen zu. »Danke, dass Sie mich begleiten, Ben, auch wenn Sie sich schon seit heute früh wegen der Demonstration abgerackert haben. Aber vier Augen sehen mehr als zwei.«

»Ich bin gespannt, wie echte Polizeiarbeit aussieht.« Parker umfasste das Lenkrad fester, und rote Flecken bildeten sich an seinem Hals und im Gesicht. »Nicht, dass …«, stammelte er. »Ich wollte damit nicht sagen, dass Strafzettel verteilen und Betrunkene im Pub einsammeln keine Polizeiarbeit ist, Sir.« Iain schaute schnell aus dem Fenster, damit Parker sein Grinsen nicht sehen konnte. Der arme Junge war schon rot genug, da musste ein fehlinterpretiertes Schmunzeln es nicht noch schlimmer machen.

Sie hatten den Stadtkern mittlerweile verlassen, und die kleinen ein- und zweistöckigen Häuschen waren von grünen Wiesen abgelöst worden, auf denen sich nur hier und da ein Schaf blicken ließ. Parker bog kurz vor dem Ortsausgangsschild in eine Seitenstraße ein und parkte den Polizeiwagen auf einer Schotterfläche, die am Wegrand aufgeschüttet worden war.

»Das soll das Haus eines reichen Mannes sein?« Iain stieg aus dem Auto und schaute ungläubig den Hügel hinauf, auf dessen Kuppe eine kleine, heruntergekommene Hütte stand.

PC Parker, der ebenfalls ausgestiegen war, zuckte nur mit den Achseln. »Viele Einheimische setzen heutzutage immer noch die Anzahl der Schafe mit dem Reichtum ihres Besitzers gleich, aber in der Schafzucht steckt wohl nicht mehr so viel Geld wie früher.«

»Wie groß ist McNabs Land eigentlich?«

Parker sah sich um und zog die Stirn kraus. »Wenn Sie es genau wissen wollen, müssen Sie im Grundbuchregister im Rathaus nachsehen. Aber ich schätze, achtzig bis neunzig Hektar. Ich habe gehört, sein Land ist doppelt so groß wie das von Larson und dreimal so groß wie das von Mcleod. Das könnte allerdings auch nur betrunkenes Pub-Geschwätz gewesen sein.«

»War McNab denn oft im Pub?«, fragte Iain verwundert, als sie sich an den Aufstieg machten. »Ich hatte den Eindruck, er sei ein unbeliebter Einzelgänger gewesen.«

»Aye. Aber alle Jubeljahre ist er mit den anderen Schafhirten einen heben gegangen. Und je geselliger die Runde wurde, desto größer wurden ihre Grundstücke. Wie gesagt, man hält hier sehr viele Stücke auf seine Schafe und auf das Land, auf dem sie grasen.«

Oben auf dem Hügel angekommen, sah die Hütte noch baufälliger aus als zuvor. Die graue Wandfarbe des kleinen einstöckigen Hauses, das einmal weiß gewesen sein musste, blätterte an vielen Stellen ab, auf dem Dach fehlten mehrere Schindeln, und die Fensterläden hingen teils windschief in den Angeln. Wären da nicht der einwandfrei gemähte Rasen und das üppige Gemüsebeet direkt neben dem Haus gewesen, hätte man denken können, es stände schon seit Jahren verlassen da. Die Hütte sah ganz eindeutig nicht nach Reichtum aus, hingegen war die Aussicht, die Iain nun genießen durfte, unbezahlbar. Genauso gut, wenn nicht sogar besser als der Ausblick, den er am Sonntagmorgen von dem steilen Hügel aus genossen hatte, bevor er sich mit der harten Realität zu seinen Füßen hatte beschäftigen müssen. Zur Rechten befand sich das friedlich daliegende Örtchen und direkt geradeaus Loch Ayren, der ruhig in der Nachmittagssonne glitzerte. Das Haus selbst war von satten, grünen Hügeln umgeben, die sich in alle anderen Richtungen endlos auszudehnen schienen. Die Möglichkeit, dass Alistair McNab wegen seines Landes umgebracht worden war, erschien Iain gar nicht mehr so abwegig. Bevor er aber weitere Überlegungen darüber anstellen konnte, wurde er von Parker abgelenkt, der ehrfürchtig vor dem Haus stand.

»Dass ich dieses Haus wirklich betreten werde!«, sagte der Constable.

»Haben Sie Angst, dass es über uns zusammenbricht?«, fragte Iain, der nicht glauben konnte, dass bis vor Kurzem tatsächlich noch jemand darin gelebt hatte.

Parker schüttelte den Kopf. »Es gibt ein Spiel, das die Jugendlichen dieser Stadt spielen, eine Art Mutprobe. Gewonnen hat derjenige, der es schafft, unbemerkt einen Gegenstand aus McNabs Haus zu entwenden.«

Iain schmunzelte. Man musste wohl kreativ werden, wenn es sonst nicht viel zu tun gab. »Waren Sie wenigstens erfolgreich?«

»Bestimmt jeder Teenager in Dunlay hat es versucht, aber ich habe nie davon gehört, dass es einer geschafft hat.« Der Constable wandte den Blick vom Haus ab und grinste Iain an. »Ich bin keine zehn Meter den Hügel hinaufgekommen, da sah ich schon in den Lauf einer Waffe. Ich dachte damals wirklich, meine Tage wären gezählt, aber der Alte gab nur einen Warnschuss ab, und ich lief, so schnell, wie ich noch nie in meinem Leben gerannt bin, davon.«

»Er hat Sie mit einer Waffe bedroht?« Iain zog entsetzt die Augenbrauen hoch.

»Aye. Seine Schrotflinte saß stets locker. Aber es ist ja nichts passiert.«

»Und Ihre Eltern? Haben sie nichts dazu gesagt?«

»Denen habe ich nichts davon erzählt. Aber es wäre auch ziemlich scheinheilig gewesen, wenn sie sich darüber aufgeregt hätten, schließlich haben sie das in ihrer Jugend auch gemacht.«

Iain schüttelte nur den Kopf und ging auf die Haustür zu. Er wollte gerade den Schlüssel aus der Tasche holen, den die Sekretärin des Bürgermeisters ihm zähneknirschend überlassen hatte, als ihm auffiel, dass die Tür bereits einen Spaltbreit offen stand.

»Ich nehme an, McNab war kein Mensch, der seine Tür einfach offen stehen ließ, oder?« Iain drehte sich zu Parker um, der stirnrunzelnd an ihm vorbeisah und den Kopf schüttelte.

»Allerdings liegt ein Ersatzschlüssel unter dem Holzschaf dort.« Er zeigte auf ein gut ein Meter hohes, geschnitztes Schaf, das neben der Eingangstür stand und Iain und den Constable ansah.

Während Iain sich bückte, fragte er: »Und davon hat jeder gewusst?«

»Aye. Das war ein offenes Geheimnis. Irgendwie mussten die Jugendlichen doch versuchen, hereinzukommen.«

PC Parker sah Iain mit großen Augen an, als dieser wieder unter dem Schaf hervortauchte, ohne den Schlüssel gefunden zu haben. »Aber ...«, begann er, doch Iain war schon zur Tür hinübergegangen, bückte sich ein weiteres Mal und untersuchte diese. Das Schloss war unbeschädigt, jemand musste den Schlüssel benutzt und anschließend mitgenommen haben. Iain holte ein Puderdöschen und einen Pinsel aus seiner mitgebrachten Tasche hervor und bestrich unter Parkers gespanntem Blick vorsichtig den Türknauf. Als daraufhin nichts geschah, schaute der Constable Iain verwirrt an.

»Er ist wahrscheinlich abgewischt worden«, erklärte Iain. »Lassen Sie uns hineingehen. Vielleicht ist das Innere aufschlussreicher.«

Er trat durch die Tür und wurde von der plötzlichen Dunkelheit überrascht. Obwohl es helllichter Tag war, fiel nur wenig Licht durch die kleinen Fenster. Er holte seine Taschenlampe hervor und wies seinen Constable an, dasselbe zu tun.

Es dauerte einen Moment, bis sich den beiden im spärlichen Licht das gesamte Unheil offenbarte.

Der einzelne Raum, den McNab anscheinend zum Wohnen, Kochen, Essen und Schlafen genutzt hatte, bot ein Bild der Verwüstung. Die Stühle am Küchentisch waren umgestoßen und die Bücher aus dem Regal gerissen worden, auf dem Küchentisch häuften sich Unmengen an Scherben, und auf dem Couchtisch lagen unzählige Papiere wild durcheinander. Selbst an dem Bett hatte sich jemand zu schaffen gemacht, die Kissen und die Matratze waren aufgeschlitzt worden, und das Bild an der Wand hing schief.

»Läuft die Mutprobe der Teenager noch?«, fragte Iain, obwohl er sich nicht vorstellen konnte, dass dies das Werk von Halbstarken war.

Parker schüttelte unschlüssig den Kopf. »Zumindest gab es in letzter Zeit keine Beschwerden.«

»Beschwerden? Von McNab?«

»Nein. Von Eltern, deren Kinder sich verletzt haben.«

»Verletzt? Ich dachte, es wäre nie etwas Schlimmes passiert.«

»Mir ist nichts Schlimmes passiert, aye. Aber über die Jahre gab es schon ein paar Unfälle. Verstauchte Knöchel, Kopfplatzwunden, Schussverletzungen ...«

»Es gab Kinder mit Schussverletzungen?«, fragte Iain ungläubig und leuchtete Parker dabei unbeabsichtigt ins Gesicht.

Dieser blinzelte. »Das klingt schlimmer, als es ist. McNab war kein guter Schütze, und die Kugeln in seiner Flinte quasi Platzpatronen. Es war eher Zufall, wenn er jemanden traf, und etwas Gravierenderes als kleine Blutungen oder oberflächliche Fleischwunden gab es nicht.«

»Und er ist dafür nicht verurteilt worden?« Iain konnte nicht glauben, mit wie viel Nachsicht sein Constable über mehrere Fälle teils schwerer Körperverletzung sprach.

»Es gab Beschwerden, bis hinauf zum Bürgermeister, aber die sind regelmäßig im Sande verlaufen. Man hätte McNab erst mal nachweisen müssen, dass es keine Selbstverteidigung war.«

Iain hatte das Gefühl, sich in einer anderen Welt zu befinden. An jedem anderen Ort in Großbritannien wäre dieser Mann bereits verhaftet oder zumindest eingewiesen worden. Möglicherweise musste er den Kreis der Verdächtigen doch erweitern, dachte er, Rache konnte ein starkes Motiv sein, und die meisten Eltern taten alles für ihre Kinder.

Iain ließ seinen Blick durch den Raum schweifen. Wo sollte man bei diesem Chaos anfangen? Seine Augen blieben an dem Bild über dem Bett hängen. Es zeigte die Silhouette zweier Personen, die auf einem Steg standen, und das hinter ihnen liegende Wasser erstrahlte in den Farben der untergehenden Sonne. Iain kniff die Augen zusammen. Der ungestüme Pinselstrich kam ihm bekannt vor, was schon einiges heißen sollte, da er mit Kunst – sehr zum Kummer seiner Großmutter – nicht viel am Hut hatte. Seine Großmutter, schoss es Iain durch den Kopf. Er sah in die linke obere Ecke und fand sofort, was er gesucht hatte: Trudys Signatur. Schlagartig fiel ihm auch wieder ein, woher er das Bild kannte. Als er ein sehr kleiner Junge gewesen war, vielleicht drei oder vier, hatte es im Wohnzimmer seiner Großeltern gehangen, er hatte damals stundenlang davorgesessen und gebannt die einzelnen Linien verfolgt. Im nächsten Sommer war es dann verschwunden gewesen. Iain neigte langsam den Kopf zur Seite. Er hatte dieses Bild über alles geliebt. Wie hatte er es nur vergessen können?

»Was ist, Sir?«, fragte Parker.

»Dieses Bild …« Iain konnte sich keinen Reim darauf

machen. Die Gemälde an Trudys Wänden hingen nie lange dort, da sie ihrer schnell überdrüssig wurde, woraufhin die Bilder verkauft wurden oder im Keller landeten. Doch dieses Bild hier ... es zeigte Iain und seinen Großvater am Loch Ayren, und sein Großvater hatte es damals genauso sehr geliebt wie Iain. Niemals hätte Trudy es verkauft. Wie kam es also hierher?

Iain stieg auf das Bett und wollte den Rahmen nur leicht berühren, als ihm das Bild entgegenfiel und den Blick auf ein Loch in der Wand freigab. Kein gewöhnliches Loch, sondern eine eigens in die Wand eingelassene Vertiefung mit mehreren Fächern unterschiedlicher Größe, und im größten davon hätte gewiss ein Aktenordner Platz gefunden. Iain legte das Bild in seinen Händen vorsichtig auf das Bett und leuchtete dann mit seiner Taschenlampe in die einzelnen Fächer. Außer ein paar Staubflusen waren sie alle leer. Iain runzelte unsicher die Stirn. Es gab keine Möglichkeit herauszufinden, ob die Person, die hier eingebrochen war, den Inhalt entwendet hatte oder ob die Vertiefung von vornherein leer gewesen war. Die Fächer hätten zwar Platz für Dokumente, Geld und Schmuck geboten, doch je länger Iain sich in der Hütte umsah und die uralten Möbel betrachtete, desto weniger überzeugt war er davon, dass McNab außer seinem Land wirklich etwas von Wert besessen hatte. Die Geschichte vom wohlhabenden Schafhirten schien eher eine Legende zu sein, die sich die Leute erzählten, um sein verschrobenes Verhalten zu rechtfertigen.

PC Parker stand hinter Iain und spähte interessiert in die Aushöhlung in der Wand. »Wer hätte vermutet, dass wir in dieser Hütte ein Geheimfach finden?«

»Vielleicht der Einbrecher?« Iain holte seine Tasche vom Eingang und verfluchte sich selbst, weil er keine

Handschuhe angezogen hatte, bevor er das Bild berührt hatte. Nun zog er sie sich über, gab dem Constable auch ein Paar und griff dann erneut zu Puder und Pinsel. Binnen weniger Minuten hatte er den gesamten Rahmen abgepudert, fand aber nur seine eigenen Handabdrücke an den Seiten, wo er das Bild aufgefangen hatte. Auch an der Vertiefung und den einzelnen Fächern waren keine Fingerabdrücke zu finden.

»Schon wieder Fehlanzeige«, sagte Parker enttäuscht.

»Nicht unbedingt. Wir haben nicht einen einzigen Fingerabdruck gefunden. Das bedeutet, dass der Einbrecher sie abgewischt haben muss, ansonsten hätten wir wenigstens ein paar Teilabdrücke von McNab finden müssen. Da es auch keine Spuren an der Wand oder dem Loch gibt, muss der Einbrecher auch dort dran gewesen sein. Die Frage ist nur, ob derjenige die Fächer ausgeräumt hat oder ob sie schon vorher leer waren. Und natürlich, ob er noch etwas anderes gesucht hat.« Iain sah sich unschlüssig im Raum um. Er konnte weder Computer noch Fernseher entdecken, aber nach einem weiteren Rundumblick war er sich sicher, dass McNab keins von beiden besessen hatte. Wer nicht einmal einen Kühlschrank sein Eigen nannte, hatte auch keinen Sinn für Unterhaltungselektronik.

Zu ihrem Glück war das Haus nicht so groß. Iain ging zum Regal hinüber und bedeutete seinem Constable, die Blätter auf dem Couchtisch durchzuschauen. Auf dem Boden und dem Regal fanden sich viele Bücher, hauptsächlich über Schottland und die Schafzucht, aber auch eine ungewöhnlich große Zahl an Krimis und Thrillern, was Iain jedoch bei seiner Ermittlung nicht voranbrachte. Zwischen den Büchern auf dem Boden lag wild verstreut Kleinkram, der zuvor vermutlich in den nun leeren Kisten im Regal gewesen war. Aber auch Angelhaken und Bierdeckel halfen Iain nicht weiter. Er war schon kurz davor, seine Suche in diesem Teil des Hauses aufzugeben, als er zu seinen Füßen einige Fotos entdeckte. Die meisten zeigten einen wesentlich jüngeren McNab mit seinen Schafen. Nur auf wenigen waren andere Menschen abgebildet, aber weder die beiden Männer, die neben McNab einen großen Fisch in die Luft hielten, noch die Frauen, die lachend neben Schafen auf der Weide posierten, kamen Iain bekannt vor. Er reichte die Fotos an PC Parker weiter, der sie jedoch achselzuckend zurückgab. Iain drehte die Fotos um und sah zu seinem Erstaunen, dass sie sorgfältig beschriftet worden waren: Alan und Steve, 1975; Susanne, 1981; Sarah, 1994. Kein Wunder, dass Parker die Personen auf den Fotos nicht erkannt hatte, zum Zeitpunkt ihrer Entstehung war er noch gar nicht geboren gewesen. Einem Bauchgefühl folgend, steckte Iain die Fotos in einen Beweisbeutel in seiner Tasche und setzte seine Suche in der Küche fort.

Die Küchenschränke boten keine neuen Erkenntnisse, außer dass McNab offensichtlich keinerlei Geschmacksknospen auf seiner Zunge besessen hatte. Iain stellte sich auf Zehenspitzen, in dem Versuch, einen Blick auf die Oberseite der Hängeschränke zu erhaschen, stolperte dabei aber erst über einen umgefallenen Stuhl und dann über ein Hundekissen, das zu Iains Erstaunen die Größe eines Kinderbettes hatte. Zu seinem Glück fand er Halt an dem noch aufrecht stehenden Küchentisch, zog sich dabei aber einige Schnittwunden an den herumliegenden Scherben zu. Während er sich nach einem Pflaster umsah, blieb sein Blick am Küchentisch hängen. Auch wenn alle Gläser und Teller zerbrochen waren, war doch eindeutig zu erkennen, dass es sich um zwei Gedecke handelte.

»Ben«, rief Iain zum Couchtisch hinüber. »Wenn McNab wirklich so ein Einzelgänger gewesen ist, wie kann es sein, dass er hier zusammen mit jemandem gegessen hat?«

»Ich weiß es nicht, Sir. Aber ich habe etwas Interessantes gefunden.« Parker kam mit einem Blatt Papier in der Hand in den Küchenbereich hinüber und zeigte Iain den Brief, den er in dem Zettelchaos gefunden hatte. Der Absender war eine Anwaltskanzlei aus Inverness, und der Brief selbst war an McNab adressiert und trug ein Datum von diesem Januar. Es war kein langes Schreiben, nur ein paar Zeilen, die McNab darüber informierten, dass die angeforderten Testergebnisse vorliegen würden und eine Kopie des Laborberichts als Anhang beigelegt worden war. Der Brief endete mit der Frage, ob die Testamentsänderungen so vorgenommen werden sollten, wie zuvor bereits erörtert.

Iain drehte das Papier um, aber die Rückseite war leer.

»Haben Sie den erwähnten Anhang oder das Testament gefunden?«, fragte Iain den Constable. Als dieser verneinte, durchwühlten beide erneut die Zettel auf dem Boden und im Regal. Iain ging sogar so weit, alle Bücher auszuschütteln, doch die gesuchten Papiere blieben verschollen.

»Ob der Einbrecher es darauf abgesehen hatte, Sir?«

»Möglich. Aber ihm muss doch klar gewesen sein, dass wir ganz einfach Kopien von dieser Anwaltskanzlei anfordern können.« Iain holte weitere Beweisbeutel aus seiner Tasche und steckte den Brief in einen davon. Von den verbliebenen zwei Tüten gab er eine an Parker weiter, die andere öffnete er selbst und ging zum Küchentisch hinüber.

»Packen Sie einfach alle Papiere ein, die Sie finden können! Vielleicht hat der Einbrecher wenigstens dort Fingerabdrücke hinterlassen«, forderte Iain den Constable auf, während er selbst begann, die Scherben vom Tisch in die Tüte zu füllen. Auf Parkers forschenden Blick hin fügte Iain erklärend hinzu: »McNab war mit irgendjemandem so vertraut, dass er ihn hier zu einem gemütlichen Essen eingeladen hat, und ich werde herausfinden, wer diese Person ist.«

Kapitel 8

Trudy und Isobel saßen auf dem Sofa in Isobels Wohnzimmer und schauten angespannt dabei zu, wie Nicholas wie eine Raubkatze in einem Käfig vor dem Fenster auf und ab lief, während einzelne Strähnen sich aus dem Knoten lösten, zu dem er seine Haare zusammengebunden hatte.

»Denkt er etwa, wir hätten hier ewig Zeit? Ich wollte vor der Versammlung noch Flugzettel verteilen, und die Versammlung selbst muss auch noch vorbereitet werden«, stieß er wütend aus und trat dabei mit dem Fuß gegen einen von Isobels Sesseln.

Da Isobel stoisch schwieg und unbeeindruckt an ihrem Tee nippte, fühlte Trudy sich in der Pflicht, den jungen Mann anzusprechen. »Nicholas, beruhige dich! Die Möbel deiner Großtante können doch nichts dafür. Iain wird sicher gleich kommen.«

»Es war klar, dass Sie ihn verteidigen.« Statt sich zu beruhigen, geriet Nicholas jetzt erst so richtig in Fahrt. »Nur weil er ein Polizist ist, darf er sich nicht alles erlauben. Und Sie als Polizistenwitwe sind auch nicht besser. Was wollen Sie hier überhaupt?«

»Nicholas Carmichael!«, rief Isobel nun doch vorwurfsvoll. »Du wirst keinen meiner Gäste unter meinem Dach beleidigen! Nicht jetzt und auch nicht in Zukunft.«

»Aber Tantchen!« Nicholas deutete anschuldigend auf

Trudy. »Sie ist mit dem Feind verwandt, sie wird ihm alles, was wir sagen, haarklein berichten.«

»Also wirklich!«, entfuhr es Trudy.

»Hör gar nicht auf ihn, meine liebe Gertrude. Er ist ein jugendlicher Heißsporn und meint es nicht so.« Isobel tätschelte Trudys Knie und bedachte Nicholas mit einem vielsagenden Blick. »Was sollte sie schon ausplaudern, was wir dem Inspector nicht selbst erzählen würden? Nicht wahr, Nick?«

Er zögerte einen Augenblick, sagte dann aber mit dem Blick eines Kindes, das zu Unrecht getadelt wurde: »Entschuldigen Sie, Mrs Wallace.«

»Kein Problem. Und Trudy reicht vollkommen aus.«

Nicholas nickte geistesabwesend und setzte sich in denselben Sessel, den er eben getreten hatte. Anstatt weiter hin und her zu laufen, fing er nun an, nervös mit dem linken Bein zu wippen.

»Seht ihr, das war doch alles halb so schlimm.« Isobel schenkte den beiden Tee nach, als es an der Tür klingelte. »Und da ist er auch schon.«

Isobel ging zur Tür, und während sie Iain die Jacke abnahm, hörte Trudy, wie er sich bereits bei ihr entschuldigte. »Es tut mir wirklich leid, aber die Hausdurchsuchung hat länger gedauert.« Iain trat ins Wohnzimmer und blieb beim Anblick von Trudy verdutzt stehen. »Was machst du denn hier?«

»Das würde ich auch gern wissen«, murmelte Nicholas in seinem Sessel.

»Du warst beim Mittagessen vorhin so einsilbig«, erklärte Trudy vergnügt und ignorierte dabei völlig Iains frostigen Blick. »Und da ich sowieso gerade mit Isobel unterwegs war, dachte ich mir, ich nutze die Chance, mehr über den Fall zu erfahren, und habe mich selbst zum Tee eingeladen.«

Tatsächlich waren Trudy und Isobel erst vor einer knappen halben Stunde zeitgleich mit Nicholas an Isobels Haus angekommen. Wie sie es Trudy zuvor versprochen hatte, hatten die beiden Frauen auf der Suche nach Little John einen Rundgang durch die Stadt gemacht. Als sie keinen Hinweis auf den Hund entdecken konnten, hatten sie sich entschlossen, die Suche auf den nächsten Tag zu verschieben, da das Gespräch mit Iain bevorstand. Während Nicholas Schneisen in den Wohnzimmerteppich seiner Großtante gelaufen war, hatte Trudy, neugierig, wie sie nun einmal war, Isobel angeboten, ihr bei der Vorbereitung des Tees zu helfen, und war so, wie erhofft, zum Tee eingeladen worden.

Trudy war sich sicher gewesen, dass Iain wenig Begeisterung für ihre Anwesenheit bei der Befragung aufbringen würde, doch bevor er etwas dagegen sagen konnte, ergriff Isobel schon das Wort. »Wie ich Gertrude bereits vor wenigen Minuten erklärte, haben weder ich noch Nick irgendetwas zu verbergen, also ist es einerlei, ob Gertrude der Befragung beiwohnt oder nicht.« Isobel deutete resolut auf den zweiten, noch freien Sessel. »Setzen Sie sich bitte, dann können wir es endlich hinter uns bringen. Wir haben heute schließlich noch etwas anderes vor.«

Die Forschheit von Isobels Auftreten hatte sich in ihren eigenen vier Wänden noch einmal um ein Vielfaches gesteigert, und Iain konnte sich nur verblüfft in den Sessel gleiten lassen. Nachdem sie ihn mit Tee und Scones versorgt hatte, holte Iain sein Notizbuch hervor und begann ganz und gar unorthodox zwischen Rüschenpolstern und Blumentapeten seine Befragung.

»Fangen wir doch mit der einfachsten Frage an: Wo waren Sie beide am Sonntagmorgen zwischen zwei und sechs Uhr?«

»Ich habe geschlafen. In meinem eigenen Bett, wenn Sie es genau wissen wollen. Meine Mitbewohner können das bestätigen«, sagte Nicholas prompt und begann schneller mit seinem Bein zu wippen. Isobel hingegen nahm sich Zeit für ihre Antwort. »Sonntagmorgen?«, fragte sie gedehnt und sah an die Zimmerdecke, als müsste sie angestrengt über ihre Antwort nachdenken. »Da lag ich wie Nick im Bett und habe geschlafen. Bestätigen kann das allerdings niemand.«

»Ich werde das natürlich überprüfen müssen«, sagte Iain sachlich und machte sich eine Notiz, woraufhin Nicholas die Arme vor der Brust verschränkte und pampig erwiderte: »Tun Sie doch, was Sie nicht lassen können.«

Iain ignorierte diesen Einwurf und ging zu seiner zweiten Frage über. »In welcher Beziehung standen Sie zu Alistair McNab?«

Isobel, die gerade dabei war, neben die Scones auf Iains Teller noch ein Törtchen zu legen, wollte antworten, aber ihr Großneffe war schneller.

»Was heißt denn hier Beziehung?«, ereiferte er sich. »Nichts hatten wir mit diesem miesen, raffgierigen Großgrundbesitzer zu tun. Für den waren nur sein Land und seine Schafe wichtig. Alles andere war dem völlig egal. Genauso wie den ganzen anderen Schafhirten hier, die sich auf einem alten Gesetz ausruhen und das dann auch noch ihr gutes Recht nennen. Wenn es nach mir ginge, könnten sie alle zusammen auf der Stelle tot umfallen.«

Iain zog verblüfft die Augenbrauen hoch. »Sie wünschen allen Schafhirten den Tod? Auch McNab?«

»So hat er das sicherlich nicht gemeint«, warf Trudy ein, aber Nicholas war bereits aufgesprungen.

»Ich wusste doch, dass Sie mir den Mord an diesem alten Sack in die Schuhe schieben wollen. Wenn irgendwo ein Mann tot umfällt, da kann es ja nur der vegane Naturschützer mit den langen Haaren und den Ökoklamotten gewesen sein. Ihr Bullen seid doch alle gleich.«

Iain stand langsam auf und hob beschwichtigend die Hände. »Ich habe nichts dergleichen behauptet.«

»Von Ihnen lasse ich mir keinen Mord anhängen, nur damit diese geldgeilen Viehhirten ihr Land behalten dürfen.« Nicholas drängte sich an dem Kaffeetischchen vorbei und schnappte sich seinen Rucksack. Mit einem zornigen »Faschistenpack!« war er aus der Tür verschwunden.

Iain wäre ihm nachgelaufen, wäre nicht im gleichen Moment, in dem Nicholas gegen den Tisch stieß, die Teekanne umgefallen, sodass sich heißer Tee über Iains Hose ergoss. Mehr vor Schreck als vor Schmerzen sprang er zur Seite, wischte hektisch über sein Hosenbein und brachte somit den ohnehin schon schwankenden Tisch komplett zum Kippen. Geschirr, Törtchen, Scones – alles flog im hohen Bogen durch die Luft und landete auf dem Fußboden.

»Das tut mir so leid«, rief Iain, nachdem er sich wieder gefangen hatte. Er wollte sich bereits auf den Boden werfen, um die Sachen wieder aufzuheben, als Isobel ihn zurückhielt.

»Nein, mir tut es leid, Inspector.« Erstaunlich kraftvoll drückte Isobel Iain zurück in den Sessel und gab ihm ein Geschirrhandtuch, mit dem er seine Hose wieder halbwegs trocken wischen konnte. Trudy war unterdessen aufgesprungen und begann das auf dem Boden verstreute

Geschirr, von dem zum Glück nichts kaputtgegangen war, auf ein Tablett auf dem Tisch zu räumen.

»Er war schon immer ein kleiner Hitzkopf, aber die gegenwärtige Situation macht ihm schwer zu schaffen«, sagte Isobel und ging Trudy mit den letzten Tellern zur Hand. »Wir können so viele Menschen von unserem Referendum überzeugen, wie wir wollen, solange die Schafhirten kein Einsehen haben, wird sich in dieser Stadt nichts ändern. Aber obwohl mir die Gegebenheiten auch nicht gefallen, diese anarchistischen Anwandlungen kann ich nicht gutheißen. Und seine albernen Mitbewohner sind auch keine Hilfe.« Isobel seufzte kurz, bevor sie das Tablett mit dem heruntergefallenen Geschirr und den verdorbenen Essensresten aus dem Wohnzimmer trug und mit einem Handstaubsauger wiederkam, um auch noch die letzten Krümel vom Boden aufzusaugen.

»Eigentlich hat er eine sensible Seele«, sagte Isobel, als sie fertig war. »Er kann offenkundige Ungerechtigkeiten nur schwer ertragen.«

Iain, der es aufgegeben hatte, die restlichen Flecken aus seiner Hose wischen zu wollen, fuhr sich angespannt durch die Haare. »Das mag schon sein. Sein Verhalten lässt ihn trotzdem hochverdächtig erscheinen. Ich werde ihn noch einmal befragen müssen, jetzt noch zwingender als vorher.«

»Ich kann Ihnen versichern, er würde nicht einmal einer Mücke etwas zuleide tun. Er ist nur etwas aufbrausend.« Als sie jedoch Iains zweifelnden Blick sah, lenkte sie ein. »Ich werde mit ihm reden. Er wird sich bei Ihnen in der Wache zu einem weiteren Gespräch vorstellen, das verspreche ich Ihnen.«

Trudy sah, wie Iain mit sich rang, während sein Blick von Isobel zu den Trockenblumen auf dem Fensterbrett, dann zu den Clown-Porzellanfiguren auf dem Kaminsims und von dort wieder zurück zu Isobel wanderte.

»Also gut«, sagte er schließlich, »aber wenn er sich bis Freitag nicht in der Polizeistation gemeldet hat, bekommt er eine Vorladung.«

»Natürlich.«

Isobel ging in die Küche und bereitete eine neue Kanne Tee zu, die sie zusammen mit genauso feinem Porzellangeschirr wie zuvor auf einem Tablett ins Wohnzimmer trug. Trudy holte währenddessen eine Packung Shortbread, von der sie wusste, dass Isobel sie für Notfälle aufbewahrte, aus dem Schränkchen neben dem Kamin.

Iain trank einen Schluck Tee, lehnte das Gebäck aber ab. »Also noch mal von vorn. In welcher Beziehung standen Sie zu Alistair McNab?«

»So wie wahrscheinlich jeder andere Mensch in dieser Stadt hatte ich nicht viel mit ihm zu tun. Er blieb meist für sich, das gefiel ihm. Wir sahen uns alle paar Jahre auf der Stadtversammlung, wenn ich wieder versuchte, dieses absurde Gesetz zu kippen. McNab war kein Mann großer Worte, er hörte immer nur seelenruhig zu und verließ die Versammlung, ohne auch nur einen Mucks von sich gegeben zu haben. Unsere Argumente interessierten ihn nicht im Mindesten, und wenn wir die Abstimmung für uns entschieden hätten, hätte er sofort sein Veto eingelegt.«

»Das Referendum profitiert also von seinem Tod?«, fragte Iain, sichtlich bemüht, Isobel nach Nicholas' Abgang nicht persönlich anzugreifen.

Isobel schüttelte frustriert den Kopf. »Unwahrscheinlich. Es gibt schließlich noch Larson und Mcleod, und vielleicht hat McNab irgendwo noch einen Erben versteckt, von dem bisher niemand weiß. Sie sehen also, Ihre Beweisführung hinkt. Man müsste schon diverse Menschen töten, wenn man auf diese Weise das Votum beeinflussen wollte.«

Zu Trudys Erleichterung nickte Iain leicht, da er wohl der gleichen Ansicht wie Isobel war. Doch ihre Freude währte nicht lange, als sie sah, dass ihre Freundin zum ersten Mal an diesem Tag den Kopf hängen ließ. All die Jahre des Kämpfens, nur damit am Ende drei Männer über etwas entscheiden durften, was die ganze Stadt betraf. Auch wenn Trudy Alistair gemocht hatte und ihn trotz all seiner Fehler als ihren Freund bezeichnet hatte, die Schafhaltung war die eine Sache gewesen, bei der sie nie auf einen gemeinsamen Nenner gekommen waren. Sie hatten nur ein einziges Mal eine Diskussion über das bestehende Gesetz geführt, die letztlich in einem großen Streit geendet hatte. Danach hatten sie zur Bewahrung ihrer Freundschaft nie wieder darüber gesprochen. Alle Versuche, die Alistair in den letzten Wochen unternommen hatte, um das Thema wieder aufzugreifen, hatte Trudy vehement abgeblockt. Sie hatte in ihrem Alter einfach nicht mehr die Energie für sinnlose Diskussionen.

Iain machte in seinem Notizbuch einen Vermerk und ging zur nächsten Frage über. »Die Erben sind also tatsächlich stimmberechtigt?«

»Wenn die Erbschaft rechtsgültig angenommen wurde, ja. Der Sitz im Vorstand und damit auch das Vetorecht ist an die Viehherde und nicht an die Person gebunden. Sobald das Land samt Tieren an den Erben übergeht, erbt er auch das Vetorecht.«

»Aber das ist doch vollkommen unerheblich. Alistair hat doch überhaupt keine Erben!«, warf Trudy ein und erntete damit von Iain einen eisigen Blick, der sie sofort zum Schweigen brachte.

Er antwortete trotzdem auf ihre vorlaute Äußerung.

»McNab hat anscheinend ein Testament gemacht. Eine glückliche Person wird also die verwahrloste Hütte und viele, viele Schäfchen erben.«

»Du hast ein Testament gefunden?«, fragte Trudy ungeduldig, und auch Isobel sah interessiert zu Iain hinüber.

»Nein«, gab Iain zu. »Das Haus war allerdings verwüstet, als wir heute dort ankamen. Das Einzige, was wir gefunden haben, war ein Brief, in dem von einem Testament die Rede war. Das Testament selber war unauffindbar.«

»Das Haus war verwüstet?«, fragte Trudy irritiert und warf Isobel einen kurzen Blick zu.

»Dein Enkel übertreibt bestimmt. McNab war nicht für seine Ordnung bekannt. Wahrscheinlich lagen ein paar Zettel auf dem Boden oder auf der Couch. Da würde ich noch nicht von verwüstet sprechen«, sagte Isobel, deren Haus allerdings so tadellos aufgeräumt war, dass bei ihr vermutlich schon ein verrückter Sessel für Unmut gesorgt hätte.

»Umgeworfene Stühle, zerbrochenes Geschirr, aus den Regalen gerissene Bücher und schief hängende Bilder würde ich schon als Verwüstung bezeichnen!«

Iain warf Trudy einen langen sonderbaren Blick zu, als er das Bild erwähnte, sodass ihr schlagartig bewusst wurde, dass ihr Enkel das Gemälde ebenfalls wiedererkannt hatte, sie in Isobels Beisein aber nicht direkt darauf ansprechen wollte. Trudy hatte die Möglichkeit gar nicht in Betracht gezogen, dass Iain sich an das Bild erinnern könnte, so jung, wie er gewesen war, als es noch in ihrem Wohnzimmer gehangen hatte. Nun fiel ihr erst wieder ein, wie sie ihn manchmal regelrecht hatte wegzerren müssen, damit er nicht den ganzen Tag davor zubrachte. Warum hatte sie das Bild nicht einfach Iain statt Alistair geschenkt? Wäre sie doch nur vor ein paar Monaten auf diese überaus einfache Lösung gekommen, dann wäre sie jetzt nicht in Erklärungsnot. Trudy rutschte unruhig auf dem Sofa hin und her. Doch Isobel rettete sie aus ihrer Misere, allerdings nur um sie gleich in die nächste schlittern zu lassen.

»McNabs Haus war doch außen wie innen heruntergekommen. Wer weiß schon, ob er nicht einfach so gelebt hat.« Erst als Isobel ihre Behauptung ausgesprochen hatte, erkannte auch sie ihren Fehler.

»Wann haben Sie sein Haus denn von innen gesehen?«, fragte Iain interessiert.

»Ich? Gar nicht natürlich«, sagte sie schnell und sah sich kurz Hilfe suchend nach Trudy um, die aber fast unmerklich mit den Schultern zuckte. »Jeder weiß doch, wie wenig er sein Haus von außen in Schuss gehalten hat, da wird es innen kaum besser ausgesehen haben.«

Auch wenn Trudy Isobels Lüge überzeugend fand, blickte Iain unschlüssig zwischen den beiden Frauen hin und her und bekam dabei diese kleine Falte zwischen den Augenbrauen, die sich immer dann zeigte, wenn er über ein Rätsel nachdachte, dessen Lösung sich ihm nicht erschloss. Er rieb kurz darüber, bevor er auf sein Handy sah und dann noch einmal seine Notizen durchging.

»Sie haben also am frühen Sonntagmorgen nichts Ungewöhnliches gesehen oder bemerkt und hatten keine engere, wie auch immer geartete Beziehung zu Alistair McNab. Ist das richtig?«

Nach einem kurzen Zögern, das Trudy nicht richtig einordnen konnte, nickte Isobel.

Iain klappte sein Notizbuch zu, trank den letzten Schluck Tee aus der feinen Porzellantasse und erhob sich aus dem Sessel. »Gut, das wäre vorerst alles. Aber ich würde mich freuen, wenn Sie sich für weitere Nachfragen bereithielten. Und vergessen Sie nicht, Ihrem Neffen Bescheid zu geben.«

»Natürlich, Inspector. Sollte mir noch etwas einfallen, werde ich mich melden. Das ist doch selbstredend.«

Isobel war ebenfalls aufgestanden und begleitete Iain, der Trudy zum Abschied noch kurz einen Kuss aufs Haar gegeben hatte, zur Tür.

Als sie wieder zurück ins Zimmer kam, schenkte Trudy ihnen beiden gerade Tee nach, nahm sich dann einen Keks und biss gedankenverloren davon ab.

»Hast du Sonntagfrüh wirklich geschlafen?«

»Was soll die Frage?«, antwortete Isobel ausweichend.

»Neulich hast du mir erzählt, es wäre gar nicht so schlimm, dass du nachts nicht so lange schlafen kannst, weil dir deine besten Ideen um vier Uhr morgens kämen.«

»Im Moment ist so viel los, dass ich ständig müde bin, da schlafe ich besser als gewöhnlich«, sagte sie und sah Trudy herausfordernd an. »Und wo wir schon bei ungerechtfertigten Anschuldigungen sind. Was hat es mit diesem Gemälde auf sich, das bei McNab über dem Bett hängt? Dein Enkel schien sehr interessiert daran.«

Trudy hielt Isobels Blick stand, als sie erwiderte: »Ich habe das Bild an Alistair verkauft, es ist schon sehr alt, doch Iain muss es wiedererkannt haben.«

Sie starrten sich noch einige Sekunden an, bis Isobel zuerst wegsah und ihren Blick zum Fenster schweifen ließ.

»Denkst du, wir hätten ihm sagen sollen, dass wir in McNabs Haus waren?«, fragte Isobel nachdenklich. Doch Trudy schüttelte nachdrücklich den Kopf. »Was hätte das gebracht? Wir haben schließlich niemanden gesehen. Aber wenigstens wissen wir jetzt, dass wir keine schreckhaften alten Frauen sind.«

Kapitel 9

Wegen des kleinen Missgeschicks bei Isobel hatte Iain einen Umweg über seine Wohnung machen müssen, um sich eine neue Hose anzuziehen, und kam nun später in den Pub als beabsichtigt. Als er etwas abgehetzt durch die Tür trat, schlug ihm sofort der Geruch von gutem selbst gebrautem Bier und schon etwas zu lange in der Fritteuse brutzelndem Öl entgegen. *The Squeaky Bagpipe* war ein Pub, der sich in einem kleinen grünen Fischerhäuschen, direkt an der Wasserfront des Loch Ayren, etabliert hatte. Auch wenn er von außen unscheinbar wirkte, wurde er von Einheimischen und Touristen gleichermaßen gern besucht und stand in dem Ruf, die besten Fish 'n' Chips der Stadt zu servieren. Trotz der Empfehlung von Ben Parker war Iain noch nie hier gewesen, hatte aber dennoch keine Probleme, Dr. Bishop an einem Tisch am Fenster zu entdecken. Der Arzt hatte recht behalten, bis auf einen weiteren Mann, der seinen Kopf auf dem Tresen abgelegt hatte, war der Pub leer. Mit schnellen Schritten war Iain am Tisch und setzte schon zu einer Entschuldigung für sein Zuspätkommen an, doch Dr. Bishop winkte ab.

»Sie haben schon genug mit Morden, Demonstranten und, wie man so hört, unserem heiß geliebten Bürgermeister zu tun. Da werde ich eine Viertelstunde Verspätung schon verkraften. Außerdem hatte ich gute Gesellschaft.« Er deutete auf das fast leere Bier vor seiner Nase. »Möchten Sie auch etwas?« Noch ehe Iain sagen konnte, dass er selbst bestellen würde, war der Arzt schon aufgestanden.

»Gern auch so ein Bier, und zu einem Burger mit Fritten würde ich ebenfalls nicht Nein sagen«, gab Iain seine Bestellung weiter und setzte sich an den Tisch. Von völlig überzuckerten Törtchen und Keksen hatte er vorerst genug. Der rustikale Pub war eine Wohltat für seine Augen nach dem überladenen Wohnzimmer von Isobel, der er so viel Kitsch gar nicht zugetraut hatte.

Der Arzt schlenderte derweil zur Bar hinüber, orderte eine neue Runde Bier und gab die Essensbestellung auf. Dann kam er mit zwei randvoll gefüllten Gläsern Bier zurück an den Tisch und nahm gegenüber von Iain Platz.

»Waren Sie schon mal hier?«, eröffnete er das Gespräch.

»Nein. Ich hatte es schon länger vor, aber ich kenne nicht viele Leute in Dunlay, und allein in einen Pub zu gehen kam mir irgendwie armselig vor.« Iain warf dem schlafenden Mann am Tresen einen kurzen Blick zu, bevor er weiterredete. »Trudy hatte angeboten, mich zu begleiten, aber auch wenn ich meine Großmutter liebe, ein gemeinsames Essen pro Tag reicht eindeutig aus.«

Dr. Bishop schmunzelte. »Wenn ich die Wahl zwischen dem Essen hier und Trudys feiner Hausmannskost hätte, würde ich mich auch für Letzteres entscheiden. Aber Mrs Bishop ... Falls Sie sie irgendwann treffen sollten, verraten Sie mich bloß nicht, aber die Kochkünste meiner Frau Eliza reichen über das Nudelnkochen nicht hinaus.«

Iain lachte und nahm einen großen Schluck Bier. Ihm entfuhr ein wohliger Seufzer, das lokale Bier ließ keine Wünsche offen.

»Woher wissen Sie eigentlich von meinem Zusammentreffen mit dem Bürgermeister?«, fragte Iain, dem die Begrüßung des Arztes wieder einfiel.

»Dunlay ist klein, so ein Treffen macht schnell die Runde«, gab Dr. Bishop zu bedenken, und Iain sank leicht in sich zusammen. »Ich weiß es aber von meiner Frau. Sie arbeitet im Rathaus und meinte, dass Sie nach dem heutigen Gespräch etwas verstört ausgesehen hätten.«

Verstört war nicht das Wort, das Iain gewählt hätte, aber er musste zugeben, dass ihm das Gespräch zugesetzt hatte. »Ich hatte mir den Bürgermeister anders vorgestellt«, sagte er abwägend. »Auf der Stadtversammlung, auf der ich war, wirkte sein Verhalten etwas aufgesetzt, aber ich dachte, das wäre der Situation geschuldet gewesen.«

»Genau deshalb gehe ich nicht mehr hin, die Stadtversammlung ist zu einer One-Man-Show geworden. Es regt mich nur auf, und ich kann sowieso nichts daran ändern.« Dr. Bishop hielt kurz inne, als eine gelangweilt aussehende, junge Frau mit einem Piercing in der Nase ihnen das Essen servierte. Auf jedem Teller befanden sich ein gigantischer Burger und eine Portion Pommes, die für fünf gereicht hätte. Iain lief das Wasser im Mund zusammen, und er biss genüsslich in den Burger, während der Arzt sich eine Pommes schnappte und weiterredete.

»Unser lieber Bürgermeister weiß sich dabei immer ins rechte Licht zur rücken, doch nicht einmal die Hälfte von dem, was er erzählt, ist wahr. Wenn Sie wüssten, was Eliza manchmal zufällig aufschnappt, würden Ihnen die Haare zu Berge stehen.«

Der Doktor biss beherzt in seinen Burger und sah sofort um einiges zufriedener aus.

»Zum Beispiel?«, fragte Iain und knabberte nachdenklich an einer Pommes. Auch wenn das Verhalten des Bürgermeisters sonderbar auf ihn gewirkt hatte, konnte er sich nicht vorstellen, dass Sweeney schalten und walten konnte, wie es ihm gefiel, ohne dass die Bürger von Dunlay ein Wörtchen mitzureden hatten.

»Zum Beispiel schwärmt er auf den Stadtversammlungen davon, wie gut die lokale Gesundheitsversorgung wäre und wie viel Geld jedes Jahr dorthin fließen würde. In Wirklichkeit haben innerhalb der letzten zehn Jahre nahezu alle Arztpraxen geschlossen. Es ist nur eine übrig geblieben, und die ist an das Krankenhaus angebunden.«

»Und was hat er stattdessen mit dem Geld angestellt?«

»Im letzten Jahr wurde ein Hubschrauber für Krankentransporte angeschafft.«

»Aber damit wird doch die Gesundheitsversorgung unterstützt«, sagte Iain skeptisch. Er war sich nicht sicher, ob es sich hierbei nicht um eine persönliche Fehde zwischen Sweeney und dem Arzt handelte.

»Wenn er tatsächlich für Krankentransporte genutzt werden würde, dann schon. Aber seit der Anschaffung wurden vielleicht eine Handvoll Patienten nach Inverness ausgeflogen. Auch wenn es auf einen Großstädter wie Sie nicht so wirken mag, aber in den meisten Fällen reicht die Versorgung im hiesigen Krankenhaus völlig aus. Ich sage nicht, dass es den paar Patienten nicht geholfen hätte, aber der Grund für die Anschaffung war ein ganz anderer.«

Iain, der gerade in seinen Burger gebissen hatte, zog fragend die Augenbrauen hoch, woraufhin Dr. Bishop antwortete: »Der Bürgermeister nutzt den Hubschrauber für Privatflüge. Ein Pilot steht allzeit zu seiner Verfügung, und er ist damit mindestens zweimal die Woche unterwegs. Sweeney ist sich wohl zu fein dafür, wie der Rest von uns mit dem Auto oder Bus zu fahren.«

Fassungslos sah Iain den Arzt an und ließ fast die Pommes fallen, die er zwischen seinen Fingern hielt.

»Und machen Sie sich nichts vor«, fuhr Dr. Bishop fort, der sich inzwischen in Rage geredet und darüber sein Essen vergessen hatte. »Dieses ganze Referendum, von der Demonstration bis hin zur Abstimmung am Sonntag, ist wie dafür gemacht, dem Bürgermeister in die Hände zu spielen.«

»Ich hatte heute Morgen das Gefühl, dass er insgeheim auf die Aufhebung des Gesetzes hofft.«

»Das Schlimme ist, es ist vollkommen irrelevant, wie es am Ende ausgeht. Sweeney wird seine Vorteile daraus ziehen.« Der Arzt nahm einen tiefen Schluck aus seinem Bierkrug. »Aber wenn Sie mich fragen, welches Ergebnis der Bürgermeister herbeisehnt, würde ich auch auf den Sieg der Naturschützer tippen.«

»Aber würde er dafür so weit gehen, jemanden umzubringen?«

»Um sich für ein paar Wählerstimmen die manikürten Fingernägel zu ruinieren? Ich glaube nicht.« Nachdenklich hielt Dr. Bishop seinen kaum angerührten Burger in den Händen. »Obwohl Sweeney eigentlich kein weiteres Motiv für einen Mord an McNab bräuchte. Er hat ihn gehasst.«

Erstaunt blickte Iain von seinem Essen auf. »Auf mich hat es den Eindruck gemacht, als hätte Sweeney McNab nicht näher gekannt.«

»Ich habe es Ihnen gesagt. Alles Lug und Trug ... das ist Michael Sweeney. McNab war ihm schon seit Jahren ein Dorn im Auge. Er hat ihm Scherereien wegen der Touristen gemacht. Kennen Sie den Trampelpfad zwischen den

Klippen und Corrin Castle, der, der direkt über McNabs Land führt?«

Iain nickte. »Dort haben wir McNabs Leiche gefunden.«

»Wirklich?«, fragte Dr. Bishop interessiert. »Was für ein merkwürdiger Zufall.«

»Warum?«

»Weil sich Sweeney und McNab genau deswegen immer in den Haaren lagen. Die Einheimischen, aber auch die Touristen nutzen den Pfad, da es der schnellste Weg zur Burg ist.«

»PC Parker hat erwähnt, dass McNab die Leute geduldet hat, solange sie alles unberührt ließen«, warf Iain ein.

»Das Stichwort hierbei ist unberührt«, sagte Dr. Bishop. »Die Menschen aus Dunlay wussten es natürlich besser, als McNab zu verärgern. Die Touristen hingegen haben regelmäßig die Zäune, die den Trampelpfad kreuzten, zerstört. Zwar meist unabsichtlich, aber das war McNab egal. Wenn er jemanden dabei erwischt hat, hat derjenige seine Schrotflinte zu spüren bekommen. Der Spuk hatte erst ein Ende, als der Bürgermeister mit Geldern aus der Stadtkasse Schleusen in die Zäune einbauen ließ. Von dem Schmerzensgeld, das die Stadt an die verletzten Touristen zahlen musste, möchte ich gar nicht erst anfangen.«

Iain musste ein ernstes Wort mit PC Parker über das Herunterspielen von Tatsachen reden. Die verletzten Touristen hatte er mit keinem Wort erwähnt! Iain hatte erst heute früh erlebt, wie erpicht der Bürgermeister darauf war, Touristen in die Stadt zu bringen. Da war ein schießwütiger Schafhirt, der Jagd auf Urlauber machte, sicher nicht die beste Werbung. Bishop hatte recht, es war ein merkwürdiger Zufall, dass McNabs Leiche genau an diesem Trampelpfad gefunden worden war. Aber würde Sweeney wirklich so weit gehen, McNab deshalb umzubringen, zumal das Problem mittlerweile aus der Welt geschafft worden war? Der Bürgermeister schien Iain weniger der Mann fürs Grobe zu sein, sondern eher jemand, der einen wohlgeplanten Coup wie das Referendum nutzen würde, um McNab hinterrücks sein Land abspenstig zu machen.

Dr. Bishop, als hätte er Iains Gedanken in seinem Gesicht abgelesen, fuhr nach einem kurzen Moment des Schweigens fort: »Ich muss allerdings zugeben, dass ich mir Sweeney nicht als Mörder vorstellen kann. Zu viel Risiko und zu viele Unvorhersehbarkeiten für eine relativ kleine Ausbeute. Und letztlich hatte so gut wie jeder in Dunlay ein Motiv, McNab umzubringen, selbst ich.«

Aufgrund der plötzlichen Wendung des Gesprächs verschluckte Iain sich beinahe an seinem Bier. »Sie? Wieso das?«, brachte er unter Husten heraus.

»Ich nehme an, dass Sie von dieser verrückten Mutprobe rund um McNabs Haus gehört haben?«, fragte der Arzt, wartete Iains Antwort aber nicht ab. »Meine beiden Töchter haben es versucht, natürlich. Sie sind beide zusammen mit ein paar Kindern aus der Schule hingegangen. Sie waren schon am Haus, als McNab mit seiner Schrotflinte um die Ecke geschossen kam. Die Kinder haben sich gegenseitig geschubst und sind übereinander hinweggerannt, was man halt so tut, wenn man in Panik gerät. Meine Ältere ist heil davongekommen, aber die Jüngere ist den halben Hügel hinuntergepurzelt, hat sich den Kopf an einem Stein aufgeschlagen und sich den Knöchel verstaucht. Ich war fuchsteufelswild, aber Sweeney war der Meinung, dass man nicht dagegen vorgehen könne. Ich sage Ihnen, niemand hat diesen alten Griesgram gemocht, und keiner weint ihm auch nur eine Träne nach.«

Dr. Bishop, der seinen Burger nur halb aufgegessen und die Pommes kaum angerührt hatte, leerte sein Bierglas in einem Zug. »So«, sagte er und wischte sich über den Mund, »jetzt ist Zeit für Whisky. Bevor die ganze Meute von der Stadtversammlung auftaucht und ihn uns wegtrinkt.«

***

Die Kirche von Dunlay war ungewöhnlich groß, wenn man bedachte, dass die Stadt nur knapp tausend Einwohner fasste und dass von diesen Einwohnern, sehr zum Kummer von Pfarrer Knox, nur ein winziger Bruchteil tatsächlich den Gottesdienst am Sonntag besuchte. Doch an diesem Abend war die Kirche brechend voll. Obwohl die Stadtversammlung, die jeden Dienstag in der Kirche stattfand, schon immer deutlich mehr Leute dorthin gelockt hatte, kamen Trudy die Reihen heute besonders vollgestopft vor. Die Versammlung hatte schon vor fünf Minuten beginnen sollen, doch der Strom von Menschen, die in die Kirche drängten, riss immer noch nicht ab. Nachdem die Bänke bis auf den letzten Platz gefüllt waren, begannen die Schaulustigen sich an den Seitenwänden und auf den Emporen aufzureihen.

Die Stadt schien in zwei Lager aufgeteilt zu sein, die nun auf den gegenüberliegenden Seiten der Kirche vor den entsprechenden Rednerpulten Aufstellung genommen hatten – die Naturschützer links, die Schafhirten rechts. Alle sprachen wild durcheinander, begrüßten sich lautstark oder riefen Schimpfwörter und Beleidigungen über den Mittelgang hinweg. So ein Theater hatte Trudy in ihren über siebzig Jahren in Dunlay noch nicht erlebt.

Sie hatte zusammen mit Agatha auf ihrer einen und Gwendolyn auf ihrer anderen Seite in der dritten Reihe Platz genommen und saß damit hinter einem ganzen Schwung junger Leute, bei denen es sich um Nicholas' Freunde und Mitglieder des Naturschutzbundes handelte. Wenn sie nicht gerade abfällige Bemerkungen machten, sahen sie mit zornigen Blicken zur anderen Seite hinüber, wo in der ersten Reihe die verbliebenen Vorstandsmitglieder des Schäferverbandes Marcus Larson und George Mcleod saßen. Larsons Sohn Scott hatte sich ebenfalls zu ihnen in die erste Reihe gesetzt, der angestammte Platz von Alistair McNab war aber anstandshalber frei geblieben. Dahinter hatten sich weitere Schafhirten Dunlays versammelt, die zwar nicht ganz so viel Land und Schafe wie die vorderen beiden besaßen, von den Auswirkungen des Referendums aber genauso betroffen waren. Trudy war nicht erstaunt, unter ihnen auch Sergeant Lamb zu sehen, der nicht nur mit George Mcleod, sondern auch mit vielen anderen Schäfern gut befreundet war. Obwohl die Schafhirten im Durchschnitt deutlich älter waren als die Naturschützer, waren auch sie um keine Beleidigung verlegen und hielten wiederholt ihre Fäuste drohend in die Lüfte.

Trudy entdeckte Dean Rodd auf der Seite der Schafhirten erst einige Bänke weiter hinten, da er als einfacher Hilfsarbeiter nicht zu den Grundbesitzern in den vorderen Reihen gehörte. Angespannt blickte er sich immer wieder um, als wäre er im Moment liebend gern irgendwo anders, und Trudy konnte es ihm gut nachfühlen. Obwohl sie sonst gern unter Menschen war, fühlte sie sich in diesem Augenblick nicht wohl. »Eine seltsame Stimmung, nicht wahr?«, sagte sie zu den anderen beiden.

»Ich weiß nicht, was du meinst«, antwortete Agatha,

die den ganzen Radau sogar zu genießen schien und begeistert in alle Richtungen sah.

Trudy schaute zweifelnd zu Gwendolyn hinüber, die ihren Kopf nach hinten gedreht hatte, starr in die laute, gesichtslose Menge blickte und sagte: »Ich spüre es auch. Es ist beklemmend. Als wenn sie gleich aufeinander losgehen würden. Aber vielleicht liegt das nur an den vielen Menschen.« Sie wandte sich wieder zu Trudy um und scheiterte an dem Versuch, ein gelassenes Lächeln aufzusetzen.

Trudy legte beruhigend die Hand auf Gwendolyns Knie, das leicht zitterte. Sie hatte Iain noch nicht entdeckt, hoffte aber, dass er irgendwo in der Menge war. Es hätte ihr ein wenig von ihrer Befangenheit genommen, wenn sie gewusst hätte, dass ein unparteiischer Polizist anwesend war, der im Notfall einschreiten konnte.

Sie sah sich noch einmal erfolglos um und richtete dann ihren Blick nach vorn. Isobel, die die ganze Zeit nervös auf der Chorempore auf und ab gegangen war, hatte ihre Position hinter dem linken Rednerpult eingenommen, während Marcus Larson aufgestanden war und zum rechten Rednerpult hinüberging.

Ein zierliches Mädchen mit bunten Haaren, das schräg vor Trudy saß, streckte Scott Larson gerade ihren Mittelfinger entgegen, als Mike Sweeney ans Mikrofon trat, das zwischen den beiden Rednerpulten stand. Das laute Geräusch, das entstand, als er gegen das Mikrofon schnipste, hatte eine erstaunliche Wirkung. Die Personen in den Bankreihen, die eben noch gestanden hatten, setzten sich, die Gespräche und Rufe verstummten, und der Geräuschpegel sank auf ein Minimum.

»Meine lieben Mitbürger«, sagte er mit einem breiten Lächeln, das Trudy immer ein bisschen gekünstelt vorkam. »Die Zeit ist bereits deutlich vorangeschritten, und wenn wir nicht die ganze Nacht hier verbringen wollen, müssen wir langsam loslegen.«

Er klatschte in die Hände und streckte den Rücken noch ein wenig weiter durch, bevor er fortfuhr: »Wir alle wissen, warum wir heute hier sind. Die Abstimmung am kommenden Sonntag ist ein Thema, das uns schon seit vielen Wochen begleitet und die Gemüter erhitzt. Ich kann natürlich nur für mich sprechen, aber ich kann es kaum erwarten zu erfahren, was ihr, meine lieben Mitbürger, entscheiden werdet.« Sein Lächeln wurde noch eine Spur breiter, und seine Zähne glänzten im künstlichen Licht der Kirche. »Ich werde euch natürlich nicht sagen, wofür ihr euch entscheiden sollt. Das ist die Aufgabe von diesen beiden Menschen hier, die euch bei der heutigen Debatte von ihrem Standpunkt überzeugen wollen.«

Der Bürgermeister sah aufmunternd zu beiden Seiten, aber sowohl Isobel als auch Marcus Larson ignorierten ihn und schauten angespannt in die Menge.

»Für alle unter euch, die in den letzten Wochen lieber in eine Whiskyflasche als in eine Zeitung geguckt haben«, sagte der Bürgermeister und erntete Gelächter auf beiden Seiten, »möchte ich noch einmal unsere Kontrahenten vorstellen. Auf meiner rechten Seite steht Isobel Shore, sie ist die Vorsitzende des ortsansässigen Naturschutzbundes und hat das polarisierende Referendum in die Wege geleitet. Auf meiner linken Seite steht Marcus Larson. Er ist im Vorstand des Schäferverbandes von Dunlay und eine der beiden Personen, die das Recht haben, das Abstimmungsergebnis für nichtig zu erklären.«

Tosender Applaus entbrannte erst für Isobel von der linken Seite der Kirche, dann für Larson von der rechten Seite.

Die Lautstärke hatte fast wieder das Level erreicht, das zu Beginn vorgeherrscht hatte, als Sweeney beschwichtigend beide Hände hob. »Ich weiß«, rief er ins Mikrofon. »Es ist ein denkwürdiger Abend für Dunlay, die letzten Abstimmungen konnten die Schäfer immer für sich entscheiden, ohne von ihrem Vetorecht Gebrauch machen zu müssen.« Erneut entflammte tosender Applaus aufseiten der Schafhirten, ebbte aber genauso schnell wieder ab, als der Bürgermeister weitersprach. »Das letzte Votum ist acht Jahre her, seitdem ist viel passiert. Die Welt ist schnelllebiger geworden, und wir müssen mit der Zeit gehen. Man sollte dem Fortschritt nicht im Weg stehen, wenn die braven Bürger von Dunlay ihn wünschen, finde ich. Aber ich diene hier auch nur als unparteiischer Moderator. Es ist schließlich eure Stimme, die ihr am Sonntag abgeben werdet«, sagte der Bürgermeister mit einem Zwinkern.

Er ließ seine Worte kurz wirken und klatschte dann freudestrahlend in die Hände. »Dann kann es jetzt also losgehen. Ms Shore wird die Debatte beginnen, danach hat Mr Larson Zeit, seine Argumente vorzubringen. Anschließend folgt eine offene Diskussionsrunde, an der ihr euch alle hoffentlich tatkräftig beteiligen werdet.«

Sweeney stellte sich auf der Bühne schräg hinter Isobel auf, und die Aufmerksamkeit wandte sich ihr zu. Sie richtete sich zu ihrer vollen Größe auf und ließ sich Zeit damit, ein letztes Mal die Papiere auf ihrem Pult zu sortieren. Trudy spürte, wie viele Personen im Publikum in sich zusammensackten, die sich noch gut an die strenge Mathematiklehrerin aus ihrer Schulzeit erinnern konnten.

»Ich möchte zunächst einmal klarstellen«, begann Isobel ihre Ausführung, »dass ich niemanden persönlich angreifen möchte. Meine Darlegung beruht auf sachlichen

Argumenten, die jeder mit einem Computer und einem Internetzugang gern selbst nachprüfen kann.«

»Wissen Sie überhaupt, was ein Computer ist?«, schrie jemand im Publikum und erntete damit Gelächter von allen Seiten.

Der Bürgermeister trat wieder ans Mikrofon. »Ich bitte euch, auf Unterbrechungen dieser Art zu verzichten. Lasst Ms Shore ausreden, für eine aktive Diskussion bleibt am Ende genug Zeit«, mischte er sich ein, konnte sich selbst aber ein Schmunzeln nicht verkneifen.

Isobel räusperte sich. »Mir ist bewusst, dass für viele von Ihnen die Viehzucht die Lebensgrundlage darstellt. Aber ich möchte Ihnen heute aufzeigen, wie schädlich die Schafhaltung, wie sie im Moment in Dunlay betrieben wird, für uns und unsere Umwelt ist und welche Kosten daraus für jeden Einzelnen von Ihnen entstehen.«

Isobel machte eine Kunstpause, doch diesmal gab es keine Zwischenrufe. Die Leute hörten ihr teils gebannt, teils ungläubig zu. Dass es sie tatsächlich Geld kosten könnte, wenn andere Menschen ihre Schafe auf der Weide grasen ließen, war den meisten noch nicht in den Sinn gekommen.

»Die Schäden, die die extensive Schafhaltung in Schottland verursacht hat, sind im ganzen Land zu sehen, und auch Dunlay ist nicht davon verschont geblieben. Da die Tiere den lieben langen Tag auf der Wiese grasen und jedes noch so kleine Pflänzchen abnagen, hat praktisch keine Pflanze außer Gras eine Chance zu überleben. Es fehlt an Pflanzenvielfalt, die notwendig ist, um den Boden zu festigen und Wasser zu speichern. Sollten Sie jetzt denken, dass das nicht Ihr Land und somit auch nicht Ihr Problem ist, dann liegen Sie falsch, denn diese Entwicklung kostet den Steuerzahler Tausende und Abertausende von Pfund.«

»Das ist doch völlig übertrieben, alles nur Effekthascherei«, warf Larson ein.

»Ist es das?«, fragte Isobel, die nun in ihrem Element war, nach. »Der aufgelockerte Boden hat hier in Dunlay in den letzten Jahren mehrmals zu Erdrutschen geführt. Die A385, die von Inverness hierherführt, musste deswegen schon mehrmals saniert werden, und das alles auf Kosten der Steuerzahler. Ganz zu schweigen vom erhöhten Zeitaufwand, der durch die gesperrte Straße entsteht. Und was ist mit dem vielen Tauwasser, das seit Jahren im Frühjahr aus den Bergen in unsere Stadt gespült wird, weil der Boden das Wasser nicht mehr speichern kann? Dafür mussten nicht nur Steuergelder für die Sanierung der Bürgersteige und einiger Stadtgebäude aufgebracht werden. Nein, viele Bürger Dunlays mussten selbst tief in die Tasche greifen, um ihre Keller auspumpen und die Wände wieder trockenlegen zu lassen.«

Der Großteil der Menschen in der voll besetzten Kirche war sehr still geworden und hing an Isobels Lippen, nur die Riege der Schafhirten in den ersten Reihen begann unruhig zu tuscheln und auf den Stühlen hin und her zu rutschen.

»Lassen Sie sich nicht durch fadenscheinige Argumente verwirren«, rief Larson, dessen Gesicht vor Zorn eine sehr ungesunde Farbe angenommen hatte. »Natürlich entstehen bestimmte Kosten bei der Schafhaltung, aber Geld müssen wir auch für andere Dinge aufbringen, wie zum Beispiel für die Gehälter der Lehrer und Polizisten in unserer Stadt. Aber das nehmen wir gern in Kauf aufgrund der Vorteile, die sich daraus für uns ergeben. Irgendjemand muss unsere Kinder unterrichten, und irgendjemand muss für Recht und Ordnung sorgen. Und genauso muss auch irgendjemand für die Wirtschaft sorgen, für Jobs, Nahrung und Kleidung.«

Isobel entfuhr ein Lachen.

»Ich weiß nicht, was es da zu lachen gibt«, schimpfte Larson wutentbrannt und erntete Jubel aus den Reihen der Seinen.

»Sie wollen sich mit Polizisten und Lehrern gleichsetzen? Ist das Ihr Ernst? Schafzucht bringt schon lange kein Geld mehr ein. Sie lebt nur noch von Subventionierungen des Staates, also von unseren Steuergeldern.«

»Wie können Sie es wagen!«, brüllte Larson, und in den rechten vorderen Reihen machte sich lautstark Unmut breit. Zeitgleich ertönten aus den Reihen vor Trudy zustimmende Rufe für Isobel und Schimpftiraden in Richtung der Schafhirten. »Schmarotzer«, rief das Mädchen mit den bunten Haaren vor Trudy.

Isobel ließ sich von alldem nicht beirren und redete einfach weiter. »Der Verzehr von Lammfleisch ist in den letzten Jahren glücklicherweise deutlich zurückgegangen, und auch die Schafwolle muss seit Langem schon der tierfreundlicheren Baumwolle weichen. Ihr Geschäft ist allenfalls noch ein touristisches, für die Wirtschaft und den Steuerzahler bedeutet es nichts als Verluste.«

»Lüge«, schallte es laut durch die Kirche. Die Schafhirten waren aufgesprungen und reckten wieder ihre Hände in die Luft, während die Naturschützer mit Rufen wie »Tierquäler« und »Mörder« antworteten. Auch sie waren aufgesprungen und drängten sich nun in den Mittelgang vor.

Nur wenige Sekunden später flogen schon die ersten Fäuste. Nicholas' Faust landete zielgenau in George Mcleods Gesicht, während Scott Larson sich gerade noch hatte wegducken können und auf Knien unter der Kirchenbank verschwand. Richard Lamb, der seine berufliche Pflicht vollkommen vergessen hatte, sprang auf Nicholas zu und warf ihn mit seinem massigen Körper einfach um. Die Freude auf seinem Gesicht währte aber nur kurz, als er selbst von einem der Naturschützer von den Füßen gerissen wurde. Marcus Larson kam von der Bühne gesprungen, hieb mit seiner Faust auf den nächstbesten jungen Mann ein und versuchte seinen Sohn dazu zu bewegen, es ihm gleichzutun. Es dauerte nur wenige Minuten, bis die ersten beiden Reihen der Kirche sowie der Mittelgang mit rangelnden, aufeinander einprügelnden Menschen gefüllt waren. Trudy, die zunächst noch versucht hatte, vernünftig auf die aufgebrachten Menschen einzureden, konnte schon bald nicht mehr unterscheiden, wer zu welcher Gruppe gehörte.

Bevor sie unbeabsichtigt auch noch in das Kampfgeschehen verwickelt wurden, schnappte Trudy Gwendolyn am Arm und schob Agatha vor sich her in den Seitengang. Mühsam bahnten sie sich ihren Weg durch die Menschen, die entweder nach vorn drängten, um dem Kampf beizuwohnen, oder panisch in die andere Richtung aus der Kirche flüchteten. Sie schafften es schließlich, sich auf der Pfarrkanzel in Sicherheit zu bringen.

Trudy sah sich nach Isobel um, doch ihr Rednerpult war umgekippt, und von Isobel selbst fehlte jede Spur. Trudy konnte nur hoffen, dass ihre Freundin es durch einen Seitenausgang ins Freie geschafft hatte und nicht verletzt irgendwo vor dem Altar lag. Zu ihrer Erleichterung erkannte Trudy zwischen den Menschen einen bekannten roten Haarschopf. PC Parker versuchte sich zusammen mit Pfarrer Knox durch die Menschenmenge nach vorn zu kämpfen, wurde aber immer wieder von Schaulustigen zurückgedrängt.

Erst durch das Schrillen einer Sirene, das durch die Lautsprecheranlage der Kirche drang, zuckten alle Anwesenden zusammen und hielten sich die Ohren zu. Der Bürgermeister hatte seine Position am Mikrofon wieder eingenommen und über sein Handy den furchtbar grellen Ton erzeugt. Die kurze Atempause zeigte Wirkung, die meisten Raufbolde ließen die Arme hängen oder setzten sich erschöpft auf die Kirchenbänke. Nur ein Paar rangelte noch unbeeindruckt am Boden, als PC Parker sich endlich seinen Weg nach vorn bahnte und die beiden auseinanderbrachte. PS Lamb, der sich die Wange hielt, wollte ihm zur Hand gehen, wurde von dem jungen Constable aber mit ungewohnter Forschheit weggeschoben. »Sie sollten sich erst mal um sich selbst kümmern, Sir«, wies er seinen Vorgesetzten souverän zurecht, sodass dieser nur betreten zur Seite treten konnte.

Die Handschellen klickten, und mithilfe des Pfarrers führte PC Parker Marcus Larson und Nicholas Carmichael nach draußen.

Während der Bürgermeister die übrigen Anwesenden bat, ruhig und friedlich nach Hause zu gehen, sah Trudy den beiden Streithähnen nach. Eins hatte der Abend ihr unmissverständlich klargemacht: Es war völlig egal, wie die Einwohner Dunlays am Sonntag abstimmen würden, kein Argument der Welt würde Marcus Larson davon abbringen, von seinem Vetorecht Gebrauch zu machen.

Kapitel 10

Von seinem Lieblingsplatz am Fenster aus konnte Iain die Straße vor dem *Marianne's* gut überblicken und sah den vorbeigehenden Leuten zu, während er schon seinen zweiten Kaffee trank. Er war früher als geplant in dem Lokal erschienen, da er sicher war, dass er den Tag ohne kontinuierliche Kaffeezufuhr nicht überleben würde. Die Kopfschmerztabletten, die Iain gleich als Erstes nach dem Aufstehen eingeworfen hatte, hatten nur kurzfristig Abhilfe geschaffen, weshalb er seinen brummenden Kopf auf seine Hände stützen musste. Da sich nach der Stadtversammlung erstaunlicherweise niemand im Pub hatte blicken lassen, war es nicht bei einem Whisky geblieben, und Arthur, wie Iain Dr. Bishop jetzt nennen durfte, Iain und Charlie, der Besitzer des *Squeaky Bagpipe,* hatten fröhlich bis zur Sperrstunde weitergetrunken. Es war einer der schönsten Abende seit Langem gewesen, aber jetzt bezahlte Iain den Preis dafür. Er schwor sich, nie wieder einen Tropfen Alkohol anzurühren.

Nachdem er sich wortlos an seinen Tisch gesetzt hatte, hatte Shona, die das *Marianne's* führte und gleichzeitig als Kellnerin fungierte, Iain ungefragt eine große Tasse Kaffee eingeschüttet und ihn mitleidig angesehen. Der gute Service war nur ein Grund, warum dies Iains Lieblingsfrühstückslokal geworden war. Es lag gleich um die Ecke von seiner Wohnung und hatte nicht diese kitschige Atmosphäre, die so vielen Cafés anhing. Außerdem war es morgens eher ruhig, da die meisten Leute hier erst nachmittags hereinstürmten. So konnte Iain normalerweise in Ruhe sein Frühstück genießen und dabei gedankenverloren auf die Straße schauen oder die wenigen Leute beobachten, die morgens schlaftrunken ins *Marianne's* stolperten. Nur heute war wegen seiner pochenden Kopfschmerzen nicht an Behaglichkeit zu denken.

Iain trank gerade den letzten Schluck aus seiner Kaffeetasse, als Gwendolyn durch die Tür trat und sich suchend umblickte. Es dauerte einen Moment, bis sie Iain halb versteckt hinter einem Pfeiler in der hinteren Ecke des Lokals entdeckte und sich ihren Weg durch die wahllos verteilten Tische bahnte.

»Musstest du lange warten?«, fragte sie und schenkte ihm ein entschuldigendes Lächeln.

»Nein. Ich war schon früher hier, um mich nach dem gestrigen Abend mit Kaffee zu versorgen.« Iain schwenkte seine nun leere Tasse kraftlos durch die Lüfte. Es tat ihm leid, dass er sich in solch einer Verfassung mit Gwendolyn traf, aber er hatte das Frühstück auch nicht so kurzfristig absagen wollen.

Während sie sich die Jacke auszog, kam Shona wieder zum Tisch herübergeschlendert und goss Iain Kaffee nach. Als Gwendolyn gegenüber von Iain Platz nahm, zog die Lokalbesitzerin die Augenbrauen hoch.

»Heute gar nicht allein hier?«, fragte sie und klang dabei eher enttäuscht als erstaunt. »Was kann ich euch bringen? Iain, dasselbe wie immer?«

Iain nickte nur kurz, um seine Kopfschmerzen nicht noch schlimmer zu machen, und hegte die Hoffnung, dass das reichhaltige Essen wenigstens der aufkommenden Übelkeit entgegenwirken würde. Er schaute auffordernd zu Gwendolyn hinüber, die erst nach der Speisekarte greifen wollte, sich dann aber dazu entschied, einfach so zu bestellen. »Ich hätte gern einen Kaffee und eine große Portion Porridge mit Blaubeeren.«

»Kommt sofort.« Mit einem letzten Lächeln für Iain verschwand Shona Hüfte schwingend in Richtung Küche.

»Bist du öfter hier?«, fragte Gwendolyn und sah ihr mit leicht gerunzelter Stirn hinterher.

»Zwei- oder dreimal die Woche«, antwortete Iain vage, woraufhin sie ihn ungläubig ansah.

»Vielleicht auch öfter«, gab er daraufhin zu. »Ich bin zu faul zum Einkaufen, und besonders gut kochen kann ich auch nicht. Da ich ohnehin meistens bei Trudy zu Mittag esse, ist das auch gar nicht nötig. Und es ist erstaunlich, wie viele Frauen in Dunlay Essen in der Polizeistation vorbeibringen. Einer der wenigen Vorteile, in einer Kleinstadt zu wohnen.«

»Ich glaube nicht, dass das an der Kleinstadt liegt«, sagte Gwendolyn und sah vielsagend zu Shona, die ihnen gerade ihr Essen servierte. Gwendolyn bekam ihr Porridge mit Blaubeeren und Iain einen großen Teller mit allem, was das schottische Frühstück zu bieten hatte – Eier, Bohnen, Speck, Würstchen, Haggis und Tattie Scones. Aber während Gwendolyn dazu nur ein müdes Lächeln bekam, strahlte Shona Iain mit einem breiten Grinsen an, bevor sie wieder hinter den Tresen verschwand.

»Woran denn dann?«, fragte Iain, der die Cafébesitzerin gar nicht beachtete und zufrieden in ein Tattie Scone, eine Art Kartoffelpfannkuchen, biss.

Gwendolyn nahm einen Schluck Kaffee und zuckte schmunzelnd mit den Schultern. »Nicht so wichtig. In nächster Zeit werden es wahrscheinlich Pfarrer Knox und

Ben Parker sein, die von den Frauen mit Süßkram bedacht werden.«

Iain sah sie verwundert an. Er konnte sich keinen Reim auf ihre Andeutungen machen. Entweder übersah er etwas Wesentliches, oder sein Kopf funktionierte noch schlechter, als er heute nach dem ersten Aufwachen gedacht hatte. Der Kommentar über den Pfarrer und seinen Constable machte die Sache für Iain auch nicht klarer.

»Der Aufruhr gestern bei der Stadtversammlung?«, versuchte Gwendolyn ihm auf die Sprünge zu helfen.

»Es gab einen Aufruhr?«

»Eine Riesen-Prügelei! Die Mitglieder des Naturschutzbundes und die Schafhirten sind aufeinander losgegangen. Trudy war so geistesgegenwärtig, uns aus der Gefahrenzone zu ziehen. Ich hatte wirklich Angst, etwas abzukriegen.«

»Warum weiß ich nichts davon?«, fragte Iain verdattert und vergaß darüber sein Frühstück.

Gwendolyn zuckte mit den Schultern. »Ben hat am Ende mithilfe von Pfarrer Knox Nicholas Carmichael und Marcus Larson festgenommen. Danach haben sich die anderen Beteiligten ganz schnell aus dem Staub gemacht.«

»Und wo war Sergeant Lamb? Ich dachte, er würde auch hingehen, um seine Schäferfreunde zu unterstützen.«

»Das hat er auch, und zwar schlagkräftig.«

»Was?«

»Lamb hat sich auch geprügelt. Es war unglaublich.« Gwendolyn, die zwischen Schock und Sensationsgier hin und her schwankte, steckte sich schwungvoll einen Löffel Porridge in den Mund, während Iain ihr fassungslos dabei zusah. Wie hatte er nur jemals glauben können, dass es in Dunlay langweilig werden würde?

»Ben Parker und Pfarrer Knox haben zu zweit die ganze Schlägerei gestoppt?« Iain versuchte sich die Situation auf der Stadtversammlung auszumalen, aber seine Vorstellungskraft schien dafür nicht auszureichen.

»Das haben sie nicht. Das war der Bürgermeister ganz allein.«

»Was?« Iain zuckte zusammen, er hatte nicht so laut werden wollen.

Aber Gwendolyn blieb davon unbeeindruckt, sie erzählte Iain von der Besonnenheit des Bürgermeisters und seinem cleveren Trick mit dem Handy. »Ehrlich gesagt, hatte ich Mike immer für einen Schaumschläger gehalten. Sein durchdachtes Eingreifen gestern hat mich wirklich überrascht. Das wird ihm sicher die ein oder andere Wählerstimme bei der nächsten Bürgermeisterwahl einbringen«, schloss sie ihre Geschichte.

»Aber Sweeney war nicht in die Angelegenheit verwickelt, oder?« Die ganze Geschichte kam Iain reichlich dubios vor und schien dem Bürgermeister nur allzu gut in die Hände zu spielen.

»Meinst du, ob er sich vorher an der Prügelei beteiligt hat?«, fragte Gwendolyn verwirrt nach.

Iain schüttelte den Kopf und fuhr sich dann mit der Hand über die Stirn. Bishops Worte hallten noch in seinen Ohren wider, aber wahrscheinlich interpretierte er zu viel in die Ereignisse hinein. Auch wenn Sweeney manipulativ war, eine ganze Meute unauffällig aufzuwiegeln, schien auch für ihn eine Nummer zu groß.

»Vergiss die Frage einfach. Ich bin heute nicht ich selbst.« Iain rieb sich erneut über die Stirn, doch die Kopfschmerzen wurden eher schlechter als besser. »Das Gespräch mit Sweeney gestern war frustrierend. Ich werde einfach nicht schlau aus ihm.«

»Das versuche ich schon seit über einem Jahr. Sag mir Bescheid, wenn du Erfolg hattest«, antwortete Gwendolyn schnippisch, und Iain sah sie überrascht an. Bevor er nachhaken konnte, setzte sie bereits von selbst zu einer Erklärung an. »Es sind nur diese eigenartigen Botengänge, die seine Sekretärin ohne Probleme erledigen könnte. Ich kenne Yasmine, sie ist manchmal vielleicht ein bisschen einfach gestrickt, aber ich kann mir nicht vorstellen, dass sie jemals Geheimnisse ausplaudern würde, wenn Mike sie um Verschwiegenheit gebeten hat. Trotzdem muss ich jede Woche in sein Büro.«

»Ist denn an diesen Treffen irgendetwas seltsam?« Iain war sich ziemlich sicher, dass dieses ungewöhnliche Arrangement wenigstens zum Teil einer Schwäche des Bürgermeisters für Gwendolyn geschuldet war. Er verstand bloß nicht, warum der sonst so souveräne und von sich selbst überzeugte Sweeney solche Umwege in Kauf nahm, wenn er sie ohne viele Umstände direkt auf ein Date einladen konnte. Soviel Iain wusste, war der Bürgermeister unverheiratet, und auch Gwendolyn musste Single sein, wenn Trudy sie Iain vorgestellt hatte.

»Ich denke nicht. Wenn ich in sein Büro komme, macht er zuerst meist irgendeinen peinlichen Witz, dann bietet er mir stets einen Whisky an, den ich immer höflich ablehne. Danach gebe ich ihm entweder die fertigen Dokumente, oder er gibt mir einen neuen Stapel, und dann bin ich auch schon wieder aus der Tür raus.«

Gwendolyn schob ihre Brille ein Stück die Nase hinauf. »Und die Dokumente selbst beinhalten überwiegend unwichtige Berichte aus den letzten zwölf Jahren, seit Mike Bürgermeister ist. Ich könnte genauso gut unbeschriebenes Papier kopieren.«

Wenn man ihr so zuhörte, konnte man wirklich glauben, dass der Bürgermeister kein Händchen dafür hatte, mit Frauen zu sprechen, zumindest dann nicht, wenn es sich dabei um die Offenlegung seiner Gefühle drehte. Aber Sweeneys Gefühle waren Iain im Moment egal. Die von Gwendolyn erwähnten Dokumente interessierten ihn dafür umso mehr. Sie waren der Grund, warum sie sich heute überhaupt zum Frühstück getroffen hatten.

»Erinnerst du dich an den Stapel Papiere von gestern? Den, den ich so schwungvoll hinuntergeworfen habe?«

Gwendolyn versteifte sich plötzlich in ihrem Stuhl.

»Würdest du mir immer noch verraten, was dringestanden hat?«, fragte er vorsichtig weiter.

Sie rührte unentschlossen in den Überresten ihres Porridges. »Ich fühle mich wie eine Verräterin.«

Iain griff verständnisvoll nach ihrer Hand, ließ sie aber sofort wieder los, als er Gwendolyns erstaunten Blick sah. »Betrachte es doch mal so. Welchen Grund könnte der Bürgermeister haben, Dokumente geheim zu halten, außer den, dass er in illegale Geschäfte verstrickt ist? Sollte man ihn dann nicht dafür zur Rechenschaft ziehen?«

»Du hast ja recht«, gab sie zu, sah dabei aber alles andere als glücklich aus. »Es handelt sich um Briefe einer Hotelgruppe. Sie fragen den Bürgermeister nach möglichen Landflächen für den Bau eines Ferienresorts.«

»Davon hat er mir erzählt, daran ist aber erst mal nichts Ungewöhnliches.«

»Mike wurde eine hohe Prämie in Aussicht gestellt, sollte er einen solchen Bau ermöglichen.«

»Eine Prämie? In welcher Größenordnung?«

Gwendolyn fummelte an dem Henkel ihrer Kaffeetasse und ließ den Kopf hängen. »Im sechsstelligen Bereich.«

In Iains Kopf begann es zu rattern. Eine so hohe Summe würde die Geheimniskrämerei des Bürgermeisters auf jeden

Fall erklären, und den Naturschutzbund vorzuschicken, um still und heimlich hintenherum das Geld abzugreifen, passte zu dem Bild, das Iain von Sweeney hatte. Sollten die Naturschützer das Referendum gewinnen und das Gesetz fallen, wäre es für ihn sicher ein Leichtes, die für Naturschutzgebiete gedachten Ländereien aus Gründen der Wirtschaftlichkeit in den Tourismussektor zu überführen. Doch wie weit war Sweeney bereit, dafür zu gehen?

»Du glaubst doch nicht ernsthaft, Mike würde einen Mord begehen, nur um diese Prämie zu kassieren?«, fragte Gwendolyn, die Iains Gedanken mühelos an seinem Gesicht abgelesen hatte.

Zögerlich schüttelte er den Kopf. »Nein, er selbst würde sich nicht die Finger schmutzig machen. Aber er könnte jemanden überreden, es zu tun, oder ihn dafür bezahlen.«

Gwendolyn konnte sich ein Lachen nicht verkneifen. »Iain, ich glaube, deine Fantasie geht mit dir durch. Das hier ist Dunlay, nicht London. Es wimmelt hier nicht an jeder Straßenecke von manipulativen und korrupten Politikern.«

Iain starrte auf seinen kaum angerührten Teller und fuhr sich mit den Händen durch die Haare. »Das ergibt alles keinen Sinn«, entfuhr es ihm. »Warum sollte irgendjemand den alten Mann umbringen? Aus Abneigung? Wegen überzogenem Idealismus? Oder hatte er doch mehr Geld, als es den Anschein hat? Es ist so frustrierend. Wenn man Bishop und Sweeney glauben darf, hat sich jeder in Dunlay seinen Tod gewünscht, aber dennoch hat niemand ein überzeugendes Motiv.«

»Ich habe ihm nicht den Tod gewünscht«, sagte Gwendolyn leise.

»Aber du hast ihn auch gemocht.« Iain warf ihr einen nachdenklichen Blick zu. »Warum eigentlich?«

Ihr entfuhr ein langer Seufzer. »Als ich vor ein paar

Jahren hierhergezogen bin, kannte ich niemanden. Meine Mutter war gerade gestorben, und sie hatte mir immer von Dunlay und den Highlands vorgeschwärmt. Also dachte ich, es wäre eine gute Idee, an den Ort zu ziehen, den sie so geliebt hatte. Anfangs habe ich mich hier so verloren gefühlt. Ich habe nur gearbeitet, und wenn ich nicht gearbeitet habe, bin ich allein durch die Hügel und Moore gewandert. Dabei habe ich Alistair kennengelernt. Wir haben uns über Bücher und über seine Schafe unterhalten. Er sagte, ich erinnere ihn an jemanden aus längst vergangenen Zeiten. Ich glaube, er war genauso einsam wie ich.«

Eine Träne hatte sich in Gwendolyns Augenwinkel geschlichen, doch sie wischte sie schnell weg und wandte ihren Blick zum Fenster. »Es war schön, jemanden zu haben, mit dem man nicht nur reden, sondern auch schweigen konnte. Jetzt werde ich nie wieder seine Stimme hören.«

Iain ergriff erneut ihre Hand. »Ich kenne das Gefühl, nicht zu wissen, wo man hingehört, und ich weiß auch, wie wundervoll es sein kann, einer Person zu begegnen, die keine Fragen stellt, aber trotzdem zuhört, wenn man reden möchte.«

Gwendolyn drückte dankbar seine Finger. »Ich hoffe, dir bleibt diese Person lange erhalten.«

Iain erstarrte und entzog ihr hastig seine Hand.

»Habe ich etwas Falsches gesagt?«, fragte sie erschrocken und zog ihre Hand ebenfalls ein wenig zurück.

»Nein, es ist nur ...« Iain senkte den Blick und suchte nach den richtigen Worten. Wie sollte er irgendjemandem erklären, dass die Person, der er am meisten vertraut hatte, wegen der er die letzten kostbaren Momente mit seinem Großvater verpasst hatte und die er abgöttisch geliebt hatte, dass diese Person einfach gegangen war und seine Welt in Trümmern zurückgelassen hatte?

»Geht es um Jamie?«

»Woher weißt du …?«

Im Gegenzug war es nun an Gwendolyn, Iains Hand zu ergreifen. »Deine Großmutter hat den Namen kurz erwähnt, als sie mir von dir erzählt hat. Wenn du darüber reden möchtest, ich bin eine gute Zuhörerin.«

Iain drückte kurz ihre Hand, entzog sie ihr aber genauso schnell wieder. »Vielleicht irgendwann …« Er sah sich kurz um und winkte Shona wegen der Rechnung zu. »Ich muss jetzt los, ich will noch einige Dinge wegen McNab klären.«

Gwendolyn nickte verständnisvoll. »Falls ich dir bei der Ermittlung irgendwie behilflich sein kann, sag Bescheid.«

Iain wollte schon dankend ablehnen, als ihm das zweite Gedeck auf McNabs Küchentisch in den Sinn kam. »Wenn du McNab so gut kanntest, warst du bestimmt auch ab und zu in seiner Hütte, oder?«

Gwendolyn war bereits aufgestanden und wollte nach ihrer Jacke greifen, sank aber zurück auf den Stuhl und beugte sich zu Iain hinüber. »Nicht sehr oft, vielleicht einoder zweimal im Monat. Wir waren meistens draußen auf der Weide.«

»Warst du zufällig in der letzten Woche bei ihm?«, fragte Iain, woraufhin sie verwundert nickte.

»Würdest du mir deine Fingerabdrücke überlassen? Dann könnte ich sie mit denen aus McNabs Haus abgleichen. Ich würde zu gern herausfinden, ob er mit irgendwem in Kontakt stand, von dem wir bisher noch nichts wissen.«

Ohne zu zögern, nickte Gwendolyn erneut und sah auf

ihre Uhr. »Am besten sofort. Ich muss in einer halben Stunde die Bibliothek aufmachen.«

***

Sie gingen schweigend zur Polizeistation, beide mit ihren eigenen Gedanken beschäftigt. Aber während Gwendolyn hin und wieder zu Iain hinübersah und kurz davor war, etwas zu sagen, hielt sein abwesender Blick sie jedes Mal zurück. Iain haderte derweil mit sich selbst, unschlüssig darüber, ob er das Gespräch mit Gwendolyn im Café zu früh und zu abrupt abgebrochen hatte und sie damit gekränkt haben könnte. Zu seiner eigenen Überraschung mochte er sie sehr gern und wollte ihr nicht damit wehtun, dass er ihre Erwartungen, die vermutlich noch von Trudy geschürt worden waren, nicht erfüllen konnte. Es reichte, wenn einer von ihnen ein gebrochenes Herz hatte.

Als sie schließlich die Polizeistation betraten, versuchte Iain jedoch die nutzlosen Gedanken abzuschütteln und sich wieder auf das Hier und Jetzt zu konzentrieren. Seine Hoffnung, ungestört Gwendolyns Fingerabdrücke abnehmen zu können, löste sich leider schnell in Luft auf. Der Empfangstresen rechts neben dem Eingang lag zwar verlassen da, aber es war Gelächter von dahinter zu hören. Iain trat um den Empfangstresen herum und sah Sergeant Lamb zusammen mit seinem Freund George Mcleod, der sich einen zweiten Stuhl herangezogen hatte, an Lambs Schreibtisch sitzen. Sie beugten sich lachend über ein Handy und sahen erst auf, als Iain und Gwendolyn direkt vor ihnen standen.

Die Gesichter beider Männer wiesen Spuren des gestrigen Kampfes auf. Lambs Lippe war aufgeplatzt, und seine rechte Wange erstrahlte in den unterschiedlichsten Blau- und Grüntönen, während Mcleods linkes Auge ein hübsches Veilchen zierte. Außerdem deutete das Pflaster auf seinem Nasenrücken darauf hin, dass sie gebrochen war. Iain beneidete Dr. Bishop nicht, der gestern offensichtlich noch Dunlays Querulanten hatte zusammenflicken müssen, statt wie Iain einfach betrunken ins Bett zu fallen.

Er nickte den beiden Männern mit einem kritischen Blick zu, als Mcleod überstürzt aufsprang.

»Guten Morgen, Inspector, guten Morgen, Gwen!«, rief er aus, während Lamb sitzen blieb und sich nur zu einem leichten Grummeln herabließ, das irgendwo zwischen »Morgen« und »Schleimer« rangierte.

Iain, dessen Kopfschmerzen sich endlich besserten, wollte sich bereits abwenden, da er keine Lust hatte, sie durch ein Gespräch mit den beiden wieder zu verstärken, aber Gwendolyn blieb stehen und erwiderte höflich: »Guten Morgen, George. Wie geht es Ihrer Nase?«

»Ach, das ist nichts.« Mcleod winkte lässig ab und blühte durch Gwendolyns Aufmerksamkeit förmlich auf. »Kommst du morgen zum Kurs?«

»Natürlich. Für kein Geld der Welt würde ich einen Abend mit Agatha verpassen wollen.«

»Sehr schön, dann sehen wir uns dort«, antwortete Mcleod strahlend, bevor er von Lamb auf seinen Stuhl zurückgezogen wurde.

Ohne weiter auf die beiden einzugehen, führte Iain Gwendolyn in ein Nebenzimmer, das sie für die Aufnahme von Fingerabdrücken und Polizeifotos nutzten, während er sich der bohrenden Blicke in seinem Rücken sehr wohl bewusst war. Er schloss die Tür hinter sich und bat Gwendolyn, auf einem der bereitstehenden Stühle Platz zu nehmen.

Sie kam seiner Bitte nach und schaute sich aufmerksam um, während Iain nach dem Fingerabdruckset suchte. »Ich bin noch nie in diesem Gebäude gewesen ... Ehrlich gesagt, war ich noch nie in irgendeiner Polizeistation«, sagte sie und rieb mit den Händen über ihre Oberschenkel.

»Das hätte mich auch gewundert.« Suchend sah Iain sich in dem Raum um. »Ist Mcleod einer deiner vielen Verehrer?«, fragte er zerstreut. Er durchwühlte den Schrank, suchte in den Schreibtischschubladen und sah sogar hinter den Vorhängen am Fenster nach, fand die Fingerabdrucksets aber nicht. Er wusste, dass sie hier irgendwo sein mussten, war jedoch in den letzten Monaten noch nicht in die Verlegenheit gekommen, sie zu benutzen. Bis vor ein paar Tagen hatte er auch nicht geglaubt, sie jemals in Dunlay verwenden zu müssen.

Da er in seine Suche vertieft war, bekam er nicht mit, wie Gwendolyn nervös auf dem Stuhl hin und her rutschte. »Von welchen Verehrern redest du?«

Aber Iain war zu abgelenkt, um ihr zu antworten. Er hatte unter einem einzelnen Fingerabdruckset den Polizeibericht vom gestrigen Abend mit den Daten von Nicholas Carmichael und Marcus Larson gefunden, fein säuberlich abgetippt von PC Parker. Wie Iain dem Bericht entnehmen konnte, hatte der Constable auf eine Festnahme verzichtet und es bei einer Verwarnung belassen. Während er seinen Rausch ausgeschlafen hatte, hatte Ben Parker die halbe Nacht gearbeitet. Iain wäre am liebsten im Erdboden versunken.

»Iain?«, fragte Gwendolyn, als dieser nicht reagierte.

»Entschuldigung, Gwen, ich habe sie gefunden.« Er hielt die Packung mit dem Stempelkissen und den vorgefertigten Karteikarten hoch und schüttelte sie ein wenig. »Es kann losgehen.«

Die Aufnahme der Fingerabdrücke war letztlich schnell

erledigt. Iain musste sie später nur noch einscannen, damit sie im System vermerkt wurden.

»Vielen Dank, Gwen«, sagte er, während sie sich die Finger mit einem Tuch abwischte. »Das erspart mir sicher eine Menge Arbeit.«

Iain stand auf und wollte sie aus dem Zimmer begleiten, als Gwendolyn ihn zurückhielt. Sie öffnete den Mund, schloss ihn dann aber wieder, ohne etwas gesagt zu haben.

Iain sah sie fragend an. »Ja?«

Sie zögerte einen Moment, schüttelte dann aber den Kopf. »Nein. Wir können irgendwann anders darüber reden.« Sie öffnete hektisch die Tür und war mit einem kurzen, an Mcleod und Lamb gerichteten Abschiedsgruß aus der Polizeistation verschwunden.

»Die haben sie aber ganz schön verschreckt, Inspector«, sagte Mcleod zufrieden lächelnd, als Iain langsam aus dem Nebenzimmer trat.

»Wer möchte auch schon Tatverdächtige Nummer eins im Mordfall Alistair McNab sein«, warf Lamb schnippisch ein.

»Sie ist keine Tatverdächtige«, antwortete Iain, auch wenn ihn langsam das Gefühl überkam, dass jeder Kommentar seinem Sergeant gegenüber überflüssig war.

»Nein, natürlich nicht«, bestätigte Mcleod eifrig. »Es wird einer von diesen Naturschutzheinis gewesen sein.«

Lamb setzte zu einem Nicken an, hielt aber inne und fuhr sich mit der Hand über den schmerzenden Nacken. »Nicholas Carmichael ist gemeingefährlich, aggressiv und zu allem fähig. Wenn wir nicht aufpassen, ist unser Georgie hier der Nächste.« Er schlug seinem Kumpel mit der flachen Hand auf den Rücken, der allerdings nur angespannt das Gesicht verzerrte.

Ohne weiter auf seinen Freund zu achten, wandte Lamb sich wieder Iain zu. »Was tun Sie eigentlich, um die Schafhirten zu beschützen, Inspector?«

Iain gefiel es nicht, wie Lamb das Wort Inspector in die Länge zog. Bei ihm klang es wie ein Schimpfwort und nicht wie der achtbare Titel, um den es sich handelte und den Richard Lamb, obwohl er über zehn Jahre älter war, immer noch nicht erlangt hatte.

»Haben Sie gestern Abend nicht schon genug getan?«, fragte Iain deshalb wütend. »Eigentlich müsste ich Sie suspendieren.«

»Warum tun Sie es dann nicht?«, erwiderte Lamb herausfordernd.

Iain drehte sich in Richtung seines Büros. »Diesmal belasse ich es bei einer Verwarnung«, sagte er ausgelaugt. Eine Suspendierung wäre nur mit unnötigem bürokratischem Aufwand verbunden, außerdem brauchte Iain im Moment jeden Mann. »Ich erwarte die angeforderten Berichte über die Schafhirten morgen auf meinem Schreibtisch.«

Der Sergeant antwortete nur mit einem verächtlichen Schnauben, sodass Iain seine Entscheidung fast schon wieder bereute.

Während er zu seinem Büro ging, wies Mcleod seinen Freund zurecht. »Lass ihn doch einfach in Ruhe. Sag lieber Ja zu einem weiteren Pokerspiel heute Abend.«

»Willst du etwa schon wieder verlieren?«, antwortete Lamb lachend und hatte seinen Vorgesetzten bereits wieder völlig vergessen.

Iain schloss die Tür hinter sich und sperrte die Stimmen der beiden aus. Für einen Moment stand er stocksteif in der Stille seines Zimmers. Er musste die Situation mit Lamb klären, bevor das Ganze irgendwann eskalierte.

Nach diesem Fall, dachte Iain. Er würde mit seinem Sergeant Klartext reden, sobald die Mordermittlung abgeschlossen war. Seufzend ging er zu seinem Schreibtisch hinüber und ließ sich auf seinen Stuhl fallen.

Erst als er nach der Telefonnummer von McNabs Anwaltskanzlei zu suchen begann, fiel ihm die Zeitung auf, die jemand auf seinen Schreibtisch gelegt hatte. Es war die heutige Ausgabe der *Dunlay Post,* und auf der ersten Seite prangte die Überschrift: »Polizeichef betrinkt sich während Aufstand bei Stadtversammlung«. Iain schloss für einen kurzen Moment missmutig die Augen, er hatte wahrlich genug von irgendwelchen übereifrigen Journalisten. War die Sache mit Jamie nicht schon schlimm genug gewesen? Er richtete seinen Blick wieder auf die Zeitung. Wenigstens hatten sie kein Foto davon, wie er betrunken aus dem Pub torkelte! Da allein der Titel schon ein falsches Bild des Abends vermittelte, war mit einer akkuraten Berichterstattung im übrigen Text nicht zu rechnen, weshalb Iain darauf verzichtete, ihn zu lesen. Allerdings interessierte ihn brennend, welcher Reporter das Bedürfnis hatte, gegen ihn zu sticheln, und suchte unter dem Artikel nach dem Namen des Verfassers. Rory Cullen. War das nicht der Reporter, der gestern einfach nicht aufhören wollte, Fragen über McNab zu stellen?

Iain überkam ein schlimmer Verdacht, und er begann in der unteren Schublade seines Schreibtisches zu wühlen. Es dauerte einen Augenblick, bis er unter den zerstreuten Blättern fand, was er suchte. Er zog den Zeitungsartikel hervor, den er, wie die Zeitung heute, an seinem ersten Arbeitstag auf seinem Schreibtisch liegend vorgefunden hatte, legte ihn auf die Schreibtischunterlage und strich ihn glatt. Der Artikel war aus dem Januar dieses Jahres und berichtete darüber, dass Iain als neuer Polizeichef eingesetzt worden war. So hatte es zumindest auf den ersten Blick den Anschein. Im Grunde war seine Benennung zum Polizeichef aber nur der Aufhänger für eine Ausführung über Vetternwirtschaft und Korruption bei der schottischen Polizei gewesen. Iain hatte sich zunächst furchtbar darüber aufgeregt, war letztlich aber nur froh gewesen, dass Recherchearbeit offensichtlich nicht zu den Stärken des Reporters zählte. Iains Vergangenheit und die Gründe für seinen Wechsel von der Londoner Mordkommission zur Polizei von Dunlay waren unerwähnt geblieben. Wie Iain bereits vermutet hatte, war auch dieser Artikel von keinem anderen als Rory Cullen verfasst worden.

Iain zerknüllte die Zeitung und den Artikel und warf sie in den Mülleimer. Auch wenn ihm nicht klar war, was der Reporter gegen ihn hatte, wusste er ganz genau, wer dafür verantwortlich war, dass die Sachen auf seinem Tisch gelandet waren. Er warf einen Blick zur Tür, entschied sich dann aber dagegen, den Sergeant sofort zur Rede zu stellen. Iain war heute nicht in der Verfassung für überflüssige Streitereien.

Stattdessen nahm er die Suche nach der Nummer der Anwaltskanzlei wieder auf. Er fand die Kopie des Briefes, den sie in McNabs Hütte gefunden hatten, in der Ablage neben seinem Computerbildschirm und tippte frustriert die Nummer in sein Telefon. Der nachfolgende Anruf führte aber keineswegs dazu, Iains Stimmung aufzuhellen. Der Anwalt, der McNab betreute, war seit zwei Wochen im Urlaub und wurde erst am Sonntag zurückerwartet. Die Anwaltsgehilfin, mit der Iain sprach, konnte zwar bestätigen, dass es ein Testament gab, wusste jedoch nicht, wer der oder die Begünstigte war; und worum es sich bei den Laborergebnissen handelte, die McNab erhalten hatte, war ihr gänzlich unbekannt. Sie versprach Iain aber, dass sich der Anwalt melden würde, sobald er aus dem Urlaub zurück war.

Resigniert beendete Iain das Gespräch und legte den Kopf auf den Tisch. Er hatte sich darauf verlassen, dass das Testament den Fall entscheidend voranbringen würde, und jetzt musste er sich noch fast eine ganze Woche gedulden, bis der Anwalt sich zurückmeldete. Bis dahin blieb der mysteriöse Erbe unbekannt, genauso wie das, was er erben würde. Wenn Iain wenigstens wüsste, was es mit dem Laborbericht, der in dem Brief erwähnt wurde, auf sich hatte. Dabei konnte es sich um so gut wie alles Mögliche handeln: Bodenproben von McNabs Land, Blutproben von seinen Schafen oder auch etwas, das McNabs eigene Gesundheit betraf, selbst wenn sich Dr. Bishop sicher war, dass McNab kerngesund gewesen war. Iain seufzte. Wenn die Aussagen der Forensik über die Spuren, die er und Parker in McNabs Haus gefunden hatten, genauso enttäuschend ausfallen würden, wäre Iain endgültig in einer Sackgasse gelandet. Wie sollte er jemanden des Mordes bezichtigen, wenn er nicht einen stichhaltigen Beweis in der Tasche hatte?

Iain überlegte, ob diese vermaledeite Mordermittlung seine Strafe für die Vorfälle in London war. Obwohl er sich selbst am Ende nur vorwerfen konnte, allzu vertrauensselig gewesen zu sein. Er war sich dennoch sicher, dass die internen Ermittler das ganz anders sehen würden. Wenn sie erst herausfanden, dass Jamie Iains Keycard entwendet und sich Zutritt zur Asservatenkammer verschafft hatte, konnte Iain seinen neuen Job in Dunlay wahrscheinlich auch vergessen. Und was wäre er, wenn er kein Polizist mehr sein dürfte? Seit er als kleiner Junge mit seinem Großvater im Polizeiwagen mitgefahren war, hatte er nichts anderes als Polizist werden wollen. Fast wünschte Iain sich, dass er sich Gwendolyn vorhin im Café doch anvertraut hätte. Sie schien ein herzensguter Mensch zu sein und würde seine Geheimnisse gewiss für sich behalten. Allerdings hatte Iain das von Jamie auch geglaubt. Und wo hatte das letztlich hingeführt? Iain war sich nicht sicher, ob er so eine enge Bindung schon wieder eingehen konnte oder überhaupt wollte. Die Wahrscheinlichkeit, wieder verletzt zu werden, erschien ihm einfach zu groß.

Kopfschüttelnd richtete er sich wieder auf und sah auf die Uhr. Es war noch zu früh, um bei seiner Großmutter aufzuschlagen. Seufzend nahm er sich ein leeres Blatt Papier und zog sein Notizbuch aus der Tasche. Wenn er noch Zeit bis zum Mittagessen totschlagen musste, konnte er genauso gut eine Liste all der Personen erstellen, die in den Fall verwickelt waren. Vielleicht ergab sich doch noch ein schlüssiger Verdächtiger.

Kapitel 11

Trudy beobachtete besorgt ihren Enkel, während sie die letzten Bissen von ihrem Mittagessen aß. Iain hingegen starrte geistesabwesend auf seinen unangetasteten Teller und beachtete den Shepherd's Pie gar nicht, der darauf lag. Sie hatte extra eines seiner Lieblingsgerichte gekocht, um ihn nach dem gestrigen Tag milde zu stimmen. Doch Iain hatte das Gemälde noch mit keinem einzigen Wort erwähnt. Er hatte in der halben Stunde, in der er inzwischen da war, ohnehin nur zwei oder drei Sätze gesagt und ansonsten geschwiegen. Er hatte sogar Sherlock gedankenverloren gestreichelt, als dieser versucht hatte, ihn zu kratzen, woraufhin der arme Kater vor lauter Verwirrung schnellstens davongezischt war.

»Iain«, sprach Trudy ihn nun beherzt an, weil sie es nicht mehr ertragen konnte, wie er in der Pastete herumstocherte, ohne etwas davon zu essen. »Was ist nur los mit dir? Bis du immer noch verärgert wegen des Bildes?«

Ihr Enkel sah langsam zu ihr herüber und fragte verwundert: »Wegen des Gemäldes bei McNab etwa?«

Trudy nickte und wünschte sich, sie hätte es nicht erwähnt. Der Ärger, der ihm gestern so deutlich ins Gesicht geschrieben stand, schien längst wieder verflogen.

»Ach, das«, sagte er teilnahmslos. »Warum hast du mir nicht einfach erzählt, dass du es verkauft hast? Ich bin erwachsen. Ich kann damit leben, wenn du Dinge verkaufst, die dich an Grandpa erinnern.«

Trudy atmete erleichtert auf. Iain war offensichtlich zu seinen eigenen Schlüssen gekommen, und sie sah keinen Grund, seine Annahme zu korrigieren. Was änderte es schon, dass sie mit Alistair befreundet gewesen war und ihm das Bild geschenkt und nicht verkauft hatte?

»Was ist es dann?«, fragte sie stattdessen besorgt. »Der Mordfall?«

»Ja und nein. Hast du heute die *Dunlay Post* gelesen?«

»Dieses Schmierblatt? Natürlich nicht.«

Iain nickte und ließ dabei die Schultern hängen. »Heute war ein Artikel über mich drin. Ich habe ihn nicht gelesen, aber im Groben ging es wohl darum, dass meine Sauftour mit Dr. Bishop gestern Abend zur selben Zeit stattgefunden hat wie die Schlägerei bei der Versammlung. Ich gehe nicht davon aus, dass ich als wackerer Held dargestellt werde.«

Er warf ihr ein müdes Lächeln zu. Trudy machte den Mund auf, aber ihr fehlten die Worte. Auf der einen Seite war sie froh, dass Iain seine einsame Höhle tatsächlich verlassen hatte und abends ausgegangen war, auf der anderen Seite hatte er es jedoch zum denkbar schlechtesten Zeitpunkt getan.

»Es liest doch ohnehin niemand mehr Zeitung heutzutage«, brachte sie schließlich heraus, auch wenn sie sich bewusst war, dass der Artikel ebenfalls auf der Website erscheinen würde.

»Wenn ich wenigstens mit dem Fall vorankommen würde. Aber die Motive der Verdächtigen, wenn man sie denn überhaupt so nennen darf, sind schwach, und ich habe keine Beweise, die irgendwen mit der Leiche oder dem Fundort in Verbindung bringen. Ich kann nur noch auf die Forensik oder auf irgendeinen Zeugen hoffen, der sich aus Gründen, die mir schleierhaft sind, bis jetzt noch nicht gemeldet hat.« Iain atmete tief ein und blies dann frustriert die Luft wieder aus. »Ich fühle mich wie ein Versager.«

Trudy spürte, dass ihm noch mehr auf der Seele lag, er es aber nicht über sich brachte, ihr davon zu erzählen. Also tat sie das Einzige, was sie im Moment für ihn tun konnte und seit seiner frühen Jugendzeit nicht mehr getan hatte. Sie stand auf, ging zu ihm hinüber und schlang ihre Arme um ihn. Während ein Arm um seine Schulter lag, hielt sie mit dem anderen seinen Kopf und streichelte beruhigend über sein Haar.

Zu ihrer Überraschung erwiderte Iain die Umarmung nicht nur, sondern schlang seine Arme fest um ihre Mitte und zog sie dichter an sich heran. Sie verharrten schweigend in dieser Position, während Trudy ihm weiter über das Haar strich. Nach einer Weile, Trudy konnte beim besten Willen nicht sagen, wie lange es gedauert hatte, löste er sich langsam von ihr und setzte sich wieder aufrecht hin. Sie fuhr ihm ein letztes Mal durch das Haar und begann dann das Geschirr auf dem Tisch zusammenzuräumen, da sie nicht erwartete, dass er noch etwas davon essen würde.

Sie nahm die Reste des Shepherd's Pie vom Tisch und trug ihn in die Küche, während Iain gleichzeitig die Teller auf den Arm stapelte und ihr hinterherkam.

Der intime Moment war vorbei, und in der Hoffnung, die Stimmung etwas aufzulockern, schlug Trudy scherzend vor: »Nenn mir deine Verdächtigen, und mein Bauchgefühl sagt dir, wer der Täter ist.«

Iain schüttelte verhalten den Kopf, während er die Essensreste von seinem Teller in den Müll warf. »Ich warte einfach auf die Forensikergebnisse, vielleicht sehe ich danach etwas klarer.«

Trudy nickte nur und holte die restlichen Schalen aus dem Esszimmer. Obwohl sie es im Scherz gesagt hatte, hatte sie doch ein wenig darauf gehofft, dass Iain auf ihr Hilfsangebot eingehen würde. Dank ihrer Vereinsarbeit und der Tratschrunden mit Agatha kannte Trudy sich bestens mit den Einwohnern der Stadt und ihren kleinen Geheimnissen aus und hätte ihrem Enkel sicherlich den ein oder anderen wertvollen Tipp geben können.

»Weißt du, was?«, sagte sie, einer plötzlichen Eingebung folgend. »Wenn ich dir nicht helfen darf, kannst du ja vielleicht mir helfen. Zumindest könntest du dir damit die Zeit vertreiben, bis sich die Forensik meldet.«

Iain zog fragend die Augenbrauen hoch, woraufhin Trudy ihn aufgeregt ins Wohnzimmer führte und in einen der Sessel schob. Sie kramte in einem Schränkchen neben dem Fenster, bevor sie sich vor Iain hinstellte und ihm ihr neustes Werk präsentierte.

»Was ist das?« Iain starrte entgeistert auf den Papierstapel in ihrer Hand.

Unbeirrt zeigte sie ihm das obere Blatt. »Die habe ich vorhin in der Druckerei machen lassen.«

Sie hielt einen ganzen Schwung Suchplakate in der Hand. In der oberen Hälfte des Blattes hatte sie ein Bild von Little John platziert und in der unteren Hälfte einen Suchaufruf mit ihrer Telefonnummer. Die Belohnung hatte sie auf hundert Pfund festgesetzt.

»Du bist immer noch auf der Suche nach dem Hund?«

»Natürlich. Falls er nicht tot ist, streunt er entweder verloren durch die Gegend oder der Täter hält ihn irgendwo versteckt.«

»Aber wenn er versteckt wird, wie willst du ihn dann

mit den Blättern finden?« Zweifel sprach nicht nur aus Iains Worten, sondern auch aus seinem Blick.

»Gute Informationen sind schwer zu bekommen. Noch schwerer ist es, mit ihnen etwas anzufangen«, zitierte Trudy ihren Lieblingsautor. »Die Leute wissen manchmal gar nicht, dass sie etwas Wichtiges gesehen haben. Man muss ihnen erst den richtigen Anreiz bieten.«

»In Form von hundert Pfund?«, fragte Iain augenrollend, nahm ihr aber trotzdem eines der Blätter aus der Hand. »Man erkennt den Hund gar nicht richtig auf dem Bild.«

»Die Leute hier wissen, wie Little John aussieht. Der Zettel dient nur dazu, ihre Erinnerung etwas aufzufrischen«, erwiderte sie verstimmt. Es war unnötig, ihm auf die Nase zu binden, dass sie sich selbst schon über die schlechte Qualität des Bildes geärgert hatte, aber zu dem Zeitpunkt waren die zweihundert Flugblätter bereits gedruckt gewesen, und sie wegzuwerfen hatte Trudy für Verschwendung gehalten.

»Dann werde ich dir wohl keine große Hilfe sein.« Iain sah noch einmal auf das Blatt. »Wenn du mich fragst, könnte das hier auch ein krummbeiniger Pudel sein.«

Verärgert riss Trudy ihm den Zettel aus der Hand. »Es wird schon gehen«, sagte sie mehr zu sich selbst als zu Iain. »Isobel kommt auch gleich. Sie hat versprochen, mir bei der Suche zu helfen.«

Keine fünf Minuten später hörten sie ein Klopfen an der Hintertür, und ohne eine Antwort abzuwarten, kam Isobel herein und gesellte sich zu ihnen ins Wohnzimmer.

»Hast du dich von der Stadtversammlung etwas erholen können?«, fragte Trudy.

»Es war schon recht aufreibend, nicht wahr? Aber so hatten die Menschen die Chance, sich mit eigenen Augen davon zu überzeugen, was für Krawallmacher diese Schafhirten wirklich sind.« Dass Nicholas den ersten Schlag ausgeführt hatte und auch die anderen Mitglieder des Naturschutzbundes tatkräftig mitgemacht hatten, ignorierte Isobel dabei vollkommen. »Außerdem konnte ich die wichtigsten Argumente vorbringen, bevor der Tumult losging. Mir haben heute schon einige Leute erzählt, dass die Debatte ihnen die Augen geöffnet hat. Für viele steht zwar der finanzielle Anreiz im Vordergrund, aber wenn ich nur so ihre Stimmen gewinnen kann, muss ich damit leben.«

»Der Bürgermeister hat wohl auch eher den finanziellen Aspekt im Blick«, warf Iain ein. »Haben Sie schon mit ihm darüber gesprochen, wie es weitergeht, wenn Sie das Referendum tatsächlich gewinnen?«

»Mit Michael Sweeney?«, fragte sie verwundert. »Nein. Die Vorlage für das Referendum sieht zwar vor, dass ein vom Bürgermeister eingesetztes Komitee über die weiteren Nutzungsmöglichkeiten des Weidelandes unter Berücksichtigung der ökologischen Nachhaltigkeit entscheidet, aber wie das schlussendlich umgesetzt wird, steht noch nicht fest. Es soll den Viehhirten zum Beispiel weiterhin möglich sein, ihre Ländereien für die Viehhaltung oder auch andere wirtschaftliche Zwecke zu nutzen, sie müssen dann nur bestimmte Auflagen hinsichtlich des Naturschutzes erfüllen. Es ist mir ehrlich gesagt unbegreiflich, warum diese Dickköpfe sich so dagegen sperren, am Ende würde die Gesetzesänderung ihnen wahrscheinlich sogar mehr Freiheiten einräumen, was die Nutzung der Fläche angeht.« Isobel war wieder in ihrem Element und fand, zu Trudys Überraschung, in Iain einen aufmerksamen Zuhörer. Sie konnte sich sein plötzliches Interesse nur damit erklären, dass das Referendum in irgendeiner Weise mit Alistairs Tod im Zusammenhang stand, schließlich war er im Vorstand des Schäferverbandes gewesen. Bevor sie jedoch nachfragen konnte, hatte Isobel bereits wieder das Wort ergriffen.

»Es ist nicht ideal. Am liebsten wäre es mir, wenn all die Flächen zu Naturschutzgebieten erklärt werden würden. Aber ich bin über die Jahre schlauer geworden, mit solchen Vorschlägen überzeugt man leider niemanden. Sei es, wie es sei. Lass uns jetzt lieber nach Little John suchen.« Isobel stand vom Sofa auf und nahm Trudy die Flugblätter ab.

»Meine liebe Gertrude«, rief sie entsetzt aus, »auf dem Bild erkennt man ja nicht einmal, dass es sich um einen Hund handelt!«

Grummelnd schob Trudy sie aus der Tür, während Iain ihr lachend folgte.

***

Iain hatte zwar nicht vor, sich an der Suche nach Little John oder dem Plakateaufhängen zu beteiligen, da er aber ohnehin zur Polizeistation zurückwollte, beschloss er, den längeren Weg über den Marktplatz zu nehmen und die beiden Frauen ein Stück zu begleiten.

Seine Großmutter war Feuer und Flamme für die Suche und drehte fortwährend den Kopf in alle Richtungen, als erwartete sie, dass der Hund zufällig aus dem nächsten Busch gesprungen käme. Außerdem heftete sie an jeden zweiten Laternenpfahl eines ihrer Flugblätter, deren Qualität auch im direkten Tageslicht nicht dazugewonnen hatte.

Isobel hingegen schien sich genauso wenig für die Suche zu interessieren wie Iain. Sobald sie Trudys Haus verlassen hatten, fing sie an, die gestrige Stadtversammlung bis ins Kleinste durchzugehen und das Für und Wider einer jeden Geste und eines jeden Wortes, das sie seitdem aufgeschnappt hatte, zu analysieren, sodass Iain schon nach wenigen Minuten den Eindruck hatte, er wäre selbst dabei gewesen. Auch wenn Isobel mehr als optimistisch war, schloss Iain aus den paar Worten, die seine Großmutter in den wenigen Pausen während Isobels Wortschwall einwerfen konnte, dass es völlig irrelevant war, wie die Abstimmung am Sonntag ausgehen würde. Die beiden Fronten waren verhärtet und Marcus Larsons Meinung festgefahren. Wenn man Trudy glauben durfte, würde er seinen Einspruch gegen das Referendum einlegen, sobald die Stimmen am Abend ausgezählt waren. Warum die Abstimmung dann überhaupt durchgeführt wurde, war Iain ein Rätsel. Aber für bürokratische Spitzfindigkeiten hatte er noch nie viel übriggehabt.

Auf dem Marktplatz kam ihre kleine Prozession unerwartet zum Stillstand. Isobels Neffe Nicholas war gerade dabei, ein so ausladendes Plakat an die große Anschlagtafel vor dem Rathaus zu nageln, dass fast die Hälfte des Brettes darunter verschwand. Wo sich sonst Angebote für Gitarrenstunden und Wohnungsgesuche tummelten, prangte nun ein großes, dümmlich dreinblickendes Schaf. Darüber stand in Großbuchstaben: Sei kein Schaf und entscheide selbst! Deine Stimme für das Referendum!

Ein leises Lied vor sich hin pfeifend, bemerkte Nicholas die drei erst, als Iain ihn ansprach. »Wie nützlich so eine kleine Schlägerei doch sein kann, um die erregten Gemüter abzukühlen«, stichelte Iain als Anspielung auf Nicholas' aggressives Verhalten am Vortag.

»Aber mein lieber Inspector!«, empörte sich Isobel, während ihr Neffe sich fluchend seinen linken Daumen in den Mund steckte. Iains Bemerkung hatte ihn abgelenkt, wodurch Nicholas mit dem Hammer sich selbst statt des Nagels getroffen hatte. Wie schon Lamb und Mcleod zuvor, konnte auch Nicholas die Blessuren des Kampfes an Gesicht und Händen nicht verbergen.

»Ist es jetzt schon verboten, Plakate aufzuhängen?«, fragte er patzig.

Iain war drauf und dran, genauso patzig zu antworten, als Trudy dazwischenging. »Natürlich nicht. Wir sind gerade selbst dabei, welche zu verteilen.« Sie hielt freudestrahlend ihren Stapel mit Flugblättern hoch, der bereits um einiges kleiner geworden war.

Verdutzt schaute Nicholas auf die Zettel und dann zu seiner Großtante. »Soll das etwa ein Hund sein?«

Trudy drückte beleidigt die Zettel an ihre Brust. »Natürlich ist das ein Hund.«

Isobel und Iain konnten sich ein Lachen nicht verkneifen, und als Nicholas und Trudy mit einstimmten, löste sich die Anspannung auf.

»Ach, geben Sie schon her.« Nicholas nahm ihr schmunzelnd ein Flugblatt ab und hämmerte es genau neben sein Plakat. Zu guter Letzt schlug er den zuvor verfehlten Nagel an die richtige Stelle im Brett.

Dann erst schaute er sich Trudys Zettel genauer an. »Hundert Pfund könnte ich auch gut gebrauchen.«

»Hast du ihn denn gesehen?«, fragte Trudy hoffnungsvoll.

»Ich?«, fragte Nicholas fahrig und drehte sich schnell vom Brett weg. »Nein, ich habe nichts gesehen, schon gar keinen Hund.«

»Seit er als kleiner Junge von einem gebissen wurde, hat Nicholas es nicht so mit Hunden«, teilte Isobel ihnen vertraulich mit. »Little John, in voller Lebensgröße, würde ihm wahrscheinlich wochenlang Albträume bereiten.«

»Tantchen«, sagte er nervös. »Das musst du doch nicht gleich jedem erzählen.«

Iain überkam eine Welle der Sympathie für Nicholas, da er ähnliche Situationen mit Trudy gefühlt schon tausendmal erlebt hatte. Um vom Thema abzulenken, fragte Iain deshalb: »Haben Sie noch viele Plakate aufzuhängen?«

Nicholas zeigte auf den Stapel auf dem Boden vor ihm. »Es ist noch einiges zu tun.«

»Sie denken aber daran, mich noch in der Polizeistation aufzusuchen, nicht wahr?«

»Ja. Ja, natürlich. Ich erledige nur noch das hier, dann komme ich heute …« Er blickte nachdenklich auf den Stapel. »Ich werde morgen früh gleich als Erstes bei Ihnen vorbeikommen.«

»Das will ich hoffen. Es würde mir leidtun, sie vorladen zu müssen, wo wir offensichtlich das gleiche Schicksal teilen.« Iain sah erst zu seiner Großmutter hinüber und dann zu Isobel.

Nicholas schmunzelte kurz, wurde dann aber wieder ernst, weil er die leise Drohung, die in Iains Worten mitschwang, durchaus verstanden hatte. »Das wird nicht nötig sein«, sagte er nun wieder leicht gereizt, raffte sein Material zusammen und ging schnell zu seinem alten grünen Pick-up-Truck davon.

Iain schaute ihm noch einen Moment hinterher und fragte sich, ob es ein Fehler gewesen war, nicht auf der sofortigen Befragung zu bestehen, schließlich drehte er sich aber zu seiner Großmutter um. »Es tut mir leid, dass ich keine größere Hilfe bei deiner Suche war, aber ich muss auch wieder zurück an die Arbeit.«

»Keine Sorge, am Ende wird sich alles finden.«

Unschlüssig, ob sie von dem Hund, dem Mordfall oder seinem Leben sprach, machte Iain sich langsam auf den Weg zur Polizeistation.

Kapitel 12

Das ewige Däumchendrehen war schon schlimm genug gewesen, als zu schnell fahrende Autofahrer und trinkende Jugendliche die größten Straftäter in Dunlay waren, doch einen Mordfall zu haben und nichts tun zu können, zehrte zunehmend an Iains ohnehin schon angespannten Nerven.

Auf dem Weg vom Marktplatz zur Polizeistation war er an der einzigen Bank Dunlays vorbeigekommen und hatte beschlossen, sein Glück beim Bankdirektor zu versuchen. Zu Iains Freude war Mr Frasier gern bereit gewesen, McNabs Bankkonten auch ohne richterlichen Beschluss offenzulegen, aber die Informationen, die der Bankdirektor bereithielt, waren ernüchternd gewesen. Auf McNabs Namen lief nur ein einziges Konto, auf dem sich knapp zehntausend Pfund befanden. Das war zwar nicht wenig, aber auch nicht genug, damit es sich dafür zu morden lohnte, und so war Iain enttäuscht zur Polizeistation weitergezogen.

Dort angekommen, hatte er Ben Parker damit beauftragt, Nicholas Carmichaels Alibi zu prüfen und sich dabei gleichzeitig unter den Naturschützern nach verdächtigen Vorkommnissen umzuhören. Er versprach sich davon zwar nicht viel, aber mittlerweile war er bereit, nach jedem Strohhalm zu greifen. Sergeant Lamb war seit dem Vormittag nicht wieder aufgetaucht, und Iain hoffte inständig, dass er seiner Anweisung Folge leistete, die Schafhirten zu überprüfen.

Seitdem saß Iain allein in der Wache und starrte Löcher in die Luft, während er die Fakten des Falls immer wieder im Kopf durchging, ohne zu einem befriedigenden Ergebnis zu kommen. Er konnte nur hoffen, dass Gilmours Sekretärin recht behalten und der Superintendent kein plötzliches Interesse an dem Fall entwickeln würde. Ein Anruf von Gilmour, der sich nach den Ermittlungsfortschritten erkundigen wollte, war das Letzte, was Iain jetzt gebrauchen konnte.

Als der Zeiger an der Uhr auf neun sprang, beschloss Iain, dass es an der Zeit war, nach Hause zu gehen. Er war müde, und auch wenn die Kopfschmerzen sich mittlerweile verflüchtigt hatten, fühlte er sich noch nicht auf seinem geistigen Höchstniveau. Er hoffte, dass die Dinge am nächsten Tag mit einem frischen Blick in einem ganz anderen Licht erscheinen würden.

Iain schaltete seinen Computer aus und wollte nach der Jacke greifen, als das Telefon klingelte.

»Ja?«, fragte Iain vorsichtig und betete, dass es sich nicht um Superintendent Gilmour handelte.

»Wallace? Hier ist Dr. Stephens von der Forensik in Inverness.«

»Ich hatte heute ehrlich gesagt nicht mehr mit Ihnen gerechnet.«

»Sie haben uns auch ein ganz schönes Puzzle überlassen. Thomas hat sich strikt geweigert, Sie anzurufen. Er hat behauptet, Sie hätten das Geschirr absichtlich zerdeppert, ehe Sie es uns geschickt haben. Die annähernd hundert Seiten Papier haben es auch nicht besser gemacht.«

Iain hatte beim Einpacken des Beweismaterials keinen Gedanken daran verschwendet, wie mühsam es werden würde, davon Fingerabdrücke zu nehmen. Er hätte sich beinahe schuldig gefühlt, wäre ihm der Forensikassistent beim letzten Telefonat nicht so blöd gekommen. Aber aus ihrem witzelnden Unterton konnte Iain heraushören, dass wenigstens Dr. Stephens es mit Humor nahm.

»Das Haus war das reine Chaos. Es ist ein Wunder, dass es überhaupt etwas zum Eintüten gab«, sagte Iain trotzdem.

»Aber es hat sich gelohnt.«

»Sie haben einen Treffer bei den Fingerabdrücken erzielt?«, fragte er ungläubig nach.

»Auf dem Geschirr. Und Sie werden nie erraten, von wem die Fingerabdrücke stammen.«

»Gwendolyn Gray?«

»Gertrude Wallace.«

Iain ließ beinahe den Hörer fallen. »Sind Sie sicher?«

»Hundertprozentig. Es waren zwei Sätze von Fingerabdrücken auf dem Geschirr. Einer vom Toten selbst, und der andere Satz gehört, wenn meine Informationen stimmen, zu Ihrer Großmutter.«

Iain hatte das Gefühl, dass die Stimme am anderen Ende der Leitung feixend klang, aber wahrscheinlich bildete er sich das nur ein. »Und auf den Papieren?«, fragte er mit schwacher Stimme nach.

»Viele verschiedene Abdrücke. Hauptsächlich von Alistair McNab, ansonsten aber kein Treffer in unserer Datenbank. Die Papiere selbst haben keine weiteren stichhaltigen Informationen geliefert, und das Testament war auch nicht dabei.«

»Danke«, murmelte Iain und legte auf.

Er zermarterte sich das Hirn, konnte sich aber nicht erinnern, dass Trudy je erwähnt hatte, dass sie in McNabs Haus gewesen war. Sie hatte ihn zwar als guten Bekannten bezeichnet und ihm beim Mittagessen am Montag vor den anderen Frauen in Schutz genommen, doch ihr Verhältnis ging offensichtlich über eine einfache Bekanntschaft hinaus. McNab war jedenfalls nicht der Typ Mann gewesen, der offenherzig und ohne jeden Grund andere in sein Haus einlud, schon gar nicht zu einem Essen zu zweit. Und warum sollte Trudy so ein Geheimnis daraus machen, wenn da nicht etwas zwischen den beiden gelaufen war? Das würde auch erklären, warum das Gemälde in McNabs Haus hing.

Iain war bereits aufgesprungen und hatte seine Hand abermals nach seiner Jacke ausgestreckt, um schnurstracks zu Trudy zu gehen und sie zur Rede zu stellen, als das Telefon zum zweiten Mal klingelte.

Iain zögerte. Er wollte am liebsten sofort mit seiner Großmutter sprechen, aber was wäre, wenn jemand mit neuen Informationen, den Fall betreffend, anrief oder wenn sich die Forensik noch einmal meldete, um ihm mitzuteilen, dass sie sich geirrt hatten. Seine Neugier gewann die Oberhand.

»Ja?«, fragte er.

»Iain, bist du das?« Es war Charlie, der Besitzer des *Squeaky Bagpipe,* mit dem Iain per Du war, seit sie am Abend zuvor ein paar Dram Whisky zusammen getrunken hatten. »Komm sofort her! Die sind schon wieder am Randalieren! Ich hab keine Lust, dass das so ausartet wie in der Kirche gestern.«

»Bin unterwegs.« Iain schnappte sich ohne Umschweife seine Jacke. Da niemand anderes da war, schloss er die Polizeistation ab, versicherte sich, dass das Schild mit der Notfallnummer im Fenster hing, und machte sich im Laufschritt auf zur Bar.

Der Biergeruch, der ihm als Erstes in die Nase stieg, als

er den Pub betrat, weckte gute Erinnerungen an den gestrigen Abend und schlechte an den heutigen Morgen. Iain unterdrückte das Gefühl von Übelkeit, das erneut in ihm aufsteigen wollte, und sah sich in dem Pub um. Da sich Bishop gestern an einen Tisch nahe der Bar gesetzt hatte, war Iain gar nicht aufgefallen, wie verwinkelt das Lokal war. Erst hinter der zweiten Kurve hörte er einen aufgeregten Wirrwarr aus mehreren Stimmen, und als er um den nächsten Pfeiler bog, war er auch schon mitten im Geschehen.

Der kleine Raum im hinteren Teil des Pubs kam Iain wie eine Kampfarena vor, auf deren gegenüberliegenden Seiten zwei rivalisierende Gruppen Aufstellung genommen hatten. Am Billardtisch zu Iains Linken stand Nicholas, umgeben von seinen Kumpanen, von denen ein paar ihren Queue schlagbereit in der Hand hielten. Auf der anderen Seite des Raumes hatte sich eine Gruppe Männer vor den dortigen Nischen aufgestellt und warf den Naturschützern zornige Blicke zu. Iain erkannte unter ihnen George Mcleod und nahm an, dass es sich bei den Männern um einige Schafhirten handelte.

Der Anführer der Gruppe war ein kräftiger, großer, grauhaariger Mann Mitte fünfzig, der drohend mit seinen Fäusten fuchtelte. Von den Beschreibungen, die er gehört hatte, vermutete Iain, dass es sich hierbei um Marcus Larson handelte. Allen gemeinsam war allerdings, dass jeder von ihnen Wunden des gestrigen Kampfes aufwies.

Zwischen den Fronten standen Sergeant Lamb, der sich heute offensichtlich an seine Verantwortung als Polizist erinnert hatte und versuchte die Schafhirten zu beruhigen, und Charlie, der beschwörend auf die Naturschützer einredete.

Iain versuchte sich über das Stimmengewirr hinweg

Gehör zu verschaffen, doch die Anwesenden nahmen ihn bei dem anhaltenden Lärm gar nicht wahr.

Unterdessen schrie ein blonder Mann hinter Nicholas den Schafhirten entgegen: »Was denken Sie, warum Ihr Sohn so still ist, Larson? Der will mit Ihren Scheiß-Schafen auch nichts zu tun haben.«

Marcus Larson drehte sich blitzschnell zu dem einzigen jungen Mann in ihrer Gruppe um, der in einer der Nischen saß und den Kopf hängen ließ. »Scott!«, schrie er in Richtung seines Sohnes. »Willst du diese Beleidigung auf dir sitzen lassen?«

Unvermittelt sprang Scott Larson auf, lief zu seinem Vater hinüber und bohrte ihm den Finger in die Brust. »Lass mich mit diesem Mist in Ruhe. Das hier ist einfach nur peinlich, selbst für dich.«

Bevor Marcus Larson irgendetwas erwidern konnte, war sein Sohn bereits an Iain vorbei aus dem Pub gerauscht. Die kurze Auseinandersetzung zwischen Vater und Sohn hatte die übrigen Stimmen zum Verstummen gebracht. Iain nutzte die Chance und ergriff das Wort. »Ich schlage vor, Sie beruhigen sich alle erst einmal. Es sei denn, Sie wollen alle zusammen die Nacht in einer einzelnen kalten und kargen Polizeizelle verbringen, mit null Privatsphäre und nur einem Klo, das sich selbstverständlich direkt in besagter Zelle befindet. Ich habe gehört, eine Nacht reicht aus, um den Kopf so richtig schön klar zu bekommen.«

Unter lautem Gemurmel gaben beide Parteien ihre Kampfhaltung auf, und während die Schafhirten sich wieder in ihre Nischen quetschten, stellten sich die Naturschützer an die Stehtische neben dem Billardtisch und begannen leise zu tuscheln. Iain entschloss sich, zuerst zu den Letzteren zu gehen.

»Leute, ich möchte euch keine Vorschriften machen, aber warum lasst ihr es für heute nicht gut sein?« Iain sah auf seine Uhr. »Es ist sowieso gleich Zapfenstreich.«

»Ich geb euch auch allen beim nächsten Mal einen aus«, fügte Charlie hinzu, der seine Kundschaft nicht vergraulen wollte.

Nicholas setzte bereits zu einer Erwiderung an, doch ein zierliches Mädchen neben ihm, dessen Haar farbenfroh aufleuchtete, legte ihm ihre Hand auf die Schulter. »Komm schon, Nicky. Wir müssen sowieso noch nach Lark zurückfahren, und ich muss morgen früh raus. Du weißt, die Hunde gehen nicht von allein Gassi.«

Nicholas sah sie kurz mit zusammengekniffenen Augen an, nickte dann aber. »Warum können diese Idioten nicht einfach tot umfallen?«, fauchte er und verschwand unter dem Beifall der Schafhirten aus dem Pub.

Iain ging zu Lamb und Mcleod hinüber, die sich als Einzige noch nicht wieder hingesetzt hatten.

»Alles in Ordnung hier?«

»Wir hatten die Sache die ganze Zeit unter Kontrolle«, erwiderte Lamb. Er presste die Zähne zusammen, fügte schließlich aber doch hinzu: »Trotzdem danke.«

Charlie trat nun auch zu ihnen und schlug Iain kräftig mit der Hand auf den Rücken. »Danke, Iain! Obwohl eine Nacht in besagter Zelle einigen der Anwesenden vermutlich gutgetan hätte.« Auch wenn es nach einem Witz klang, verharrte sein Blick auf Larson.

»Wenn du dieses Pack nicht in deinen Laden lassen würdest, Charlie, würde es gar nicht zu solchen Streitigkeiten kommen«, erwiderte Larson wütend.

»Unsere Zellen sehen ohnehin ganz anders aus, wir sind ja nicht mehr in den Achtzigern«, ging Iain dazwischen, um einen weiteren Streit zu verhindern.

Charlie schlug Iain lautstark lachend erneut auf den Rücken, sodass er dieses Mal ein kleines Stückchen nach vorn stolperte. »Du bist schon echt 'ne Nummer für sich, komm, ich geb dir einen aus.«

»Ich verzichte vorerst lieber. Ein ganzer Tag mit Kopfschmerzen reicht mir fürs Erste.«

»Wenn Iain nicht möchte, ich sag nie Nein zu einem Gratiswhisky«, meldete sich Mcleod, der das Gespräch interessiert mit angehört hatte.

»Ach, Georgie. Wie schon in der Schulzeit immer auf Almosen aus. Du kannst erst mal deine offenen Rechnungen bezahlen.« Charlie wuschelte Mcleod durch die wenigen verbliebenen Haare, sodass sie zu allen Seiten abstanden, und ging dann lachend wieder in Richtung Bar. Mcleod verzog seinen Mund zu einem gequälten Lächeln, bevor er sich die Haare mit der Hand glättete und sich wieder den Karten auf dem Tisch zuwandte.

Iain verabschiedete sich von allen, nicht ohne ihnen noch einen letzten warnenden Blick zuzuwerfen, und machte sich dann erschöpft auf den Heimweg. Trudy, McNab und die Fingerabdrücke hatte er in der ganzen Aufregung völlig vergessen.

Kapitel 13

Nach einer guten Portion Schlaf und mit freiem Kopf war Iain positiv in den neuen Tag gestartet. Die Probleme des Vortages schienen weniger schwerwiegend, und das Treffen mit dem Bürgermeister und den Mitarbeitern der Hotelgruppe stimmte ihn hoffnungsvoll.

Iains Zuversicht löst sich aber zusehends in Luft auf, nachdem er das Bürgermeisterbüro betreten hatte. Das lag jedoch nicht daran, dass die Hotelmitarbeiter nicht aufgetaucht waren. Ganz im Gegenteil, als Iain in das Zimmer hereinkam, standen sie schon startbereit an einem großen Tisch, der extra für das heutige Treffen in der Mitte des Raumes aufgestellt worden war. Die beiden, ein Mann und eine Frau, waren groß und schlank und hatten die gleichen starren, alterslosen Gesichter, die sie sicherlich einem geübten Schönheitschirurgen verdankten. In ihren maßgeschneiderten, schwarzen Anzügen hoben sie sich deutlich vom Bürgermeister ab, der sich heute für ein knalliges Hellblau entschieden hatte.

Auf dem Tisch stand ein Modell, das Sweeney eingehend betrachtete. Als er Iain endlich bemerkte, richtete er sich lächelnd auf und stellte die beiden anderen als Johnson und Rigby vor. Welcher von beiden wer war, blieb für Iain ein Rätsel, da sie seine ausgestreckte Hand ignorierten und stattdessen die Bitte an den Bürgermeister richteten, endlich anfangen zu dürfen. Nachdem Sweeney sich selbst ein großes Glas Whisky eingegossen hatte, das auf Nachfrage sowohl von dem Paar als auch von Iain abgelehnt worden war, traten sie zu viert an den bereitgestellten Tisch.

Es folgte eine ausschweifende Beschreibung jeglicher Gebäude, Anlagen und sonstiger Ausstattungen, die die Hotelgruppe für Dunlay geplant hatte. Je mehr Fragen Sweeney stellte und je öfter die anderen beiden auf Stellen im Modell deuteten und mit emotionslosen Stimmen erklärten, welche Ideen für welchen Standort geplant waren, desto frustrierter wurde Iain. Er war augenscheinlich in eine Verkaufsvorstellung hineingeraten, in der seine Fragen weder gewünscht waren noch gehört wurden. Jetzt wusste er zwar, wie viele Zimmer das Hotel haben, wie viele Hektar der Golfplatz umfassen und wie viele Swimmingpools es auf dem gesamten Gelände geben würde, aber auf welchem Grundstück dieses fantastische Projekt realisiert werden sollte, blieb offen.

Nach einer halben Stunde monotoner Erklärungen und ekstatischer Zwischenfragen hielt Iain es nicht mehr aus und schlenderte zum Fenster hinüber. Verwundert drehten sich die anderen drei zu ihm um.

»Langweilen wir Sie?«, fragte der Mann.

Iain schüttelte den Kopf und versuchte höflich zu bleiben. »Es ist nur nicht das, was ich erwartet habe.«

»Zu klein?«, mischte sich die Frau ein, deren ausdruckslose Augen ihn fixierten. »Leider geben die einzelnen Grundstücksflächen nicht mehr her. Mr Sweeney prüft für uns aber die Möglichkeit, zwei nebeneinanderliegende Grundstücke zu erwerben.«

»Um welche Grundstücke handelt es sich dabei im Einzelnen?«

»Es gibt das ein oder andere Weideland, das für unsere

Pläne optimal wäre«, ergänzte nun der Mann. »Mr Sweeney steht bereits in Verhandlungen mit den Eigentümern. Die Verträge werden unterschrieben, sobald ...«

»Aber, aber«, fuhr der Bürgermeister mit einem schelmischen Lächeln dazwischen. »Wir wollen die Überraschung doch nicht verderben, oder?« Er stellte sein mittlerweile leeres Whiskyglas auf dem Tisch mit dem Modell ab und führte Johnson und Rigby mit einer ausladenden Geste aus dem Büro hinaus.

»Ich bin sofort wieder bei Ihnen. Es dauert nur eine Sekunde. Meine Sekretärin wird Ihnen derweil einen vortrefflichen Cappuccino zaubern«, hörte Iain den Bürgermeister sagen, der genauso schnell, wie er mit den Hotelmitarbeitern verschwunden war, wieder ohne sie in seinem Büro auftauchte. Sweeney machte eine letzte fuchtelnde Handbewegung in Richtung seiner Sekretärin, bevor die Tür mit einem leisen Klicken hinter ihm zufiel.

Empört sprang Iain auf. »Reden Sie endlich Klartext, Sweeney! Sagen Sie mir, welche Grundstücke für das Hotelprojekt vorgesehen sind!« Iain sah zu dem großen Modell auf dem Tisch hinüber. »Selbst ich mit meinen bescheidenen Ortskenntnissen von Dunlay kann erkennen, dass auf den wenigen dafür infrage kommenden Flächen bis jetzt noch fröhlich und munter Schafe weiden. Und ich schätze, dass sich daran in naher Zukunft auch nichts ändern wird.«

»Das ist doch alles nur eine Frage des Anreizes für die beteiligten Parteien«, antwortete Sweeney herablassend und ohne den Hauch eines Schamgefühls.

»Wie die sechsstellige Summe, die Ihnen angeboten wurde?«

»Woher wissen Sie davon?«

»Wären Sie dafür bereit, einen weiteren Mord zu begehen? Wie ich höre, bräuchte es schon mehr als Geld, um Marcus Larson von seiner Meinung abzubringen.«

»Sie wollen doch nicht andeuten, dass ich …?« Doch was auch immer der Bürgermeister hatte sagen wollen, blieb ungehört, da in diesem Moment PS Lamb mit einem breiten Grinsen durch die Tür gepoltert kam, gefolgt von einem kalkweißen PC Parker.

»Lamb, ich bin in einer wichtigen Befragung. Das kann sicherlich bis nachher warten«, sprach Iain ersteren an, aber der Sergeant ignorierte ihn vollkommen.

»Marcus Larson ist tot«, rief er triumphierend aus, als wäre es die beste Nachricht, die er seit Langem gehört hatte.

Iain sah perplex zu Sweeney hinüber, dem sein falsches Lächeln aus dem Gesicht geglitten war. Bevor der Bürgermeister Anstalten machen konnte, seine Unschuld zu beteuern, hielt Lamb bereits etwas hoch, das den zufriedenen Ausdruck auf seinem Gesicht mehr als rechtfertigte.

»Sehen Sie, was wir genau neben ihm gefunden haben. Kommt Ihnen das nicht bekannt vor?«

In dem Beweisbeutel in Lambs Hand befand sich ein blutverschmierter Hammer. Denselben Hammer hatte Iain schon einmal gesehen – in der Hand von Nicholas Carmichael.

***

Das kleine, blau gestrichene Haus, in dem Nicholas Carmichael zusammen mit seinen Mitbewohnern lebte, stand am Ende der Hauptstraße von Lark, einem verschlafenen kleinen Ort, keine zwanzig Autominuten von Dunlay entfernt. Es lag ruhig und friedlich da, als Iain mit einem mulmigen Gefühl an der Tür klopfte. Aber auch das Klopfen konnte die Ruhe nicht stören. Die Polizisten vernahmen keinen einzigen Laut aus dem Inneren des Hauses.

Iain wollte gerade ein weiteres Mal klopfen, als Sergeant Lamb ihn zur Seite drängte und energisch mit der Faust gegen die Tür polterte. »Sofort aufmachen!«, schrie er erregt.

Iain hatte ihn nicht nach Lark mitnehmen und die Festnahme allein mit PC Parker durchführen wollen. Aber der Sergeant hatte darauf bestanden mitzukommen, schließlich war er als Erster am Tatort gewesen und hatte die mutmaßliche Tatwaffe gefunden. In seinen Augen hatte er den Fall im Alleingang gelöst und somit jedes Recht, die Verhaftung selbst vorzunehmen.

Dabei war Lamb nur zufällig in der Polizeistation gewesen, als der Anruf mit der Mordmeldung hereinkam, dachte Iain bitter. Am meisten ärgerte es ihn aber, dass niemand ihn zum Tatort gerufen hatte, bevor die Leiche weggetragen worden war. Auf jegliches Protokoll verzichtend, hatte Lamb nicht einmal ein Forensikteam aus Inverness beordert und einfach selbst die seiner Meinung nach wichtigsten Beweise eingesammelt und dann den Tatort freigegeben. Iain hätte dem Sergeant gern vorsätzliches Fehlverhalten vorgeworfen, doch er wusste es besser. Lamb hatte die erste sich bietende Gelegenheit genutzt, um seinen Fauxpas bei der Stadtversammlung auszubügeln und sich gleichzeitig dafür zu rächen, dass Iain ihn nicht zu McNabs Leichenfund dazugerufen hatte. Dass Iain, der mit seiner Mordermittlung bis jetzt noch nicht nennenswert vorangekommen war, nun dumm dastand, war für den Sergeant die Marmelade auf seinem Scone. Das Grinsen, mit dem er ins Bürgermeisterbüro gestürmt war, hatte seitdem sein Gesicht nicht wieder verlassen, allerdings war der damit einhergehende Triumph inzwischen in Wut übergegangen.

»Das machen die doch mit Absicht. Ich breche jetzt die Tür auf«, zischte Lamb aufgebracht und nahm die passende Position ein, um die Tür einzutreten. Bevor er aber mit seinem Fuß ausholen konnte, öffnete sich langsam die Tür. Im Rahmen stand Nicholas Carmichael in einem Spider-Man-Pyjama und blinzelte aus schlaftrunkenen Augen.

»Was soll denn der Aufruhr ...?« Ihm blieben die Worte im Hals stecken, nachdem er sich an das helle Morgenlicht gewöhnt hatte und die drei Polizisten vor seinem Haus stehen sah.

Ehe Lamb auch nur einen Laut von sich geben konnte, sagte Iain: »Nicholas Carmichael, Sie sind verhaftet wegen der Ermordung von Marcus Larson.«

Nicholas blickte sie einen Moment verwirrt an, bevor er einen Satz zurück ins Haus machte und ihnen die Tür vor der Nase zuschlagen wollte. Aber Iain war schneller. Mit der rechten Schulter stemmte er sich gegen die Tür, während er mit der linken Hand nach Nicholas' Kragen griff. Dieser begann sich erst zu winden und dann wild um sich zu schlagen. Plötzlich war Iain froh, dass neben Ben Parker auch Richard Lamb mitgekommen war, denn er benötigte alle Hilfe, die er kriegen konnte, um des blindwütigen jungen Mannes Herr zu werden. Nach einem kurzen, aber heftigen Ringen schafften Iain und Lamb es schließlich, Nicholas auf dem Boden festzunageln, während PC Parker die Handschellen hervorholte.

»Das ist Polizeibrutalität! Ich werde euch alle anzeigen!«, schrie Nicholas, gefolgt von einigen deftigen Schimpfwörtern.

Angezogen von dem lautstarken Tumult, erschienen nun zwei weitere Personen im Hausflur. Iain erkannte in

Nicholas' Mitbewohnern den blonden Mann und die Frau mit den bunten Haaren aus der Bar wieder.

»Was ist denn hier los?«, fragte der Blonde, der mit großen Augen auf seinen Freund am Boden starrte, während die zierliche Frau beinahe hinter seinem Rücken zu verschwinden schien.

»Bitte bleiben Sie zurück«, bat PC Parker die beiden in einem professionellen Ton, »es handelt sich um eine rechtmäßige Verhaftung.«

Iain hatte währenddessen Nicholas mit Lambs Hilfe wieder auf die Beine gestellt. Der Sergeant zog den jungen Mann fest am Arm zu sich heran und zischte ihm zu: »Dich krieg ich dafür dran, dass du meinen Freund ermordet hast.«

»Er kann nicht mehr weglaufen, Lamb. Beruhigen Sie sich«, wies Iain seinen Untergebenen zurecht.

»Dieses Pack ekelt mich an.« Der Sergeant spuckte die Worte förmlich aus. Er trat gegen eine leere Bierflasche, die auf der Veranda vor der Haustür stand. »Dieser Saustall. Kein Wunder, dass die sich für den Tierschutz einsetzen, die leben selber wie Schweine.«

Neben ein paar leeren Bierflaschen auf der Veranda konnte Iain im Wohnzimmer nur noch einige leere Pizzakartons und Chipstüten erkennen. Bei Weitem nicht so schlimm, wie seine eigene Bude zu Studentenzeiten ausgesehen hatte.

Das sah Nicholas' Mitbewohner anscheinend ähnlich, da er mit drohend erhobenem Zeigefinger den Flur entlang auf sie zukam. »Wiederholen Sie das noch einmal, und ich rufe meinen Vater an, der ist Anwalt und wird Sie und die ganze verdammte schottische Polizei verklagen, bis Ihnen Hören und Sehen vergeht!«

Das hatte Iain gerade noch gefehlt. Beschwichtigend

hob er die Hände und bat die beiden Mitbewohner höflich, im Wohnzimmer zu warten. Dann wandte er sich an Lamb.

»Wenn Sie nicht sofort einen Gang zurückschalten, muss ich Ihnen PC Parker zur Seite stellen, um den Verdächtigen nach Dunlay zu überführen.«

»Nein, das wird nicht nötig sein«, sagte der Sergeant tonlos, auch wenn er aussah, als hätte er Iain in diesem Moment am liebsten ins Gesicht geschlagen. Während er sich zu Nicholas umdrehte, nuschelte er übellaunig: »Als wenn ich einen Babysitter bräuchte!« Dann packte PS Lamb den Gefangenen hart am Arm, zog ihn zu einem der Polizeiwagen hinüber, schob ihn auf den Rücksitz und ging um das Auto herum zur Fahrerseite.

»Vergessen Sie nicht, ihm seine Rechte vorzulesen«, rief Iain zu ihm hinüber, aber der Sergeant machte nur eine abwinkende Handbewegung, stieg in den Wagen und fuhr davon.

Der krönende Abschluss seiner ohnehin schon mäßig laufenden Woche wäre es, wenn ihnen der Fall wegen eines Verfahrensfehlers durch die Lappen gehen würde, dachte Iain. Er schloss die Eingangstür und ging hinüber ins Wohnzimmer, wo Ben Parker die Mitbewohner von Nicholas gerade darüber aufklärte, dass er wegen Mordverdachts festgenommen worden war. Das Mädchen hatte den Kopf in die Hände gelegt und schniefte, während der junge Mann die ganze Zeit vor sich hin flüsterte: »Das kann nicht sein, das kann nicht sein, das kann nicht sein.«

Da beide nicht auf Iains Eintreten reagierten, stellte Parker sie vor. »Das sind Melissa Brown und Luke Rutherford, Nicholas' Mitbewohner.«

»Ich muss Ihnen leider einige Fragen stellen, bevor wir gehen«, sprach Iain die beiden an.

Das Mädchen blickte mit tränenverschmierten Augen zu ihm auf, der Mascara war ihr bereits bis zum Kinn heruntergelaufen. Dennoch nickte sie ihm zu. »Fragen Sie nur.«

»Welchen Grund könnte Nicholas gehabt haben, Marcus Larson umzubringen?«

»Larson hat uns gehasst und uns das Leben schwer gemacht. Aber deswegen würde Nicky ihn doch nicht umbringen.«

»Was hat Larson denn Schlimmes getan?«, fragte Iain.

»Er hat uns diffamiert«, antwortete Luke anstelle von Melissa hitzig. »Die meisten Restaurants und Pubs in Dunlay weigern sich inzwischen, uns zu bewirten, weil wir angeblich aggressiv wären und die Rechnung nicht bezahlen würden. Charlie ist einer der wenigen, die uns noch ausschenken.«

»Du weißt nicht, ob er es war«, gab Melissa zu bedenken. »Du und Nicky, ihr habt euch da in etwas hineingesteigert.«

»Wer soll es denn sonst gewesen sein? Du hast doch selbst seinen feixenden Blick gesehen, als er gestern in den Pub gekommen ist.« An Iain gerichtet fuhr er fort: »Natürlich taucht Larson in dem einzigen Pub auf, den wir noch besuchen dürfen. Er war auf jeden Fall auf einen Streit aus.«

»Die Schlägerei in der Kirche haben Sie aber angefangen.«

»Was würden Sie denn tun, wenn man Sie auf so unverschämte Art beleidigen würde? Irgendwann ist auch der friedlichste Mensch mit seiner Geduld am Ende«, antwortete Luke gereizt.

Ein kurzer Blick zu Parker zeigte, dass er das Gleiche dachte wie Iain. Mr Rutherford schien zwar nicht ganz so angriffslustig zu sein wie Nicholas, Geduld gehörte aber wahrlich nicht zu seinen hervorstechenden Eigenschaften.

»Meinen Sie nicht, Larson könnte Nicholas so weit getrieben haben, dass er ihn im Zorn erschlagen hat?«, hakte Iain genauer nach.

»Nein, nein. Auf gar keinen Fall.« Die junge Frau schüttelte heftig mit dem Kopf. »Nicky mag ein kleiner Hitzkopf sein, aber doch nur, weil ihm Natur und Umwelt so am Herzen liegen. Er würde keinem lebenden Wesen etwas zuleide tun, egal, wie grantig und gemein es auch sein mag.«

Iain atmete tief durch, so kamen sie nicht weiter. »Wissen Sie, ob er heute Nacht zu Hause war?«

Melissa sah zu Luke hinüber. »Wir sind nach dem Streit im Pub sofort alle zusammen nach Hause gefahren. Ich bin gleich ins Bett, aber die Jungs haben noch was getrunken …«

»Wir sind gegen ein Uhr ins Bett«, bestätigte Luke.

»Sie wissen aber nicht, ob er noch einmal aufgestanden und weggefahren ist?«

Beide schüttelten den Kopf.

»Und wie sieht es mit der Nacht von Samstag auf Sonntag aus?«

Melissa sah erschrocken hoch. »Was soll damit sein?«

»Waren Sie in der Nacht auch alle drei hier?«, fragte Iain.

»Das haben wir doch schon Ihrem Constable erzählt«, sagte sie ausweichend und deutete auf Parker, als ein lautes, tiefes Bellen aus dem Nebenzimmer zu hören war.

»Was war das?«, fragten Iain und PC Parker gleichzeitig, während ihre Blicke zur Tür wanderten.

Melissa sprang auf und versuchte mit ihrem schmalen

Körper den Weg zu versperren. »Ich sitte Hunde, also ich führe sie Gassi, wenn ihre Herrchen und Frauchen keine Zeit dafür haben. Manchmal behalte ich auch welche hier, wenn die Leute arbeiten. Heute zum Beispiel, deswegen bin ich gestern auch so früh schlafen gegangen.«

Iain brachte sie mit einer Geste zum Schweigen und schlängelte sich geschickt an ihr vorbei, hatte aber nicht damit gerechnet, dass sie ihn festhalten würde. »Da dürfen Sie nicht rein, Sie haben keinen Durchsuchungsbeschluss.«

»Lass doch, Melissa. Früher oder später finden sie es ja doch heraus.« Luke war aufgestanden und löste ihre zierliche Faust von Iains Hemdsärmel, woraufhin Melissa wieder zu weinen anfing und sich in die Arme ihres Mitbewohners stürzte.

Iain trat, dicht gefolgt von PC Parker, langsam ins Nebenzimmer, das sich als Küche herausstellte. Verdutzt blieb er in der Küchentür stehen. »Ben, bitte sagen Sie mir, dass das kein Hund ist.«

Hinter der gläsernen Tür, die in den Garten hinausführte, stand ein riesiges, braunes Tier mit Schlappohren, dessen Kopf Iain bis zu Brust reichte.

»Das ist Little John«, bestätigte Parker.

Beim Klang seines Namens wedelte der Hund mit dem Schwanz und fing an, an der Hintertür zu kratzen. Iain öffnete sie und wurde sofort freudig angesprungen. Nur mit Mühe konnte er sich unter dem Gewicht des Tieres, das seine Vorderbeine auf Iains Schultern gelegt hatte, aufrecht halten, während der Hund begann sein Gesicht abzulecken. Iain bedauerte es sehr, McNab nicht mehr fragen zu können, warum er diesem Koloss ausgerechnet den Beinamen Little gegeben hatte.

Little John war so begeistert von Iain, dass er nicht von

ihm ablassen wollte. Als Iain versuchte, die Pfoten des Hundes von seinen Schultern zu schieben, artete dies in ein seltsames Tänzchen aus, sodass Parker in schallendes Gelächter ausbrach.

»Ben!«, rief Iain leicht verzweifelt. »Dies ist nicht der Zeitpunkt, um Ihren Vorgesetzten auszulachen!«

»Nein, Sir, natürlich nicht«, sagte Parker, konnte sich ein Lächeln aber weiterhin nicht verkneifen.

»Ben! Helfen Sie mir endlich.«

»Ja, Sir, natürlich.«

Zu zweit schafften sie es, den Hund erst zurück auf den Boden und dann zu einer riesigen Schale mit Hundefutter zu lotsen.

»Die beiden müssen uns so einiges erklären«, sagte Iain etwas außer Atem und deutete mit dem Daumen in Richtung Wohnzimmer. Er und Parker gingen zurück nach nebenan, wo Nicholas' Mitbewohner zusammengesunken auf der Couch saßen. Little John kam Iain fröhlich hinterhergetrabt.

»Sie wissen ganz genau, dass dieser Hund Alistair McNab gehörte.« Iain sah die beiden streng an und versuchte dabei den Hund zu ignorieren, der seine Nase zwischen seine Knie schob. »Also raus damit! Wie ist er hierhergekommen?«

Melissa schniefte laut in ein Taschentuch. »Sie dürfen da nicht zu viel hineininterpretieren. Nicky hatte schon immer ein Herz für Streuner. Er hat ihn bestimmt nur auf der Straße aufgelesen.«

»Ich wiederhole: Wie, Ms Brown?«, sagte Iain scharf.

»Nicky ist hier am Sonntag in aller Frühe mit dem Hund aufgetaucht. Er hat kein Händchen für Hunde, deswegen hat er mich gebeten, auf ihn aufzupassen.«

»Hat er gesagt, wo er ihn herhatte?«

Neue Tränen kullerten Melissas Wange herunter, aber sie antwortete nicht.

»Ms Brown?«, fragte Iain nochmals.

»Er hat gesagt, dass der Hund nicht aus dem Haus und nur im Garten hinten herumlaufen dürfe. Es wäre wichtig, dass niemand ihn sieht.«

»Und das fanden Sie nicht auffällig?«

»Ich dachte, er hätte ihn aus einem Versuchslabor befreit oder so, nicht, dass er ihn von einem Toten hat.« Sie warf sich erneut schluchzend in Lukes Arme, der ihr beruhigend über den Rücken fuhr, während er teilnahmslos aus dem Fenster starrte. Mehr war aus den beiden nicht herauszubekommen, aber mehr war auch nicht nötig. Sie hatten den Hund von McNab gefunden, und allem Anschein nach war Nicholas Carmichael ihr Mörder.

Zu Iains Verdruss hatte es sich wieder einmal bestätigt, seine Großmutter hatte immer recht.

Kapitel 14

Trudy saß in ihrem Atelier, das sich in einem Anbau hinter dem Haus befand, den Sean ihr vor Jahren errichtet hatte, weil sie sich fortwährend über die schlechten Lichtverhältnisse im Haus beschwert hatte. Obwohl der Himmel wolkenverhangen war, fiel genügend Licht durch die großen Fenster auf die Staffelei, an der sie gerade saß. Der Pinsel, den Trudy in der Hand hielt, verharrte nur wenige Zentimeter über der Leinwand, während sie gedankenverloren in die Luft starrte.

Trudy dachte an den armen Marcus Larson, der inzwischen sicherlich im Keller des Krankenhauses aufgebahrt war und nur darauf wartete, ausgenommen zu werden. Sie konnte immer noch nicht glauben, dass Nicholas der Mörder sein sollte. Die beiden hatten einander zwar leidenschaftlich gehasst, das wusste jeder, aber deswegen brachte man jemanden doch noch lange nicht um. Und warum sollte Nicholas Alistair getötet haben? Wegen dieser dummen Abstimmung? Trudy schüttelte abwesend den Kopf. Es schien alles so absurd.

Ein leises Pochen von draußen riss Trudy aus ihren Gedanken. Sie tunkte den Pinsel in die rote Farbe und wandte sich wieder dem Bild zu, an dem sie gerade arbeitete. Es sollte ein Geschenk für Iain werden, ein Porträt seines Großvaters, als Entschädigung für das andere Gemälde, das sie verschenkt hatte.

Ein lautes Klopfen an der Fensterscheibe hinter ihr ließ sie aufschrecken, was zur Folge hatte, dass sich nun ein langer roter Strich von Seans Scheitel bis zu seinem linken Ohr zog. Verärgert drehte Trudy sich auf der Suche nach der Quelle des Geräusches um und sah in das aufgedunsene Gesicht von Isobel. Ihre Haare hingen ungekämmt herunter, und sie gestikulierte wild mit den Armen. Trudy sprang bestürzt auf und ließ ihre Freundin durch die Glastür auf der anderen Seite des Ateliers. Wie ihre Frisur war auch Isobels Kleidung völlig durcheinander, die Bluse war nicht richtig zugeknöpft, der Rock verdreht, und sie hatte unterschiedliche Schuhe an. In einem solchen Zustand hatte Trudy sie noch nie gesehen.

»Isobel, komm rein! Geht es dir gut?« Trudy biss sich auf die Lippe, es war nur allzu deutlich, dass es ihr nicht gut ging.

»Sie haben ihn festgenommen!«, rief Isobel erregt und begann wieder wie wahnsinnig mit den Armen zu fuchteln.

»Ich habe davon gehört.« Es war unnötig zu fragen, von wem die Rede war. Es wusste bereits die ganze Stadt. Die meisten, mit denen Trudy heute gesprochen hatte, vom Postboten bis zum Ladenbesitzer, wollten es von Anfang an gewusst haben, da ohnehin nur ein Außenstehender als Täter infrage gekommen war. Keiner der braven Bürger von Dunlay würde jemals einen Mord begehen, das stand für alle außer Frage. Hirnlose Idioten, dachte Trudy, als sie sich wieder ihrer Freundin zuwandte.

»Es ist alles meine Schuld. Alles.« Verzweifelt ließ sich Isobel auf einen Hocker fallen, der an einer Wand des Ateliers stand und den Trudy ab und zu fürs Modellsitzen benutzte.

»Sag doch so etwas nicht. Wie könnte es denn deine Schuld sein?«

»Hast du nicht gehört, was sie bei ihm gefunden haben?«

»Nein, ich wollte nachher zu Iain rübergehen und ...«

Aber Isobel unterbrach Trudy, bevor sie den Satz beenden konnte. »John! Sie haben Little John bei ihm gefunden!«

Trudy schlug die Hände vor dem Mund zusammen. »Oh, Isobel. Das tut mir so leid. Ich hatte wirklich geglaubt, er wäre unschuldig.«

»Aber das ist er doch, das ist er doch!« Isobel begann am ganzen Körper zu zittern.

»Du hast doch gerade gesagt, sie hätten Little John bei ihm gefunden«, sagte Trudy verwirrt.

»Es ist alles meine Schuld«, wiederholte Isobel und schlang schützend die Arme um sich. Trudy ging zu ihrem Arbeitstisch hinüber, holte eine Flasche und ein Glas aus einer der Schubladen hervor, goss einen guten Schuss Whisky ein und kehrte, einen Stuhl hinter sich herziehend, zu Isobel zurück. Sie stellte den Stuhl gegenüber von Isobel auf, setzte sich und drückte ihrer Freundin das Glas in die Hand.

»Trink das!«, sagte sie mit fester Stimme.

Isobel nahm einen tiefen Schluck und dann noch einen und noch einen, bis das Glas leer war. Ihr entschlüpfte ein kleiner Rülpser, und sie entschuldigte sich beschämt bei Trudy, die nur eine wegwerfende Geste machte. »Ist doch egal. Erzähl mir endlich, was los ist!«

»Ich habe Nick den Hund gegeben und ihn gebeten, auf ihn aufzupassen.«

»Aber Isobel! Du hast doch nicht etwa ...?!«

»McNab umgebracht?« Isobel entfuhr ein freudloses Lachen. »Natürlich nicht. Niemand hat McNab umgebracht.«

Trudy sah sie verwirrt an. Hatte ihre Freundin über Nacht den Verstand verloren?

»Es war ein Unfall! Hörst du, ein Unfall!«, setzte Isobel zu einer Erklärung an und riss dabei verzweifelt die Arme in die Lüfte. »Ich war am Sonntagmorgen auf dem Klippenweg unterwegs. Du weißt doch, dass ich schlecht schlafe, und wegen dieser vermaledeiten Abstimmung bekomme ich gar kein Auge mehr zu, und da dachte ich, ich mache eine schöne große Runde, um den Kopf frei zu bekommen. Ich war auf dem Weg von der Klippe zur Burg, als ich McNab und Little John einen Hügel herunterkommen sah. Ich war gerade noch dabei zu überlegen, ob ich Hallo sagen oder mich hinter dem nächsten Busch verstecken sollte, da läuft der Hund auf McNab zu, springt an ihm hoch und reißt ihn um. Ich dachte ehrlich, er würde gleich wieder aufstehen, stattdessen kugelt er den Hügel hinunter und bleibt reglos in der Kuhle unten liegen, während Little John wie toll um ihn herumspringt. Es hat mich meine ganze Kraft gekostet, ihn von McNab wegzuziehen. Als ich wieder Handyempfang hatte, habe ich Nick angerufen, und er hat mir geholfen, den Hund wegzuschaffen.«

Trudy sah Isobel mit offenem Mund an, während ihr tausend Fragen durch den Kopf schossen.

»Hast du Alistair etwa verletzt liegen lassen, ohne Hilfe zu holen?« Das war die erste und wichtigste Frage, die ihr in den Sinn kam.

»Ich schwöre dir, ich dachte, er sei tot. Der ganze Hinterkopf war voller Blut, er hat sich nicht mehr geregt, und es war kein Puls zu tasten.«

»Und du bist nicht auf die Idee gekommen, einen Krankenwagen zu rufen?« Trudy sprang von ihrem Stuhl auf.

»Ich hatte es zuerst vor, doch dann habe ich Panik bekommen.« Isobel sah unter Trudys empörtem Blick beschämt zur Seite. »Ich war mir sicher, dass niemand glauben würde, dass Little John McNab nur zum Spaß angesprungen hatte, und ich hatte Angst, dass sie ihn einschläfern würden. Deshalb habe ich den Hund heimlich weggebracht.«

»Ich schätze Tierleben genauso sehr wie du, aber einen Mann einfach so zum Sterben liegen zu lassen, ist gewissenlos.«

»Ich dachte wirklich, er sei tot. Das musst du mir glauben.« Isobel griff nach Trudys Hand, doch diese schüttelte sie schnell ab. Stattdessen ging Trudy wieder zu ihrem Arbeitstisch, holte ein zweites Glas hervor und goss sich selbst einen Whisky ein. Sie leerte das Glas in einem Zug und schloss kurz die Augen, bevor sie wieder zu Isobel hinübersah.

»Und warum hast du nichts gesagt, als die Mordermittlung anlief?«, wechselte Trudy das Thema und griff damit eine weitere Frage auf, die ihr durch den Kopf schwirrte.

»Ich hatte gehofft, die Obduktion würde auf einen Unfall hindeuten. Nie im Leben hätte ich gedacht, dass sich der Vorfall zu einer Mordermittlung aufbauschen würde, aber da war es schon zu spät, etwas zu sagen. Ich dachte, am Ende würde der Fall ohnehin im Sande verlaufen.«

»Und bis dahin lässt du Iain gegen die Wand laufen.«

Isobel sah betrübt zu Boden. »Es tut mir wirklich leid.«

Trudy goss sich ein weiteres Glas Whisky ein und trank es wieder in einem Zug aus. Sie war zwar noch nicht bereit, Isobel zu vergeben, aber sie war kein Mensch, der über vergossene Milch heulte. Ihre Zeit mit Was-wäre-wenn-Szenarien zu vergeuden, würde nichts an dem Geschehenen ändern. Außerdem mussten sie sich mit dem aktuell dringlicheren Problem beschäftigen. »Das erklärt aber nicht die zweite Leiche«, sprach Trudy das Offensichtliche aus.

»Damit habe ich nichts zu tun. Und Nick auch nicht, da bin ich mir absolut sicher.«

»Aber sie haben seinen Hammer neben der Leiche gefunden.«

»Den muss jemand dort platziert haben.«

Trudy sah Isobel mit einem zweifelnden Blick an, der im Gegenzug nun Isobel in die Luft gehen ließ. »Du glaubst doch nicht etwa, dass mein Großneffe so dumm ist, jemanden zu ermorden und dann die Tatwaffe neben der Leiche liegen zu lassen?«, rief sie aus. »Außerdem wusste jeder von dem anhaltenden Streit zwischen Nick und Larson, es wäre ein Leichtes, ihm die Schuld zuzuschieben.«

»Und woher hatte der Mörder dann Nicholas' Hammer?«, fragte Trudy und ging zurück zu Isobel.

»Nick ist so schluderig, dass es mich in den Wahnsinn treibt. Er schmeißt sein Werkzeug meist achtlos auf die Ladefläche seines Trucks. Jeder könnte den Hammer von dort weggenommen haben.«

»Das wäre denkbar«, gab Trudy zu. Isobel hatte recht, das Tatwerkzeug so offensichtlich am Tatort liegen zu lassen, war schon sonderbar und sprach nicht für den zwar hitzigen, aber doch intelligenten jungen Mann, für den Trudy Nicholas hielt. »Aber wer hätte einen Grund, Larson umbringen zu wollen?«

»Ich weiß es nicht.« Isobel ergriff Trudys Hände, die sie ihr diesmal nicht entzog. »Aber du musst mir helfen, es herauszufinden. Ich vertraue dir mehr als sonst irgendwem.«

Trudy nickte langsam. So wie der Fall sich derzeit darstellte, passten die Ereignisse nicht zusammen. Wenn

Alistairs Tod ein Unfall war, wer war dann die mysteriöse Person, die Alistairs Hütte durchsucht hatte, und was hatte sie finden wollen? Und war es nur schlichtes Pech, dass Nicholas der Mord angehängt werden sollte, oder hatte Larsons Mörder gewusst, dass Nicholas durch Little John mit Alistairs Tod in Verbindung gebracht werden konnte? Musste es dann nicht noch eine weitere Person geben, die wusste, dass Alistairs Tod ein Unfall war? So viele Fragen, doch keine Antworten.

»Ich spreche mit Iain und berichte ihm von deinen Beobachtungen. Vielleicht hat er eine zündende Idee«, sagte Trudy zu Isobel, die in sich zusammengesunken auf dem Hocker saß. Trudy zog sie hoch, richtete ihren Rock und ihre Bluse, gab ihr ein Taschentuch und füllte ihre Gläser wieder mit Whisky.

»Kopf hoch, morgen sieht alles schon wieder ganz anders aus«, sagte Trudy und blickte dabei auf das Gemälde, das sie heute begonnen hatte. Auch wenn sie es Isobel nicht sagen wollte, der rote Strich, der über das Gesicht lief, erschien ihr wie ein schlechtes Omen.

***

Trudy stürmte durch die Eingangstür der Polizeistation und musste erst einmal innehalten. Obwohl sich in den letzten Monaten nicht viel verändert hatte, kam ihr der große Vorraum mit dem Empfangstresen und den Schreibtischen plötzlich seltsam fremd vor. Als Sean noch gelebt hatte, war Trudy hier tagtäglich ein und aus gegangen, doch seitdem ihr Enkel Polizeichef war, hatte sie die Station nicht mehr betreten. Er hatte sie darum gebeten, ihn nicht auf der Arbeit zu besuchen, und sie war seinem Wunsch, obwohl sie ihn nicht ganz nachvollziehen konnte, gern nachgekommen. Bis jetzt. Iain würde die neuen

Hinweise lieber früher als später erfahren wollen, da war sich Trudy sicher. Daher war sie sofort hierhergekommen, nachdem sie Isobel nach Hause gebracht und sich versichert hatte, dass es ihr gut ging.

Trudy trat langsam einige Schritte in die Polizeistation hinein und schaute an Lamb und Mcleod, die wie immer zusammen an Lambs Schreibtisch saßen, vorbei. Sie hatte vorgehabt, ohne Umschweife direkt zu Iain zu marschieren, doch jetzt fiel ihr auf, dass sie gar nicht wusste, hinter welcher der vielen verschlossenen Türen sich sein Büro befand.

»Können wir Ihnen helfen, Mrs Wallace?«, fragte Mcleod zuvorkommend, nachdem er ihren suchenden Blick bemerkt hatte.

»Ich suche meinen Enkel.«

Lamb nickte fast unmerklich in Richtung der Tür hinten links. »Aber er ist gerade in einem Gespräch mit …« Der Sergeant kam nicht dazu, den Satz zu beenden, da Trudy bereits losgestürzt war und, ohne zu klopfen, die Tür aufriss.

»Iain, ich muss dich …«, rief sie lauthals aus, geriet jedoch unvermittelt ins Stocken.

Weil sie in ihrer Eile wie mit Scheuklappen durch die Polizeistation gerauscht war, hatte sie nicht bemerkt, dass es sich bei dem Zimmer um Seans altes Büro handelte, auch wenn das Einzige, was noch an ihren verstorbenen Ehemann erinnerte, die Polizeiplakette war, die eingerahmt hinter Iains Kopf hing. Das war aber nicht der ausschlaggebende Grund für ihr plötzliches Schweigen. Es war das laute Gebell, mit dem sie begrüßt worden war, das sie so überrumpelt hatte. Little John, der zuvor ruhig in einer Ecke gelegen hatte, war aufgesprungen und wedelte freudig mit dem Schwanz, während Scott Larson, der auf einem Stuhl vor Iains Schreibtisch saß, erschrocken auf den Hund starrte, dessen Kopf ihn nun überragte.

Iain war ebenfalls aufgesprungen, allerdings sah er im Gegensatz zu Little John ganz und gar nicht erfreut aus. Während er versuchte, den Hund an seinem Halsband zurück auf seinen Platz in der Ecke zu bugsieren, machte er seinem Ärger Luft. »Trudy, hast du schon mal etwas von Anklopfen gehört? Die Tür war nicht ohne Grund geschlossen. Aber das hat dich ja noch nie davon abgehalten, irgendwo hereinzuplatzen.«

»Ich habe nützliche Informationen, die den Fall betreffen!«, erklärte Trudy trotzig.

»Ich brauche keine weiteren Informationen, ich habe bereits den Täter!« Iain hatte es endlich geschafft, den Hund zurück in die Ecke zu lotsen, und richtete sich wieder auf, während Little John hechelnd zwischen Trudy und Iain hin und her schaute.

»Aber Iain, Nicholas ist unschuldig!«, rief Trudy mit voller Überzeugung aus.

»Unschuldig?«, mischte sich Scott Larson in das Gespräch ein und sah verwirrt zu Iain hinüber. »Inspector, Sie haben eben behauptet, dass der Mörder meines Vaters bereits hinter Schloss und Riegel sitzt!«

Iain fuhr sich ungeduldig durch die Haare, während er dem jungen Mann versicherte: »Das tut er auch, seien Sie unbesorgt.«

»Ich habe aber eine neue Zeugin«, platzte Trudy dazwischen.

Verwirrt blickte nun auch Scott Larson zwischen den beiden Streitenden hin und her. Um jede weitere Diskussion zu vermeiden, legte Iain ihm beruhigend die Hand auf die Schulter und führte ihn zur Tür. »Machen Sie sich keine Sorgen, Mr Larson. Sobald die Forensik bestätigt, dass die Fingerabdrücke auf dem Hammer mit denen von Mr Carmichael übereinstimmen, ist der ganze Spuk vorbei. Eine lästige Formalität, sonst nichts.«

»Aber Mrs Wallace hat gesagt ...«

»Sie kennen meine Großmutter bereits?«, unterbrach Iain ihn hastig. »Dann wissen Sie sicherlich auch, dass sie eine blühende Fantasie hat. Sie liest einfach zu viele Krimis und hält sich für die nächste Miss Marple.«

Ein empörtes »Aber Iain!« entfuhr Trudy, doch ihr Enkel ignorierte sie. Stattdessen winkte er Lamb zu sich heran, der dem Aufruf überraschend schnell Folge leistete.

»Sergeant Lamb wird Sie hinausbegleiten. Sollten Sie noch Fragen haben, können Sie mich jederzeit anrufen.« Iain drückte Scott Larson seine Visitenkarte in die Finger und übergab ihn dann in die Hände seines Sergeants.

Iain ließ kurz das Kinn auf die Brust sinken und öffnete und schloss währenddessen seine Fäuste mehrmals hintereinander. Erst danach wandte er sich wieder Trudy zu. Deutlich weniger sanft als bei Larson ergriff er Trudys Schulter und versuchte, sie aus seinem Büro zu zerren. Trudy aber blieb wie versteinert in der Tür stehen. Sie war aus einem triftigen Grund zu Iain gekommen, und auch wenn ihr Auftreten vielleicht etwas überstürzt gewesen war, würde sie nicht gehen, bevor sie losgeworden war, was sie zu sagen hatte.

»Du musst mich anhören«, sagte sie deshalb stur und verschränkte bekräftigend die Arme vor der Brust.

»Gar nichts muss ich! Das hier ist mein Polizeirevier, und du hast gerade meine Ermittlung gestört. Sei froh, dass ich dich nicht wegen Behinderung der Justiz festnehme.«

»Behinderung der Justiz?«, ereiferte sich Trudy. »Ich bringe dir neue Beweise! Isobel war vorhin bei mir ...«

»Es ist mir egal, was ihr in eurem kleinen Krimiclub ausgeheckt habt. Ich habe meinen Täter«, unterbrach Iain sie.

»Aber Nicholas ist unschuldig!«

»Hast du mir nicht selbst gesagt, ich solle nach Little John suchen, um den Mörder zu finden? Nun, ich habe den Hund gefunden und den Mörder noch dazu.«

»Alistairs Tod war doch nur ein unglücklicher Unfall«, sagte Trudy laut.

»Sagt wer?«

»Isobel. Sie hat gesehen, wie ...«

Da riss Iain endgültig der Geduldsfaden. »Jetzt reicht's«, platzte es aus ihm heraus. »Ist dir in den Sinn gekommen, dass Isobel alles sagen würde, um ihren Neffen zu entlasten? Und auf dein Wort kann ich mich letztendlich auch nicht verlassen.«

»Was willst du damit sagen?«, fragte Trudy und wich einen Schritt zurück.

»Das weißt du ganz genau. Erst das Gemälde, dann deine Fingerabdrücke überall in McNabs Haus. Wie lange hat es nach Grandpas Tod gedauert, bis du zu McNab gerannt bist?«

Sie wich einen Schritt zurück. »Aber Iain, das ist doch ...«

»Geh bitte einfach.« Iain kniff sich mit Daumen und Zeigefinger in den Nasenrücken und lehnte sich erschöpft an den Türrahmen.

Trudy hob reflexartig die Hand, um ihm über das Haar zu streichen, ließ sie aber genauso schnell wieder fallen. »Iain, ich ... Na schön, wir reden ein anderes Mal darüber.«

Sie drehte sich um und ging zögerlich zur Eingangstür hinüber. Obwohl sie nicht hinsah, war Trudy sich der gaffenden Blicke von Lamb und Mcleod sehr wohl bewusst. Sie trat, ohne sich zu verabschieden, aus der Tür und blieb unentschlossen vor der Polizeistation stehen. Was auch immer sie vorher gedacht hatte, diesen Verlauf des Gespräches hatte sie nicht erwartet.

Kapitel 15

»Und hat Ihnen die Vorstellung gefallen?«, fragte Iain und sah zu den beiden Männern hinüber. Er lehnte noch immer am Türrahmen und wartete auf die unvermeidlichen bissigen Kommentare des Sergeants.

Iain hatte genug von seinem gehässigen Kollegen, von diesem Fall und besonders von der Sturheit und Rechthaberei seiner Großmutter. Sie musste sich einfach in alles einmischen, erst in sein Liebesleben und jetzt auch noch in seine Arbeit. Iain ertrug zwar stillschweigend die Mittagessen, zu denen Trudy ständig Frauen einlud, ohne auch nur in Erwägung zu ziehen, dass er auf Männer stehen könnte, weil er das Gefühl hatte, dass es sie glücklich machte, auf diese Weise an seinem Leben teilzuhaben. Aber in der Polizeistation aufzutauchen und ungefragt in sein Büro zu platzen, ging einfach zu weit. Es zeugte weder von Feingefühl noch von Respekt ihm gegenüber. Iain war schließlich nicht mehr zehn Jahre alt, und das hier war sein Arbeitsplatz, kein Spielplatz für ihre verrückten Einfälle. Diesen Kampf würde er allerdings an einem anderen Tag austragen müssen, denn zunächst musste er sich für das anstehende Wortgefecht mit Lamb rüsten.

Der Sergeant war aufgestanden und richtete zu Iains Erstaunen das Wort nicht an ihn, sondern an Mcleod. »Komm, George, wir gehen was trinken.«

Mcleod stand eilig auf. »Aber nur einen, ich habe heute Abend doch noch …«

»Kannst du das nicht sausen lassen?«, unterbrach Lamb ihn. »Ich dachte, wir feiern heute meinen Erfolg.«

»Wollten Sie nicht bei der Vernehmung dabei sein?«, fragte Iain dazwischen und wünschte sich, kaum dass er es ausgesprochen hatte, dass er es nicht getan hätte.

»Das überlasse ich Ihnen. Ich habe bisher die gesamte Arbeit geleistet, jetzt sind Sie an der Reihe, Ihren Beitrag zu leisten.« Mit geschwellter Brust stolzierte Lamb aus der Polizeistation, und Mcleod folgte ihm wie gewohnt auf dem Fuße.

»Machen Sie sich keinen Kopf, Sir. Außer PS Lamb sind hier alle der Meinung, dass Sie einen hervorragenden Job machen.«

Iain zuckte erst zusammen und blickte sich dann erschrocken um. Versteckt hinter seinem Computerbildschirm saß Ben Parker und warf ihm ein aufmunterndes Lächeln zu. Er musste die ganze Zeit dort gewesen sein.

»Danke, Ben. Haben Sie Lust, mit mir später den Mordverdächtigen zu vernehmen?«

Iain hatte die Frage noch nicht ganz ausgesprochen, da nickte der junge Constable schon begeistert. »Natürlich, Sir.«

Iain sah auf die Uhr. »Ich muss erst noch ins Krankenhaus, wegen der Obduktion von Larson. In der Zwischenzeit können Sie aber schon das Vernehmungszimmer vorbereiten.«

Parker nickte erneut und wandte sich wieder seinem Computer zu, während Iain in sein Büro ging und die Tür hinter sich schloss.

Er ging zu Little John hinüber und ließ sich neben ihm auf den Boden gleiten. Dann lehnte er den Kopf gegen die

Wand, schloss die Augen und begann sanft über das glatte Fell des Hundes zu streichen. Als hätte er Iains Anspannung gespürt, legte Little John seinen Kopf ungewöhnlich ruhig in Iains Schoß.

»Du hast es gut. Du musst dich nicht mit solchen Leuten herumschlagen«, sagte Iain, während der Hund ihm aufmunternd mit der Nase gegen den Unterarm stupste.

Iain hatte heute Vormittag darüber nachgedacht, ihn vorerst in der Obhut von Melissa Brown zu belassen, aber als er nun den warmen Körper neben sich spürte, war er froh, dass er sich dagegen entschieden hatte. Iain atmete tief durch. Seit er klein war, hatte jedes Weihnachten und jeden Geburtstag ein Hund ganz oben auf seiner Wunschliste gestanden, doch er hatte nie einen bekommen. Seine Mutter hatte sich nie für diese Listen interessiert, und seine Großmutter hatte ihn immer mit traurigem Blick auf das nächste Jahr vertröstet, wohl wissend, dass es auch dann keinen Hund geben würde. Denn in den Internaten, in denen Iain den Großteil seiner Kindheit und Jugend verbracht hatte, waren Haustiere nicht erlaubt, und welchen Sinn hatte es, einen Hund zu besitzen, den man nur wenige Wochen im Jahr sah. Es hatte einige Jahre gedauert, bis Iain das verstanden hatte, woraufhin der Wunsch nach einem Hund von dem Wunsch abgelöst worden war, nicht mehr ins Internat gehen zu müssen. Nach dem Tod seiner Mutter hatte er seine Großeltern sogar angefleht, dauerhaft bei ihnen leben zu dürfen. Dass es gar nicht in ihrer Hand lag, darüber zu entscheiden, hatte er erst Jahre später herausgefunden. Denn seine Mutter hatte in ihrem grenzenlosen Narzissmus testamentarisch verfügt, dass er seine gesamte Schulzeit in Internaten zu verbringen hatte. Es hatte ihr offenbar nicht gereicht, ihn zu ihren Lebzeiten zu vernachlässigen und wie einen ausgemusterten

Koffer zu behandeln, nein, sie hatte dafür gesorgt, dass er auch nach ihrem Tod möglichst lange von den einzigen beiden Menschen getrennt war, die ihn bedingungslos liebten.

Iain kraulte Little John gedankenverloren hinter dem Ohr. Seine Großmutter hätte ihm damals liebend gern einen Hund geschenkt, das wusste er.

Auf einmal fühlte Iain sich schlecht. Trudy war vorhin zwar unbestreitbar zu weit gegangen, er hätte sie aber nicht auf diese Weise anfahren sollen. Was er über sie und McNab angedeutet hatte! Wenn er Pech hatte, waren Mcleod und Lamb gerade dabei, die Geschichte im Pub weiterzuerzählen, dann würde es morgen bereits die ganze Stadt wissen. Wie er das Kleinstadtleben hasste! Müde rieb Iain sich die Augen. Er würde zu Trudy gehen und sich entschuldigen, dann konnte sie ihm gleich erzählen, was ihr so Wichtiges auf dem Herzen lag. Morgen. Heute musste er noch die Obduktion und die Vernehmung hinter sich bringen.

***

»Ich hätte nicht gedacht, dass wir uns so schnell wiedersehen.« Arthur Bishop zog sich mit einem lauten Schnalzen die Gummihandschuhe aus, wusch sich die Hände und reichte Iain zur Begrüßung die Hand.

Iain hatte schon eine halbe Stunde früher im Obduktionsraum sein wollen, aber das Verlassen seines Büros hatte sich schwieriger gestaltet als erwartet. Zuerst hatte er sich selbst motivieren müssen, wieder vom Boden aufzustehen, danach hatte er Little John davon zu überzeugen versucht, im Büro zu bleiben. Aber immer wenn Iain im Begriff war, die Tür zu schließen, steckte irgendein Körperteil des Hundes in der Türöffnung. Nur dank Parkers Hilfe schaffte Iain es schließlich, den Hund in seinem Büro einzuschließen. Das darauffolgende Heulen war so mitleiderregend gewesen, dass Iain beinahe weich geworden wäre, doch er musste arbeiten, und ein Krankenhaus war nicht der richtige Ort für einen Hund.

Es war Iain dieses Mal wesentlich leichter gefallen, das Krankenhaus zu betreten, da sein Kopf mit so vielen anderen Dingen beschäftigt war. Die Ereignisse hatten sich heute förmlich überschlagen, erst der Mord an Marcus Larson, gefolgt von Nicholas' Verhaftung, und mit dem Auftauchen von Little John hatte Iain gar nicht mehr gerechnet. Nachdem der Fall bis heute früh nur in Sackgassen geführt hatte, schien er ihm jetzt viel zu glatt zu laufen. Es fehlte nur noch, dass die Gerichtsmedizin und Forensik auf Anhieb stichhaltige Beweise fanden.

Zu Iains Erstaunen war Dr. Bishop mit seiner Untersuchung bereits so gut wie fertig. Er machte noch ein paar letzte Notizen in die Akte und zog dann ein Tuch über den Leichnam.

»Mit ein bisschen Übung flutscht es einfach besser«, sagte er an Iain gewandt. »Nicht, dass ich auf diese Art von Übung nicht verzichten könnte, aber danach fragt ja keiner.«

»Und?«, fragte Iain kurz angebunden, da er heute keine große Lust auf Small Talk hatte.

»Ich sollte über eine Umschulung zum Schafhirten nachdenken. Larsons Gesundheitszustand war, wie der von McNab, so gut, dass ich nur davon träumen kann.« Bishop sah sich nach dem Leichnam um. »Allerdings scheint mir die Rate an vorzeitigen Todesfällen dann doch etwas hoch.«

»War es wieder ein Schlag auf den Kopf?«

Der Arzt deutete auf mehrere Fotos, die an der Wand

hingen. Sie zeigten die Wunde an Larsons Hinterkopf – eine erstaunlich kleine, runde Abschürfung. »Wieder stumpfe Gewalt, diesmal aber mit einer deutlich kleineren Aufschlagsfläche, passend zu dem Hammer, den man gefunden hat. Ein einzelner, gut platzierter Schlag hat genügt.«

»Wo genau ist die Wunde?«

»Wieder an der rechten Kopfseite, aber diesmal tatsächlich etwas höher. Wenn man bedenkt, dass der Griff des Hammers als Verlängerung diente, kann es gut der gleiche Täter gewesen sein.« Bishop wandte sich der Leiche zu und zog das Laken ein Stück herunter. »Er hat noch weitere Wunden. Blutergüsse im Gesicht und am Oberkörper sowie Abschürfungen an den Händen. Die sind aber schon einige Tage alt, wahrscheinlich von der Schlägerei am Dienstag.«

Der Arzt schüttelte bedächtig den Kopf, bevor er schmunzelnd hinzufügte: »Verrückt, oder? Während wir im Pub seelenruhig getrunken haben, gab es nur ein paar Straßen weiter die größte Prügelei, die Dunlay je erlebt hat. Schade, dass wir das verpasst haben. Sie hätten die Verletzten sehen müssen, die hier aufgetaucht sind!«

Iain sah seinen neuen Freund mit großen Augen an. »Sie waren wirklich noch im Krankenhaus und haben Leute versorgt?«

»Wieso nicht? Waren doch nur ein paar Bier und Whisky. Eine gebrochene Nase richte ich auch noch im Schlaf, und ich glaube, die meisten waren froh, dass sie überhaupt verarztet wurden.«

»Und ich habe nach zwei Tagen immer noch Kopfschmerzattacken«, rief Iain aus.

Dr. Bishop schlug ihm jovial auf den Rücken. »Alles eine Sache der Übung, mein Guter. Nach ein paar Jahren in Dunlay hätten Sie sogar mit unserem Larson hier mithalten können.«

»Ich habe ihn gestern Abend gesehen, da wirkte er zwar extrem aggressiv, aber nicht betrunken«, sagte Iain verwundert.

»Wie gesagt, Übung. Den meisten Männern in Dunlay sehen Sie die ersten drei Whisky gar nicht an. Larson hatte einen Blutalkohol von fast drei Promille. Da würden Sie wahrscheinlich schon unter dem Tisch liegen.«

»Meinen Sie, er hat gestern nach der Sperrstunde weitergetrunken?«

»Der Todeszeitpunkt liegt irgendwo zwischen zwei und vier Uhr morgens«, sagte der Arzt nachdenklich. »Um einen solchen Pegel zu erreichen und zu halten, hat er sicherlich nach dem Zapfenstreich weitergetrunken.«

»Bleibt nur die Frage, ob allein oder in gemütlicher Runde.«

»Ist das überhaupt wichtig? Sie haben doch Ihren Täter.«

»Ich möchte, dass der Fall wasserdicht ist. Ich kann mir keinen Fehler erlauben«, sagte Iain ernst.

Bishop zog fragend die Augenbrauen nach oben, zuckte dann aber mit den Schultern. »Sie sind der Polizist, Iain, nicht ich. Ich habe den Hammer und die wenigen Spuren, die ich an der Leiche finden konnte, nach Inverness zur Analyse geschickt. So ein unfreundlicher Bursche hat mir gesagt, dass sie die ersten Ergebnisse wahrscheinlich morgen früh vorliegen haben.«

»Der liebenswerte Thomas. Den werde ich wirklich vermissen, sobald der Fall abgeschlossen ist.«

»Sie machen sich aber schnell Freunde. Lamb, Sweeney, jetzt Thomas.«

»Das ist mein besonderes Talent.« Iain verzog seine

Lippen zu einem schiefen Lächeln. »Solange ich Sie als Trinkkumpan an meiner Seite habe, Arthur, kann ich mich doch nicht beschweren.«

Lachend verabschiedete sich der Arzt, und Iain verließ auf schnellstem Wege das Krankenhaus. Die Vernehmung von Nicholas Carmichael hatte schon lange genug gewartet.

***

PC Parker hatte Nicholas bereits in das Vernehmungszimmer gebracht und ihm einen Kaffee und Sandwiches hingestellt, als Iain wieder in der Polizeistation ankam. Die Gefangenenversorgung oblag der Polizeiwache. Da in Dunlay aber, außer dem ein oder anderen Betrunkenen zum Ausnüchtern, nie jemand inhaftiert wurde, musste Parker das Essen in der Zwischenzeit im Supermarkt nebenan besorgt haben. Nicholas schien das nicht zu stören, denn er machte sich bereits gierig über das zweite Sandwich her.

Zu seiner Erleichterung bemerkte Iain, dass Nicholas nicht mehr den Pyjama trug, in dem er am Morgen verhaftet worden war. Nichts war entwürdigender, als in seiner Nachtwäsche vernommen zu werden, erst recht, wenn darauf Comicfiguren abgebildet waren.

Iain setzte sich auf den kalten Metallstuhl neben Ben Parker. Nicholas, der ihnen gegenübersaß, kaute weiterhin schmatzend auf seinem Essen herum und beachtete sie gar nicht.

Parker schaltete die Kamera ein, die aus rechtlichen Gründen mitlaufen musste, und Iain begann die Befragung. »Man hat Ihnen Ihre Rechte verlesen?«

Nicholas nickte nur und spülte den letzten Rest seines Sandwiches mit dem Kaffee hinunter. »Was ist das eigentlich für eine Plörre? Nennt ihr das etwa Kaffee?«

»Sie verzichten auf einen Anwalt?«, hakte Iain unbeeindruckt nach.

Nicholas nickte erneut. »Es gibt nur eins, was schlimmer ist als korrupte Bullenschweine – geldgierige Anwälte.«

»Ihnen würde kostenfrei ein Pflichtverteidiger gestellt werden«, erinnerte Parker ihn mit großen Augen. Noch nie zuvor hatte ihn jemand als Bullenschwein bezeichnet und schon gar nicht als korrupt.

Nicholas entfuhr ein freudloses Lachen. »Wie gut kann der schon sein, wenn er vom Staat bezahlt wird?«

»Aber nur, weil man für den Staat arbeitet, heißt das doch nicht, dass ...« Der junge Constable schien ganz entsetzt über diese, seinen eigenen Wertvorstellungen völlig entgegengesetzte Auffassung des Staates.

»Lassen Sie es einfach. Er will keinen Anwalt. Dann können wir mit der eigentlichen Befragung beginnen«, unterbrach Iain ihn müde. Früher war er genauso wie Parker gewesen, voller Ideale und ganz und gar überzeugt von der Arbeit, die er tat. Aber London hatte diesen Vorstellungen schnell einen Dämpfer versetzt und ihn mit der hässlichen Realität des Polizeiberufs konfrontiert. Er liebte seinen Job noch immer, allerdings hatte er es aufgegeben, Verbrecher bekehren zu wollen.

»Mr Carmichael«, sagte Iain. »Wo waren Sie letzte Nacht zwischen zwei und vier Uhr?«

»Kein Kommentar.«

»Und wo waren Sie am Sonntag in den frühen Morgenstunden?«

»Kein Kommentar.«

Nicholas hatte offenbar beschlossen, von seinem Recht zu schweigen Gebrauch zu machen, da er jede Frage, die Iain ihm stellte, mit denselben Worten beantwortete. Ob es sich nun um die Frage nach seinem Aufenthaltsort, der letzten Begegnung mit den Toten oder der Aufbewahrung seiner Werkzeuge handelte, sein Gesicht blieb eine starre Maske. Im Gegensatz dazu lagen seine Hände zu Fäusten geballt auf dem Tisch, und sein linkes Bein wippte ununterbrochen. Iain war sich sicher, dass es in dem jungen Mann brodelte. Es war nur eine Frage der Zeit, bis Nicholas anfangen würde zu reden, und dann würde er sein Geständnis bekommen.

Also fragte Iain ungerührt weiter. »Waren Sie es nicht, der Larson auf der Stadtversammlung den ersten Schlag versetzt hat?«

»Kein Kommentar.«

»Sind Sie nicht mit voller Absicht gestern ins *Squeaky Bagpipe* gegangen, um einen Streit zu provozieren?«

»Kein Kommentar.« Das Klopfen unter dem Tisch, das von Nicholas' Bein verursacht wurde, wurde stärker.

»Aber Sie haben Mr Larson gehasst«, behauptete Iain jetzt. »Sie haben genau gewusst, dass er sofort Einspruch eingelegt hätte, sobald die Stimmen am Sonntag ausgezählt worden wären. Er stand genauso wie Alistair McNab zwischen Ihnen und Ihrem Vorhaben zur Einschränkung der Schafhaltung.«

»Kein Kommentar.« Der Tisch begann unter Nicholas' Fäusten zu zittern.

»Und George Mcleod wäre der Nächste auf Ihrer Liste gewesen.«

Da sprang Nicholas wutentbrannt auf. »Diese armseligen Schafhirten mit ihrem erschlichenen Vetorecht! Nur weil sie so großartige Großgrundbesitzer sind, glauben sie, sie könnten tun und lassen, was sie wollen. Das Land und die Leute, die hier leben, sind denen doch scheißegal. Einer ist schlimmer als der andere. Parasiten durch und durch. Natürlich habe ich sie gehasst. Ich trauere ihnen keine Träne nach.« Schwer atmend stand er da und sah sie mit einem mörderischen Blick an.

»Warum geben Sie nicht einfach zu, dass Sie Larson und McNab ermordet haben? Ein Geständnis würde sich positiv auf das Strafmaß auswirken.«

Nicholas lachte freudlos auf und ließ sich schlapp auf seinen Stuhl zurückfallen, ganz so, als hätte er jegliche Angriffslust verloren.

»Was ist so lustig?«, fragte Iain.

»Wie naiv ich doch gewesen bin. Ich hatte tatsächlich geglaubt, Sie wären anders. Aber letztlich sind Sie genauso wie jedes andere Bullenschwein, das ich kennengelernt habe.«

»Ist das Ihr letztes Wort?«

Nicholas schwieg.

»Gut, wenn Sie es so haben wollen. Spätestens morgen haben wir die Fingerabdrücke von der Tatwaffe. Dann werden Sie nach Inverness verlegt, und Ihnen wird der Prozess gemacht.« Iain schaltete die Kamera aus, verließ den Raum und überließ es Parker, Nicholas zurück in die Zelle zu bringen.

Iain ging in den Aufenthaltsraum und setzte sich auf die abgewetzte Couch, die an der Wand gegenüber der Küchenzeile stand. Auch wenn er insgeheim darauf gehofft hatte, hatte er im Grunde nicht mit einem Geständnis gerechnet. Nicholas Carmichael war nicht der Typ Mann, der ohne Weiteres klein beigab. Er verheimlichte etwas, da war sich Iain absolut sicher, aber ihm war nicht klar, ob es sich dabei tatsächlich um die Morde an den beiden Schafhirten handelte.

Als Parker wenige Minuten später in den Raum trat, war er sichtlich erschüttert. »Sir, ich … ich hätte im

Traum nicht gedacht, dass eine Zeugenvernehmung so ablaufen würde.«

»Mir gefällt das nicht«, sagte Iain, ohne auf die Worte des Constables zu achten.

»Was, Sir?«

»Dass die Mordanklage nur auf Indizien beruht.«

Kapitel 16

Leise gähnend ging Iain auf die Kaffeemaschine im Aufenthaltsraum der Polizeistation zu. Während er sich noch mit einer Hand das Auge rieb, griff er mit der anderen nach der Kaffeekanne und füllte seine Lieblingstasse mit den Papageientauchern. Er nahm einen großen Schluck und schüttelte sich. Nicholas hatte recht, der Kaffee war nicht viel besser als Spülwasser. Was hätte Iain in diesem Moment für einen Cappuccino aus dem *Marianne's* gegeben, wo er für gewöhnlich seine Kaffeebedürfnisse stillte. Doch dafür war es noch viel zu früh am Morgen, das Café würde erst in ein paar Stunden aufmachen. Vielleicht konnte er, wenn dieser Fall endgültig abgeschlossen war, den Superintendent um einen vernünftigen Kaffeeautomaten bitten.

Langsam schlurfte Iain zu seinem Schreibtisch zurück. Sein Arbeitstag hatte heute wesentlich früher begonnen als geplant. Nachdem er sich unzählige Male im Bett herumgewälzt hatte, war er im Morgengrauen aufgestanden und zur Polizeistation hinübergegangen, um Parker von seiner Nachtwache abzulösen. Auf diese Weise würde wenigstens einer von ihnen beiden schlafen können.

Während Little John friedlich auf einer Decke in der Ecke schlummerte, setzte Iain sich an seinen Schreibtisch und starrte gedankenverloren auf den schwarzen Computerbildschirm. Es war ihm in seiner gesamten Laufbahn als Polizist noch nicht passiert, dass er, nachdem eine Ermittlung erfolgreich abgeschlossen war, nicht ordentlich schlafen konnte. Doch in der letzten Nacht hatte er nicht aufhören können, über den Fall zu grübeln. Irgendetwas passte nicht ins Bild, und solange Iain nicht wusste, was es war, konnte er nicht ruhigen Gewissens seinen Namen unter den Abschlussbericht setzen.

Darauf hoffend, dass wenigstens das Koffein seine Wirkung tun würde, nahm Iain noch einen weiteren Schluck von dem schrecklichen Kaffee, bevor er die Fallakte zu sich heranzog. Dick war sie wirklich nicht. Das Ausführlichste darin waren die Obduktionsberichte von Dr. Bishop, der zu Iains Erleichterung mit seiner fachlichen Kompetenz überzeugt hatte und so eine echte Bereicherung für den Fall gewesen war. Die knappen Berichte der Forensik hatte Iain in der Hoffnung ausgedruckt, irgendetwas Neues darin zu entdecken, das ihm während der Telefonate entgangen sein könnte, aber ohne Erfolg. Schließlich gesellten sich zu den wenigen kurzen Zeugenaussagen, die nicht den Hauch einer nützlichen Information enthielten, nur noch die Fotos, die Iain in McNabs Haus gefunden hatte. Iain zog sie aus der Akte, aber auch bei deutlich besserem Licht ließ die Qualität zu wünschen übrig. Die Männer mit den Angeln waren gut zu erkennen, doch die beiden Frauen auf den anderen Bildern konnte Iain nur dadurch unterscheiden, dass die eine hellere und die andere dunklere Haut hatte. Seufzend steckte Iain die Fotos in einen Briefumschlag und legte sie zurück in die Akte. Sie waren über zwanzig Jahre alt, und es gab keinen Hinweis darauf, dass sie mit Larson oder den aktuellen Vorkommnissen in Verbindung standen. Ansonsten war die Akte leer. Nicht gerade viel für einen Mordprozess, dachte Iain, aber wenn die Forensikergebnisse passten, wäre es ein klarer Fall für die Staatsanwaltschaft, auch ohne das Geständnis von Nicholas Carmichael.

Iain wurde durch das Klingeln des Telefons in seinen Überlegungen unterbrochen. Bevor er den Hörer abnahm, sah er auf die Uhr und wunderte sich, wer wohl zu so früher Stunde anrufen würde. Iain konnte nur inständig hoffen, dass niemand einen weiteren Mord melden wollte.

»Ja?«, fragte er misstrauisch.

»Oh, Sie sind schon da.« Die Enttäuschung war deutlich aus Thomas' Stimme herauszuhören. Iain hatte den Verdacht, dass der Forensikassistent absichtlich so früh angerufen hatte, um den Anrufbeantworter zu erwischen, statt mit irgendjemandem persönlich sprechen zu müssen.

»Ich konnte nicht schlafen«, sagte Iain lapidar.

»Ihre Probleme hätte ich gern«, sagte Thomas und gähnte vernehmlich ins Telefon. »Die Zwischenergebnisse vom Mord gestern sind da. Die Fingerabdrücke stimmen mit Ihrem Tatverdächtigen überein, und das Blut am Hammer ist das des Mordopfers.«

»Keine weiteren Abdrücke?«

»Nee ... Die übrigen Proben, die Ihr Arzt genommen hat, sind noch nicht abschließend untersucht«, sagte Thomas gelangweilt. Im Hintergrund hörte Iain ein Rascheln, das schon wieder verdächtig nach einer Chipstüte klang. Sein Magen knurrte und erinnerte ihn daran, dass er heute außer dem schlechten Kaffee noch nichts zu sich genommen hatte. Das darauffolgende Knuspern und Schmatzen deutete eindeutig darauf hin, dass Thomas sich eine ganze Handvoll Chips in den Mund gestopft hatte.

Mampfend und deutlich besser gelaunt sprach er ins Telefon: »So, das dürfte es dann gewesen sein. Sie haben Ihren Mörder, und ich bin Sie los. Auf Nimmerwiedersehen!«

Sprachlos legte Iain den Hörer auf. Am liebsten hätte er umgehend zurückgerufen und Thomas mit irgendwelchen idiotischen Fragen gelöchert, aber dafür war ihm seine Zeit dann doch zu schade.

Obwohl Iain nichts anderes erwartet hatte, war er von den vorläufigen Forensikergebnissen enttäuscht. Er stützte den Ellenbogen auf dem Schreibtisch ab und sah noch einmal die Zeugenaussagen durch. Neben ein paar wenig aussagekräftigen Hinweisen unbeteiligter Anwohner Dunlays und den Ausführungen einiger Schafhirten und Naturschützer fand sich auch der Bericht der zwei Touristen, die Marcus Larson gestern Morgen tot an der Uferpromenade gefunden hatten. Aber wie alle anderen hatten auch sie nichts Bemerkenswertes gesehen. Iain stutzte. Da Nicholas in Lark wohnte, hatte er für den Einbruch und die Morde mit dem Wagen nach Dunlay fahren müssen, doch niemandem war sein hässlicher, grüner Truck aufgefallen, obwohl dieser unmöglich zu übersehen war. Er hätte sich natürlich von jemandem ein Auto leihen können, das weniger aus der Masse herausstach. Aber warum war Nicholas überhaupt das Risiko eingegangen, in die heruntergekommene Hütte von McNab einzubrechen und dabei möglicherweise erwischt zu werden? Was hatte er dort zu finden gehofft?

Unzufrieden stand Iain auf. Er ging in den Aufenthaltsraum, holte zwei Sandwichpackungen und eine Flasche Wasser aus dem Kühlschrank und schlenderte dann zur Arrestzelle hinüber.

Nicholas, der schon wach war, lag reglos auf seiner Pritsche und starrte in die Luft, richtete sich aber auf, als er Iain herannahen hörte. Iain warf ihm das Wasser und eine der Packungen zu, während er sich an die gegenüberliegende Wand lehnte und die zweite Packung aufriss. Er biss halb verhungert in das Sandwich und deutete mit dem Finger auf Nicholas.

»Eins müssen Sie mir erklären. Was haben Sie in McNabs Haus gesucht?«

»Ein Einbrecher soll ich jetzt auch noch sein?«, schimpfte Nicholas, nachdem er einen Schluck Wasser getrunken hatte. »Warum hängen Sie mir nicht auch den Schafdiebstahl von letztem Monat an? Larson hat doch sicherlich mich deswegen angeschwärzt.«

Iain wusste über die Anzeigen bezüglich Wilderei auf Larsons Land Bescheid. Lamb hatte sich um die Aufklärung gekümmert, hatte aber keinen Täter ermitteln können. Im Abschlussbericht hatte weder Nicholas' noch der Name irgendeines anderen Verdächtigen gestanden. Iain hatte damals nicht weiter darüber nachgedacht, doch jetzt, da er von dem schlechten Verhältnis zwischen Nicholas und Marcus Larson wusste, kam es ihm seltsam vor, dass der Schafhirt den Naturschützer nicht beschuldigt haben sollte. PS Lamb hatte sich bei dieser Aufgabe offensichtlich nicht sonderlich viel Mühe gegeben.

Iain nahm einen weiteren Bissen von seinem Sandwich. »Sie sollten sich wirklich einen Anwalt suchen«, riet er dem jungen Mann hinter Gittern. Er hatte es aufgegeben, irgendetwas aus ihm herausbekommen zu wollen. »Die Beweise werden auch ohne Ihr Geständnis für eine Verurteilung ausreichen.«

»Die Auswahl lässt stark zu wünschen übrig«, stichelte Nicholas, der nun auch sein Sandwich ausgepackt hatte, ohne auf Iains Worte einzugehen.

»Seien Sie froh, dass PC Parker sich die Mühe gemacht hat, Ihnen eine vegane Alternative mitzubringen«, sagte Iain, aber Nicholas hatte sich bereits abgewandt und biss begierig in das Sandwich.

Seufzend ging Iain in sein Büro zurück und kaute gedankenverloren auf dem letzten Rest seines Brotes, was ihm einen vorwurfsvollen Blick von Little John einbrachte, der inzwischen aufgewacht war. Nachdem er auch den Hund mit Essen versorgt hatte, beschloss Iain, mit dem Abschlussbericht anzufangen.

***

Ein leises Klopfen an der Tür und das dadurch ausgelöste Bellen von Little John rissen Iain aus dem Schlaf. Verwirrt sah er auf die Uhr, die anzeigte, dass es bereits nach elf war, und dann auf seinen Rechner. Er musste während des Berichtschreibens eingeschlafen sein, denn dieser war erst zur Hälfte abgetippt.

Iain rieb sich seinen schmerzenden Nacken, als es noch einmal an der Tür klopfte. Bevor er reagieren konnte, öffnete sich die Tür einen Spalt weit und Trudy steckte ihren Kopf herein.

»Darf ich reinkommen?«, fragte sie leise.

Iain sprang ruckartig auf, woraufhin Trudy beschämt einen Schritt zurückwich.

»Komm nur herein«, hielt Iain sie zurück. Er ging zur Tür und ließ seine Großmutter ins Zimmer, dabei fiel sein Blick in den Vorraum der Polizeistation, der leer war.

»Hast du Richard Lamb gesehen?«, fragte er verwundert, aber Trudy schüttelte nur den Kopf.

Iain ließ seine Großmutter in dem Büro zurück und stapfte durch jedes einzelne Zimmer der Polizeistation und schließlich auch zur Arrestzelle, in der Nicholas leise vor sich hin schlummerte. Obwohl er heute für den Tagdienst eingeteilt war, war der Sergeant nirgendwo aufzufinden. Erst als Iain in den großen Vorraum zurückkam, fiel ihm die rot blinkende Zwei am Telefon auf dem Empfangstresen auf. Er musste so tief geschlafen haben, dass er das Klingeln des Telefons einfach überhört hatte.

Die erste Nachricht war von Superintendent Gilmour, der Iain zu seinem Ermittlungserfolg gratulieren wollte, sich dann aber korrigierte und Sergeant Lamb zur Lösung des Falles beglückwünschte. Iain stöhnte innerlich.

Die zweite Nachricht war von ebenjenem hochgelobten Lamb, der sich wegen Migräne krankmeldete. Iain schüttelte mürrisch den Kopf. Er hätte seine Polizeimarke darauf verwettet, dass es sich bei dieser angeblichen Migräne um einen ausgewachsenen Kater handelte. Also musste er selbst den ganzen Tag in der Polizeiwache bleiben und aufpassen, dass Nicholas keine Dummheiten anstellte. Als Iain in sein Büro zurückkam, saß Trudy bereits auf einem Stuhl und kraulte Little John das Fell, sodass dieser zufrieden brummte.

»Alles in Ordnung?«, fragte Trudy.

»Lamb hat seinen Erfolg gestern ein bisschen zu ausgiebig gefeiert.«

»Jeder Idiot hätte Larson und den danebenliegenden Hammer finden können.«

»Erzähl das mal Superintendent Gilmour.« Iain ließ sich auf seinen Stuhl plumpsen und schenkte seiner Großmutter ein müdes Lächeln, welches sie zaghaft erwiderte.

Trudy begann in dem Korb zu kramen, der neben ihr stand und an dem Little John bereits interessiert schnupperte. »Da ich nicht wusste, ob und wie du mich heute empfangen würdest, habe ich dir als Entschuldigung für gestern etwas zu essen mitgebracht.« Den Inhalt der zwei großen Frischhaltedosen, die sie ihm über den Schreibtisch hinweg reichte, konnte man wohl kaum als »etwas« bezeichnen. Während die eine randvoll mit Pasteten gefüllt war, die ohne Probleme für die komplette Polizeimannschaft gereicht hätten, steckte in der anderen ein ganzer Käsekuchen.

»Willst du mich etwa bestechen?«, fragte er mit einem Schmunzeln.

»Funktioniert es denn?«

»Du weißt doch, zu einem guten Käsekuchen kann ich nicht Nein sagen. Aber wer soll das alles essen?«

Trudy strahlte ihn erst an, wurde dann aber wieder ernst. »Also verzeihst du mir? Nichts lag mir ferner, als mich in deine Arbeit einzumischen.« Das war natürlich nur die halbe Wahrheit. Auch wenn es ihr sicherlich leidtat, ihn verärgert zu haben, hegte Iain keinen Zweifel daran, dass sie sofort wieder so handeln würde, wenn sie sich im Recht wähnte. Aber wie konnte er seiner Großmutter lange böse sein? Zumal sie ihm so viele Leckereien mitgebracht hatte.

»Ich muss mich auch bei dir entschuldigen«, sagte Iain. »Ich hätte nicht in so einem Ton mit dir sprechen dürfen, schon gar nicht vor den anderen. Ist es schon Stadtgespräch?«

»Meine Affäre mit Alistair, meinst du?«

Iain nickte schuldbewusst, aber Trudy winkte nur gut gelaunt ab.

»Ich bin inzwischen so alt, da ist es mir vollkommen egal, was andere Leute über mich denken. Und Alistair wird es wohl kaum noch stören.«

»Also ist es wahr?«

»Natürlich nicht.« Trudy entfuhr ein lautes Schnauben. »Er war einfach nur ein sehr guter Freund, der mir in schweren Zeiten zur Seite gestanden hat. Alistair war kein Mann großer Worte, dafür konnte er umso besser zuhören, und das habe ich in den letzten Monaten gebraucht.«

Iain sah beschämt zu Boden. Nicht etwa, weil er seiner Großmutter eine Affäre unterstellt hatte, sondern weil er nach dem Tod seines Großvaters nicht für sie da gewesen war. Er war so beschäftigt gewesen mit seiner eigenen Trauer, mit Jamie und mit dessen Vertrauensbruch, dass er das Leid und die Trauer seiner Großmutter gar nicht wahrgenommen hatte. Sie war immer für ihn da gewesen, hatte immer eine Lösung parat gehabt, und alles, was er für sie getan hatte, war, ihr zu raten, sich ein Hobby zu suchen. Als ob das den Verlust eines Ehepartners wettmachen konnte. Iains Kopf sank in seine Hände, er konnte Trudy einfach nicht in die Augen blicken.

Er hörte, wie ihr Stuhl zurückgeschoben wurde, und spürte kurz darauf eine warme Hand auf seinem Rücken. »Iain, mach dir keine Vorwürfe. Auch wenn du mir nicht erzählst, was in London vorgefallen ist, weiß ich, dass du in den letzten Monaten selbst viel durchgemacht hast. Ich bin einfach nur froh, dass es jemanden gab, dem ich mich anvertrauen konnte. Auch wenn es der alte Kauz mit seinen Schafen war.«

Iain stand auf und nahm sie in den Arm. Wie gern hätte er sich ihr anvertraut, aber dafür hätte er ihr zu viel erklären müssen, angefangen damit, warum er mit einem Mann zusammengelebt hatte. Dafür war dies weder die richtige Zeit noch der richtige Ort.

Er zog sie ein letztes Mal fest an sich, bevor er sich löste und sich wieder hinsetzte, woraufhin Little John seinen Kopf in Iains Schoß legte. Trudy ging langsam um den Schreibtisch herum und nahm ebenfalls wieder auf ihrem Stuhl Platz. Sie wartete noch einen Augenblick, aber als Iain schwieg, ergriff sie erneut das Wort.

»Bist du jetzt bereit, dir anzuhören, was Isobel mir gestern erzählt hat?«

Iain nickte auffordernd, und Trudy erzählte ihm die Geschichte so, wie Isobel sie ihr erzählt hatte. »Du siehst also«, schloss sie ihren Bericht, »Nicholas kann es nicht gewesen sein.«

Iain, der sich im Laufe ihrer Erzählung immer gespannter aufgerichtet hatte, sah sie begeistert an. »Das erklärt so vieles. Die ganzen Widersprüche in diesem Fall, die jedem guten Rechtsanwalt direkt ins Auge springen müssten.«

Trudy nickte bestätigend.

»Darum sind Nicholas' Fingerabdrücke zwar auf dem Hammer, nicht aber auf dem Stein oder in McNabs Haus«, sagte Iain eifrig. »Ich hatte schon darüber nachgedacht, ob es möglicherweise verschiedene Täter waren, konnte mir aber nicht vorstellen, dass es in Dunlay nicht nur einen, sondern gleich zwei Mörder geben sollte. Da McNabs Tod ein Unfall war, bleibt nur noch der Mord an Larson aufzuklären, und da liegt der Fall glasklar.«

»Wirklich?«, fragte Trudy verwundert. »Wer hat es denn getan?«

»Nicholas natürlich.«

»Was? Ich habe dir doch gerade erklärt, dass er es nicht gewesen sein kann.«

»Du hast mir erklärt, dass er McNab nicht umgebracht haben kann. Richtig. Von Larson war nicht die Rede. Oder hat Isobel ihrem Neffen ein Alibi für die Nacht gegeben?«

Trudy schüttelte den Kopf.

»Du hast die Schlägerei bei der Stadtversammlung doch miterlebt. Die beiden haben sich abgrundtief gehasst. Nach der Auseinandersetzung vorgestern hat Nicholas später am Abend die Chance ergriffen und Larson mit seinem Hammer erschlagen. Er war wahrscheinlich so betrunken, dass er gar nicht gemerkt hat, dass er den Hammer fallen lassen hat. Vielleicht hatte er sogar einen Filmriss und kann sich gar nicht mehr an seine Tat erinnern.«

»Aber, das ist doch …« Trudy suchte, von Iains plötzlichem Eifer völlig überrumpelt, nach einem überzeugenden Gegenargument, aber da unterbrach er sie bereits wieder.

»Nein, Gran.« Iain war so aufgeregt, dass es ihn fast nicht auf dem Stuhl hielt. »Das passt doch alles prima zusammen, alle Ungereimtheiten wären damit aus der Welt geschafft.«

»Aber der Hammer am Tatort wirkt doch so, als hätte ihn jemand dort platziert.«

»Du würdest dich wundern, was Menschen unter Alkoholeinfluss alles tun.«

»Nicholas wird wohl nicht betrunken in McNabs Haus eingebrochen sein und es verwüstet haben!«

»Das waren wahrscheinlich nur ein paar Jugendliche aus der Stadt, die endlich ihre Mutprobe durchziehen wollten. Wer weiß? Vielleicht hatten sie noch eine Rechnung mit McNab offen und haben deswegen alles demoliert.«

Trudy sah Iain nachdenklich an. »Unlogischerweise werden Tatsachen verdreht, damit sie zu Theorien passen, anstatt Theorien den Tatsachen anzupassen«, sagte sie, woraufhin Iain sich ungeduldig mit der Hand durch die Haare fuhr. Noch ein Zitat von einem toten Krimiautor, und Iain hätte gut Lust gehabt, selbst einen Mord zu begehen. Aber er hatte keine Zeit, mit seiner Großmutter über grundlegende Ermittlungstechniken, die völlig an Sherlock Holmes abzuprallen schienen, zu diskutieren, da er endlich weiterarbeiten wollte.

Iain sprang auf und lief um den Schreibtisch herum, gefolgt von Little John, der nun aufgeregt bellte. Bevor Trudy die Chance hatte, weiter zu diskutieren, hatte Iain sie schon an den Armen hochgezogen und ihr einen Kuss auf die Stirn gegeben.

»Du hast meinen Tag gerettet, Trudy. Ich konnte die ganze Nacht nicht schlafen, weil mir ein entscheidendes Puzzleteil gefehlt hat. Aber jetzt kann ich die Indizien endlich korrekt einordnen.«

»Es war mir ein Vergnügen.« Ihr Gesichtsausdruck wirkte im Gegensatz zu ihren Worten allerdings gar nicht erfreut.

Iain gab ihr einen weiteren beschwichtigenden Kuss auf die Stirn, drückte ihr den mitgebrachten Korb in die Hand und schob sie sanft aus der Tür. »Danke auch für die Pasteten. Aber ich muss jetzt diesen Bericht fertig schreiben, bevor die Polizei aus Inverness kommt und Nicholas mitnimmt.« Damit verschloss Iain die Tür vor ihrer Nase. Pfeifend setzte er sich an seinen Schreibtisch und begann zu tippen, während Little John sich wie ein warmes Kissen um seine Beine zusammenrollte.

Kapitel 17

»Wir müssen doch etwas tun können!«, rief Isobel empört aus und schlug mit der Faust auf den Tisch, sodass das Teeservice, das darauf stand, erzitterte. Dieses für Isobel völlig untypische Verhalten war dadurch ausgelöst worden, dass Trudy ihren beiden Freundinnen beim Nachmittagstee gerade von dem katastrophalen Ausgang des Gespräches mit Iain erzählt hatte.

»Es tut mir leid, Isobel«, sagte Trudy deshalb frustriert. »Ich habe es mit meinem Besuch bei Iain nur schlimmer gemacht. Statt ihn von Nicholas als Täter abzubringen, habe ich seine noch vorhandenen Zweifel ausgeräumt.«

Isobel legte ihre Hand auf Trudys. »Danke, dass du es versucht hast. Ich bin mir sicher, dass Nick unschuldig ist. Es muss doch eine Möglichkeit geben, es zu beweisen.«

»Der Krimiclub muss wieder aktiv werden!«, sagte Trudy mit einem verschwörerischen Lächeln.

»Wie toll! Es ist wirklich an der Zeit, dass wir auch etwas unternehmen«, freute Agatha sich. »Und ich habe genau das Richtige, um die alten grauen Zellen auf Touren zu bringen.« Sie durchwühlte hektisch ihre Tasche und zog eine große Schachtel Pralinen daraus hervor, die sie gierig öffnete und sich sogleich eine davon in den Mund steckte.

»Seit wann kaufst du denn so etwas? Ich dachte, Dr. Miller hätte dir solchen Süßkram verboten«, sagte

Trudy und nahm sich aus Höflichkeit auch eine, obwohl sie wenig für Pralinen übrighatte, schon gar nicht für welche, die noch aus drei Metern Entfernung nach Alkohol rochen.

»Ihr erzählt ihr doch nichts davon, oder? Ich habe sie gestern im Gälischkurs geschenkt bekommen, und Isobel sagt mir doch immer, dass ich keine Lebensmittel verschwenden soll.« Agatha steckte sich spitzbübisch eine weitere Praline in ihren bereits schokoladenverschmierten Mund und hielt ihrer Freundin die Packung unter die Nase. »Komm schon, Isobel, Schokolade hebt die Laune.«

Aber genauso wie Trudy hatte sie anscheinend keinen großen Appetit darauf. Allerdings schien Isobel momentan auf gar nichts Appetit zu haben. Das vegane Käsekuchenstück, das Trudy ihr aufgezwungen hatte, nachdem sie erfahren hatte, dass ihre Freundin seit gestern nichts gegessen hatte, lag immer noch unberührt auf ihrem Teller, während Agatha in der Zwischenzeit schon zwei davon verputzt hatte.

Schließlich nahm Isobel sich die kleinste Praline, die sie finden konnte, und schob sie sich in den Mund. Vermutlich aus Angst, dass Agatha, die ihr nach wie vor die Schachtel vors Gesicht hielt, auf die Idee kommen könnte, ihr ungefragt ein Stück in den Mund zu stecken, mutmaßte Trudy. Um die Aufmerksamkeit von Isobel abzulenken, griff sie nach einer weiteren Praline, die zu ihrer Erleichterung nicht vor Alkohol triefte. Nachdem sich ihre beiden Freundinnen bedient hatten, stellte Agatha die Pralinenschachtel zufrieden vor sich ab.

»Da wir nun alle versorgt sind, können wir anfangen«, schlug Trudy vor. »Vielleicht sollten wir eine Liste mit Verdächtigen erstellen, die von Larsons Tod profitiert haben.«

»Und was wäre, wenn der Mord an Larson dem Zweck diente, Nick hinter Gitter zu bringen?«, fragte Isobel.

»Wenn man Nicholas unbedingt aus dem Weg haben wollte, wäre es dann nicht einfacher, ihn statt Larson um die Ecke zu bringen?«, gab Agatha zu bedenken, während ihre Hände, wie bei einem Junkie auf Entzug, immer wieder in die Pralinenschachtel wanderten.

»Nicht, wenn sie ihn diskreditieren wollten, um die Abstimmung zu manipulieren«, erwiderte Isobel.

»Aber wozu Larson dann überhaupt töten? Er hätte das Referendum doch auf jeden Fall abgeschmettert.«

»Das ist allerdings wahr«, gab Isobel zu. »Wer kommt also als Verdächtiger für den Mord infrage?«

»Wenn ich Polizist wäre, hätten die Naturschützer auch ganz oben auf meiner Liste gestanden«, sagte Trudy nachdenklich. »Aber«, fuhr sie schnell fort, bevor Isobel Einwände erheben konnte, »die Polizei dachte bis heute auch, dass sowohl Larson als auch Alistair ermordet worden sind. Da beide im Vorstand des Schäferverbandes waren, ist es nicht verwunderlich, eine Verbindung zwischen den Morden und dem Referendum zu ziehen. Da wir aber jetzt wissen, dass Alistairs Tod ein tragischer Unfall war, ergibt sich für den Mord an Marcus Larson neben dem Referendum eine Vielzahl anderer Motive. Es wäre sogar möglich, dass jemand Alistairs Tod ausgenutzt hat, um den Verdacht auf Nicholas zu lenken. Dadurch ergibt sich die Frage, ob der Mörder nicht vielleicht gewusst hat, dass sich Little John bei Nicholas befand, und auf diese Weise den Verdacht gegen ihn erhärten wollte. Isobel, bist du sicher, dass euch niemand gesehen hat, als ihr den Hund weggebracht habt?«

Isobel schüttelte energisch den Kopf. »Es war mitten in der Nacht und bis auf das Leuchten des Mondes stockdunkel. Da schleicht doch niemand ohne Taschenlampe durch die Gegend. Ein anderes Auto habe ich auch nicht gesehen, weder neben McNabs Weide noch auf dem Weg nach Lark.« Sie machte eine kurze Pause. »Ich glaube, es war Scott Larson.«

»Der Sohn vom alten Larson?«, fragte Trudy erstaunt.

»Es wird gemunkelt, dass er mit der Viehhaltung seines Vaters nichts zu tun haben wollte und lieber studieren gehen möchte. Wie du dir sicher vorstellen kannst, war Marcus Larson wenig begeistert davon. Der arme Junge hatte noch nie sonderlich viel Durchsetzungsvermögen, vielleicht sah er in dem Mord seinen einzigen Ausweg. Agatha, du hattest mir doch davon erzählt, nicht wahr?«

Als Agatha nicht reagierte, drehten sich Trudy und Isobel, die in ihr Zwiegespräch vertieft gewesen waren, zu ihr um. Ihre Freundin saß reglos mit dem Kinn auf der Brust vorgebeugt auf ihrem Stuhl. Schnell sprangen die beiden Frauen auf und liefen zu ihr hinüber. Isobel rüttelte sofort an ihren Schultern, sodass Agathas Kopf nach hinten schaukelte und den Blick auf einen kleinen Klecks Erbrochenes auf ihrer Bluse freigab.

»Agatha, Agatha!« Isobel begann heftiger an ihr zu rütteln, aber Trudy hielt sie am Arm fest. »Nicht! Du könntest es schlimmer machen.«

Auch wenn Trudy selbst völlig erschüttert war, versuchte sie Ruhe zu bewahren. Sie tastete nach Agathas Puls und seufzte kurz erleichtert auf, als sie ein schwaches Pochen spürte. Als Nächstes sah sie in Agathas Mund, der nun nicht nur mit Schokolade, sondern auch mit Resten von Erbrochenem verschmiert war. Der Mund selbst war leer, allerdings nahm Trudy nur noch unregelmäßige Atemzüge wahr.

»Ruf einen Krankenwagen, schnell!«, rief Trudy Isobel

zu. Ihre Freundin lief umgehend zum Telefon, während sie selbst die bewusstlose Agatha vom Stuhl zerrte, um sie auf dem Boden auf die Seite zu legen. Zu groß war Trudys Angst, dass ihre Freundin sich ein weiteres Mal übergeben und an ihrem Erbrochenen ersticken könnte. Ihre Hilfe kam keine Minute zu früh. Sobald sie Agathas Kopf auf dem Boden abgelegt hatte, fing diese an zu krampfen.

Isobel hatte in der Zwischenzeit den Notruf gewählt und war nun dabei, der Person am anderen Ende der Leitung den Vorfall und die Krankheitszeichen ihrer Freundin zu beschreiben.

»Sie werden gleich hier sein!«, rief Isobel Trudy zu. »Du sollst sie auf keinen Fall weiter anfassen.«

Doch Trudy nahm Isobels Worte nur noch wie einen fernen Nebel wahr. Ihr war plötzlich schwummerig geworden, und ihr Kopf dröhnte, als wollte er platzen. Sie ließ sich neben Agatha auf den Boden gleiten und lehnte sich an eines der Tischbeine, dann wurde alles schwarz.

Kapitel 18

Der sechs Seiten umfassende Abschlussbericht lag fein säuberlich gestapelt auf der Fallakte. Iain sank mit hinter dem Kopf verschränkten Armen in seinem Bürostuhl zurück und betrachtete zufrieden sein Werk. Er hatte den gesamten Nachmittag damit zugebracht, an dem Text zu feilen, da der Anruf von Superintendent Gilmour immer noch an ihm nagte. Aber nicht nur der Anruf hatte Iain dazu verleitet, mehr Arbeit in den Bericht zu investieren, als nötig gewesen wäre. Als Iain um die Mittagszeit erst zum Supermarkt gegangen war, um Hundefutter für Little John zu kaufen, und dann zum *Marianne's* hinübergeschlendert war, um sich eine vernünftige Tasse Kaffee zu seinem Käsekuchen zu besorgen, war sein Blick zufällig an der heutigen Ausgabe der *Dunlay Post* hängen geblieben. Der Aufhänger des Tages war die Aufklärung der Mordfälle und Festnahme des Täters durch den außerordentlich kompetenten Sergeant Richard Lamb. Iain wollte seinen Augen nicht trauen, doch der Artikel war von niemand anderem geschrieben als Rory Cullen. Anscheinend hielt der Reporter doch nicht alle Polizisten für korrupt, es war offensichtlich nur Iain, gegen den er, aus welchen Gründen auch immer, einen Groll hegte.

Iain war danach nur umso motivierter in die Polizeistation zurückgekehrt. Er wollte nicht nur dem Superintendent, sondern auch sich selbst beweisen, dass seine Ermittlung tadellos gelaufen war, bis Lamb das Tatwerkzeug mit den passenden Fingerabdrücken durch einen glücklichen Zufall gefunden hatte. Das hatte letztlich wenig mit Polizeiarbeit zu tun gehabt. Jeder Idiot hätte den Hammer finden können, da musste Iain seiner Großmutter recht geben.

Nachdenklich schaute Iain auf das Bündel Papiere, das ihn eben noch in solche Euphorie versetzt hatte. Er war so getrieben von seinem eigenen Stolz und so begeistert von den neuen Informationen gewesen, die Trudy ihm geliefert hatte, dass er alles andere um sich herum vergessen und keinen weiteren Gedanken an die Schwächen verschwendet hatte, die der Fall weiterhin aufwies und die Trudy ihm so hartnäckig vorgehalten hatte. Iain glaubte nach wie vor, dass McNabs verwüstetes Haus die Tat leichtsinniger Jugendlicher gewesen sein könnte. Da der alte Mann nichts von Wert besessen hatte, war diese Erklärung sogar wahrscheinlicher als ein vorsätzlicher Einbruch. Aber konnte Nicholas tatsächlich so betrunken gewesen sein, dass er den Hammer einfach liegen lassen hatte? Laut Akte hatte er am Morgen nach dem Mord einen Blutalkohol von gerade einmal 0,9 Promille. Iain hatte es in seinem Eifer darauf geschoben, dass sich der Alkohol in den Stunden nach der Tat bereits abgebaut haben musste, doch hatte er keine Ahnung, wie hoch der Blutalkoholspiegel zum Zeitpunkt des Mordes tatsächlich gewesen sein könnte. Zum Glück kannte Iain jemanden, der ihm mit Sicherheit weiterhelfen konnte.

Er griff zum Hörer des Telefons, das im selben Augenblick zu klingeln begann.

»Ja?«, nahm er den Anruf ungeduldig entgegen.

»Iain, hier ist Arthur.«

»Was für ein Zufall!«, sagte Iain. »Ich wollte Sie gerade anrufen. Es geht noch mal um den Blutalkohol...«

»Das muss im Moment erst einmal warten«, unterbrach ihn der Arzt. »Ich rufe aus dem Krankenhaus an, ich muss den Verdachtsfall einer vorsätzlichen Vergiftung melden, genau genommen zwei Fälle.« Dr. Bishop zögerte kurz. »Iain, Ihre Großmutter ist im Krankenhaus, genauso wie deren Freundin Agatha Browning ...«

»Was?«

»Die beiden wurden vor etwa einer halben Stunde mit Symptomen eingeliefert, die zu einer akuten Vergiftung passen!«

»Aber sie wird doch nicht ...?«, setzte Iain an, aber die Worte wollten nicht aus seinem Mund entweichen. Er konnte seine Großmutter nicht auch noch verlieren!

»Wir gehen momentan davon aus, dass Agatha eine deutlich größere Menge an Gift zu sich genommen hat. Ihre Großmutter hat das Gift wahrscheinlich hauptsächlich durch Hautkontakt aufgenommen. Zumindest hat Isobel Shore berichtet, dass Trudy Erste Hilfe geleistet hat und auf diese Weise mit Agathas Erbrochenem in Kontakt gekommen sein könnte. Wir behandeln sie mit Atropin, und sie ist momentan relativ stabil, allerdings ist sie noch nicht aufgewacht. Agatha dagegen ... wir werden sie ausfliegen müssen. Wir haben vor Ort einfach nicht die nötige Expertise, was die intensivmedizinische Versorgung angeht.«

»Womit wurden sie denn vergiftet?«

»Wahrscheinlich irgendein Alkylphosphat«, mutmaßte Bishop. »Das Zeug wurde früher als Insektizid benutzt, ist aber mittlerweile verboten. Wir hatten früher öfter Fälle von unbeabsichtigter Vergiftung, aber ich bezweifle doch stark, dass eine der Frauen es noch zufällig im Küchenschrank stehen hat.«

»Aber wie konnten sie sich dann damit vergiften?«

»Wie eingangs gesagt, glaube ich, dass jemand es ihnen bewusst verabreicht hat. Insbesondere in Anbetracht der Vorfälle der letzten Woche.«

»Sie wollen mir sagen, dass jemand mit Absicht einen Giftanschlag auf zwei alte Frauen verübt hat?«, fragte Iain ungläubig.

»Reste der Chemikalie stehen bestimmt noch in einigen Garagen oder alten Höfen herum«, gab der Arzt zu bedenken. »Es wäre ein Leichtes, zum Beispiel Essen damit zu versetzen. Schokolade oder etwas ähnlich Süßes könnte vielleicht den Geruch und Geschmack kaschieren.«

»Aber warum sollte sie jemand umbringen wollen?«

»Da bin ich ehrlich gesagt überfragt, aber ich bin auch nicht der Polizist von uns beiden.«

Iain versuchte krampfhaft aus dem Erzählten schlau zu werden, doch seine Gedanken überschlugen sich. »Wurde bei Ihnen denn etwas Verdächtiges gefunden?«, fragte er schließlich.

»Nicht, dass ich wüsste. Aber laut Isobel waren sie zum Nachmittagstee in Trudys Haus, als es passiert ist. Vielleicht sollten Sie dort anfangen«, schlug Bishop vor.

Iain bedankte sich und legte auf. Hektisch riss er seine Jacke vom Haken und stürmte Hals über Kopf aus dem Büro. Little John blieb, als hätte er Iains zunehmende Erregung während des Telefongespräches gespürt und als wollte er ihm nicht noch mehr Kummer bereiten, ruhig in seiner Ecke liegen und schnupperte gleichgültig an seinem Futternapf.

Als Iain aber die Polizeistation verlassen wollte, lief er in Lamb und Mcleod hinein, die gerade durch die Eingangstür traten. Nach dem Anruf am Morgen hatte Iain gar nicht mehr mit dem Sergeant gerechnet und stolperte perplex ein paar Schritte zurück in den Vorraum.

»Wo wollen Sie denn so eilig hin?«, fragte Lamb desinteressiert.

»Meine Großmutter und ihre Freundin sind vergiftet worden, möglicherweise in Trudys Haus. Ich wollte hinübergehen und nach Hinweisen suchen.«

»Das tut mir aber leid«, sagte George Mcleod und bot seine Hilfe an.

»Ach Georgie, der braucht doch keine Hilfe. Vergiftung! Dass ich nicht lache! Die alten Tantchen werden zu viel Alkohol in ihren Tee getan haben. Morgen sind die wieder auf den Beinen, du wirst schon sehen.«

Bevor Iain wusste, was er tat, landete seine Faust in Richard Lambs Gesicht, der daraufhin sofort zu Boden ging und sich seine schmerzende linke Gesichtshälfte hielt.

»Kümmern Sie sich lieber um Ihren Freund, Mcleod«, sagte Iain wutentbrannt. Dann wandte er sich dem am Boden liegenden Mann zu. »Und Sie werden hierbleiben und die Stellung halten, bis Parker Sie ablöst. Es ist nämlich allerhöchste Zeit, dass Sie zur Abwechslung einen sinnvollen Beitrag leisten.« Am liebsten hätte er den Sergeant für seine Taktlosigkeit auch noch angespuckt, aber Iain war sich sicher, dass ihn allein der Schlag teuer zu stehen kommen würde. Außerdem hatte er schon genug Zeit mit diesem Narren verschwendet. Ohne abzuwarten, ob sie seinen Anweisungen Folge leisteten, stieg er schwungvoll über Lamb hinüber und rannte dabei beinahe Gwendolyn über den Haufen, die soeben das Polizeirevier betreten wollte.

»Iain!«, schrie sie erschrocken auf.

»Gwen!«, rief Iain, der sich verwundert fragte, warum gefühlt die halbe Stadt beschlossen hatte, sich genau in diesem Moment in der Polizeistation zu versammeln, wenn er sie doch nur schnellstmöglich verlassen wollte.

Nachdem Gwendolyn sich wieder beruhigt hatte, erklärte sie: »Mir ist gerade noch etwas zu Alistair eingefallen!«

»Kann das vielleicht warten?«, fragte Iain unentschlossen. Es interessierte ihn zwar, was sie zu sagen hatte, aber das Haus seiner Großmutter zu durchsuchen erschien ihm in diesem Moment dringender.

»Sie könnte ihre Aussage auch bei uns machen«, mischte Mcleod sich ein, der Gwendolyn mit leicht geröteten Wangen anlächelte.

Diese schaute verlegen zur Seite. »Iain ist mit den Details schon vertraut, ich wollte nur noch etwas ergänzen. Es hätte wenig Sinn, euch alles noch mal von vorn zu erzählen.«

»Du kannst mich begleiten und mir die Neuigkeiten unterwegs erzählen«, schlug Iain nach einem kurzen Moment des Zögerns vor.

Gwendolyn stimmte freudig zu, sehr zur Enttäuschung von George Mcleod, der noch einmal anbot mitzuhelfen.

»Vielen Dank, George. Wirklich«, sagte Iain. »Aber kümmern Sie sich besser um Lamb. Der wird einen Beutel Eis gut gebrauchen können.«

Iain deutete kurz auf den noch immer am Boden liegenden Sergeant, dann schnappte er sich Gwendolyns Arm und zog sie so hastig hinter sich her, dass sie beinahe stolperte.

»Iain, was hast du denn?«, fragte sie, doch Iain eilte schon schnellen Schrittes über die Straße und ließ ihre Frage unbeantwortet. Zu Trudys Haus waren es nur zehn Minuten zu Fuß, noch schneller ging es, dachte Iain, wenn sie die Abkürzung durch den Garten der Ellisons nahmen. Er konnte einfach nicht noch mehr Zeit vergeuden. Der

Giftmischer war möglicherweise schon in das Haus seiner Großmutter eingedrungen und hatte die Beweise vernichtet. Gwendolyn hatte jedoch aufgrund ihrer deutlich geringeren Körpergröße Schwierigkeiten, mit Iains langen Schritten mitzuhalten.

»Komm schon, Gwen, beeil dich«, feuerte Iain sie an, als er merkte, dass sie zurückfiel. Keine fünf Minuten später standen sie vor Trudys Haus, wo Iain sich bereits umschaute, während Gwendolyn noch nach Atem rang.

»Iain, würdest du mir bitte erklären, was hier los ist? Wo ist Trudy?« Obwohl sie versuchte, sich die Anstrengung nicht anmerken zu lassen, kamen ihre Worte nur stoßweise. Unterdessen riss Iain die Hintertür auf und ging ins Haus, wo er sofort von Sherlock angefaucht wurde.

»Trudy und Agatha sind vergiftet worden ... ich suche nach Hinweisen.« Er sah sich kurz zu Gwendolyn um, deren Mund sich zu einem lautlosen »Nein!« formte. »Berühre bitte nichts, und sag mir Bescheid, wenn du irgendetwas Auffälliges siehst.«

Iain holte das Paar Gummihandschuhe hervor, das er für Notfälle immer in der Jackentasche trug, und ging weiter in das Haus hinein. Die Hintertür führte direkt in die Küche, die genauso sauber und aufgeräumt war, wie es für Trudy typisch war, da sie außer in ihrem Atelier keine Unordnung duldete. In einer Ecke der Arbeitsplatte stand ein Korb mit Obst, aber Iain bezweifelte, dass Trudy ihren Gästen zum Nachmittagstee Äpfel und Bananen angeboten hatte. Auch der Blick in den Kühlschrank und in die Küchenschränke offenbarte nichts Ungewöhnliches, weshalb Iain sich dazu entschied, im übrigen Haus weiterzusuchen.

»Was genau suchst du?«, fragte Gwendolyn, die ihm in die Küche gefolgt war.

»Vermutlich war irgendetwas, das sie gegessen haben, vergiftet.«

»Dann sollten wir im Esszimmer gucken«, schlug sie vor.

Iain nickte, und sie gingen zusammen zum Esszimmer hinüber, wo sie wie gelähmt in der Tür stehen blieben. Das Zimmer war ein einziges Chaos. Aber im Gegensatz zu McNabs Haus, das eher gewirkt hatte, als wäre es durchsucht worden, sah dieser Raum danach aus, als hätten die Rettungssanitäter sich Platz verschaffen müssen, um die beiden Frauen vernünftig versorgen zu können. Drei der vier Esszimmerstühle lagen umgeworfen auf dem Boden, und der Tisch stand mindestens einen Meter weiter rechts als gewöhnlich. Die Tassen waren zum Teil vom Tisch heruntergerollt und lagen nun in Scherben auf dem Fußboden. Auf dem freigeräumten Teppich war eine kleine Lache Erbrochenes zu erkennen.

»Fass das bloß nicht an, es könnte noch Gift enthalten«, warnte Iain Gwendolyn, die ihn ansah, als würde er glauben, sie wolle freiwillig in eine Kiste mit Taranteln greifen.

Nachdem sie den ersten Schock verdaut hatte, ging sie zum Tisch hinüber. »Sieht aus wie das alltägliche Kaffeekränzchen von drei alten Damen. Meinst du, der Kuchen könnte vergiftet sein?«

Iain schüttelte den Kopf, holte aber trotzdem eine Beweismitteltüte aus seiner anderen Jackentasche und packte etwas davon ein. »Sie hat mir den gleichen Kuchen heute Vormittag in der Polizeistation vorbeigebracht. Ich habe bestimmt drei Stücke davon gegessen, und mir geht's gut.«

»Und der Tee?«

»Es wäre nicht leicht, ihn unbemerkt zu vergiften, und er könnte den Geruch des Giftes wahrscheinlich nur schwer überdecken.«

Sie sahen sich weiter um, aber erst unter dem Tisch wurde Iain wieder fündig. Er bückte sich und griff nach einer offenen Pralinenschachtel. Doch die letzten Pralinen waren herausgefallen, sodass er sie wieder einsammeln musste, bevor er sie in einer weiteren Beweismitteltüte verstauen konnte.

»Denkst du, es waren die Pralinen?«, fragte Gwendolyn mit zweifelndem Blick.

»Trudy mag so etwas überhaupt nicht. Ich gehe jede Wette ein, dass entweder Isobel oder Agatha sie mitgebracht hat.«

»Das heißt aber noch lange nicht, dass sie vergiftet sein müssen.«

Iain zuckte mit den Schultern. »Aber sie lassen sich wesentlich besser präparieren als selbst gebackener Kuchen oder Tee, und sie sind definitiv süß genug, um den Geschmack zu kaschieren.« Iain roch an der Tüte. »Und der Alkohol darin überdeckt jeden noch so schrecklichen Geruch.«

Das Esszimmer bot keine weiteren Anhaltspunkte, daher setzten die beiden die Suche im Rest des Hauses fort. Aber außer einer noch ungeöffneten Brandyflasche im Wohnzimmer und einer halb vollen Whiskyflasche in Trudys Atelier fanden sie nichts Auffälliges. Iain tütete Letztere ein, ließ Erstere aber im Wohnzimmer stehen.

Nachdem Iain noch einige von Trudys Sachen in eine Reisetasche gepackt hatte und Gwendolyn für Sherlock Essen hingestellt hatte, standen die beiden wieder vor Trudys Haus.

»Wer sollte die drei denn vergiften wollen? Und warum?«, fragte Gwendolyn.

Iain fuhr sich durchs Haar. »Ich weiß es auch nicht. Es ist ja nicht so, als wenn sie eine große Gefahr für irgendwen darstellen würden.«

Gwendolyn schüttelte den Kopf. »Und was nun?«

»Diese Beweismittel müssen auf dem schnellsten Weg nach Inverness.« Iain deutete auf die Tüten in seiner Hand und sah sich suchend um. »Vielleicht finde ich noch einen Boten, oder ich könnte Parker bitten ...«

»Ich kann die Sachen für dich nach Inverness bringen«, bot sie an.

Ein Schatten fiel über Iains Augen. Das letzte Mal, als er einem Außenstehenden etwas Berufliches anvertraut hatte, war er suspendiert worden, und damals hatte er geglaubt, die Person besser als sich selbst zu kennen. Gwendolyn kannte er kaum eine Woche, und auch wenn sie vollkommen aufrichtig und rechtschaffen schien, war er sich nicht schlüssig, ob er ihr die Sachen anvertrauen sollte. Iain verfluchte Jamie nicht zum ersten Mal dafür, dass er Iains Glauben an das Gute im Menschen zerstört hatte.

»Oder auch nicht«, sagte Gwendolyn verstimmt, als sie sein Zögern bemerkte.

»Doch, doch. Das wäre großartig.« Er hatte nicht viele Alternativen. Er selbst wollte umgehend zu Trudy ins Krankenhaus, PC Parker musste die Nachtschicht in der Polizeiwache übernehmen, solange Nicholas noch nicht abgeholt worden war, und um diese Uhrzeit in Dunlay einen Kurier zu finden, war ein Ding der Unmöglichkeit. Iain musste einfach darauf vertrauen, dass Gwendolyn der Mensch war, für den er sie hielt.

Sie gingen zurück zu ihrem Wagen, den sie vor dem Polizeirevier geparkt hatte. Dort reichte Iain ihr die Beweismittel, nachdem er sich versichert hatte, dass alles ordentlich eingetütet und beschriftet war, gab ihr die Adresse und versprach, ihre Ankunft in Inverness telefonisch anzukündigen.

Gwendolyn war schon eingestiegen und hatte den Motor gestartet, als Iain gegen ihre Scheibe klopfte.

»Ich hatte in der ganzen Aufregung vergessen, dass du Neuigkeiten für mich hast.«

»Das kann doch warten«, sagte sie, aber Iains Blick forderte sie auf fortzufahren. »Mir ist wieder eingefallen, dass Alistair mir vor seinem Tod etwas Wichtiges mitteilen wollte.«

»Weißt du was?«

Gwendolyn schüttelte den Kopf. »Er hatte gehofft, dass ich mich darüber freuen würde, wollte es mir aber nicht zwischen Tür und Angel erzählen. Wir waren für heute Abend zum Essen im *Carlisle's* verabredet. Das war mir komplett entfallen, bis mein Handy mir vorhin den Termin angezeigt hat. Seltsam, oder?«

»Ich wüsste zu gern, worum es ging.« Nicht zum ersten Mal vermutete Iain, dass der alte McNab eine Schwäche für Gwendolyn gehegt hatte. Nur weil er bei seiner Großmutter danebengelegen hatte, musste es hier nicht auch der Fall sein.

»Ich auch. Es wird mich wahrscheinlich nie wieder in Ruhe lassen, nicht zu wissen, was es war.« Sie sah auf die Uhr. »Wenn ich heute noch aus Inverness zurück sein will, muss ich jetzt los.«

»Vielen Dank, dass du das übernimmst. Ich ruf dich morgen an.«

Gwendolyn nickte und machte sich auf den Weg.

Mit gespaltenen Gefühlen schaute Iain den Rücklichtern ihres Wagens hinterher, aber er hatte eine Entscheidung getroffen und konnte nur hoffen, dass es die richtige gewesen war. Er musste einfach irgendwem vertrauen, ansonsten war er verloren.

Kapitel 19

Trudy schlief den ganzen Abend und die gesamte Nacht, nur unterbrochen von kurzen Phasen des Wachseins, in denen sie als Erstes stets Iain erblickte, der schlafend an ihrem Bett saß. Jedes Mal, wenn sie erwachte, fand sie ihn in einer anderen Position vor – mit dem Kopf auf ihrem Bettgitter, halb auf dem Stuhl liegend mit einem aufgeschlagenen Buch im Schoß oder auch auf dem Boden sitzend gegen die Wand gelehnt. Trudy konnte es ihm gut nachfühlen, die Zeit, die sie ans Seans Krankenbett verbracht hatte, war ihr wie die längste ihres Lebens vorgekommen, und die Stühle wurden vom langen Warten auch nicht bequemer. Einmal, in den frühen Morgenstunden, versuchte sie Iain durchs Haar zu streichen, doch sie war zu schwach, um sich zu ihm vorzubeugen, und fiel wieder in einen unruhigen Schlaf.

Als sie das nächste Mal erwachte, lugte bereits Sonnenlicht unter den Vorhängen hervor und Iain war verschwunden. Ihr Hals war trocken, doch das Einzige, was sie in diesem Moment erreichen konnte, war die Klingel, die neben ihrer rechten Hand lag. Also drückte sie den Knopf, und nur wenige Sekunden später kam ein junges Mädchen, kaum zwanzig Jahre alt, in den Raum.

»Sie sind wach, wie schön. Das wird Iain aber freuen. Ich habe ihm gesagt, er solle sich ein wenig die Beine vertreten und vielleicht auch mal nach Hause gehen, um zu duschen und seine Kleidung zu wechseln. Ich habe ihm versprochen, gut auf Sie aufzupassen«, sagte sie mit einem Augenzwinkern.

Energisch zog sie die Vorhänge zur Seite und enthüllte eine unglaubliche Aussicht auf Loch Ayren, der so stark das Sonnenlicht spiegelte, dass Trudy geblendet wurde und den Blick abwenden musste. Woher die Gerüchte über das anhaltend schlechte Wetter in Schottland stammten, war ihr schleierhaft. Dieser Blick entschädigte mehr als genug für die regelmäßigen Regengüsse und den manchmal doch recht hartnäckigen Nebel.

Während die Krankenpflegerin neben dem Kopfende von Trudys Krankenbett stand, überprüfte sie die Infusionen und nickte zufrieden. »Die sind bald durchgelaufen, Sie werden sich im Handumdrehen wieder fit fühlen. Gut, dass Sie nicht so viel von der Chemikalie abbekommen haben.«

Trudy konnte sich keinen Reim aus den Worten der Krankenpflegerin machen, und ihre Verwirrung musste ihr ins Gesicht geschrieben gewesen sein, da die junge Frau von selbst zu einer Erklärung ansetzte.

»Ach, das können Sie noch gar nicht wissen. Sie haben gestern eine Vergiftung erlitten. Wir konnten Sie zum Glück schnell genug behandeln. Aber das wird Ihnen die Ärztin später alles noch ausführlich erklären. Kann ich sonst noch irgendetwas für Sie tun?«

»Ich ...« Aber ihre Stimme war nur ein leises Kratzen. »Wasser« war das Einzige, was sie im Augenblick zustande brachte.

»Natürlich, ich bin sofort wieder da.« Keine Minute später erschien sie mit einer Wasserflasche und einem Glas in der Hand und schüttete Trudy etwas ein. Trudy versuchte das Glas zu heben, doch allein, an das Glas heranzukommen, kostete sie alle Kraft, die sie hatte. Als die Pflegerin ihr schließlich beim Trinken half, fühlte Trudy sich das erste Mal in ihrem Leben wirklich alt.

Die junge Frau war schon fast aus der Tür, als sie sich noch einmal umdrehte. »Ich bin übrigens Laura. Ich vergesse jedes Mal, mich vorzustellen. Wenn irgendetwas sein sollte, einfach den Klingelknopf drücken und ich bin in Windeseile da.«

Trudy hatte jedoch gar keine Gelegenheit zu klingeln, da Laura fast sofort wieder in ihrem Zimmer stand. In ihrer Hand hielt sie ein Tablett mit einem Teller und einer Tasse darauf, von denen kleine Dampfschwaden aufstiegen. »Zeit fürs Frühstück«, verkündete sie fröhlich.

Sie schob den Beistelltisch zu Trudy heran, stellte das Tablett darauf ab und fuhr das Kopfteil von Trudys Bett mit einer Fernbedienung hoch.

»Ist es so bequem?«, fragte Laura, während sie das Essen dichter an Trudy heranschob. Trudy, die ihrer eigenen Stimme noch nicht vertraute, nickte nur.

Die Krankenpflegerin deutete auf das Essen. »Leider nur Haferschleim und Tee, aber wir müssen erst schauen, wie Sie das Essen vertragen. Vielleicht gibt es heute Mittag schon etwas Handfesteres.« Sie legte Trudy den Löffel bereit. »Sie können es erst einmal allein versuchen, lassen Sie sich ruhig Zeit damit. Es ist ohnehin noch sehr heiß. Ich schau dann gleich wieder herein.« Laura war schon fast aus dem Zimmer verschwunden, aber Trudy hielt sie diesmal zurück.

»Meine Freundinnen ...«, krächzte sie, kam jedoch nicht weiter.

Das Lächeln auf Lauras Lippen verschwand für einen kurzen Augenblick, bevor sie wieder die Fassung gewann. »Dazu kann ich Ihnen momentan leider nichts sagen, aber die Ärztin wird wie gesagt nachher nach Ihnen schauen, dann können Sie sie fragen.«

Missmutig machte Trudy sich an ihr Essen. Da sie der Kraft ihrer Muskeln noch nicht vertraute, hatte sie Angst, sich durch ein Missgeschick mit dem heißen Tee den Körper zu verbrühen. Deshalb fing sie mit dem weniger gefährlichen Haferbrei an. Sie hob vorsichtig den Löffel, tauchte ihn in den Haferbrei und führte den Löffel langsam zum Mund. Sie verfluchte mehrfach ihren Körper, der einfach nicht so mitspielte, wie sie es wollte. Sie schaffte aber auf diese Weise immerhin eine halbe Portion des Breis, bevor sie erschöpft aufgab und zurück in ihre Kissen sank. Der Tee musste warten, bis sie sich etwas ausgeruht hatte.

Als es leise an der Tür klopfte, sah sie hinüber und entdeckte Iain, der den Kopf hineinsteckte.

»Du bist wach!« Mit schnellen Schritten war er an Trudys Bett und ergriff ihre Hand. »Ich dachte schon, ich würde dich auch noch verlieren.«

»Ach Junge, so leicht bin ich nicht unterzukriegen.« Ihre Stimme krächzte zwar noch, aber immerhin hatte sie es geschafft, einen vollständigen Satz zu bilden.

Iain zog umständlich einen Stuhl zu sich heran, nur um Trudys Hand nicht freigeben zu müssen, als hätte er Angst, sie könnte verschwinden, sobald er sie für einen Moment losließe. So saßen sie eine Weile schweigend da, froh darüber, einander zu haben.

»Weißt du, wie es um Agatha und Isobel steht?«, fragte Trudy, unsicher darüber, ob sie die Wahrheit wirklich wissen wollte.

»Isobel geht es gut. Sie war gestern nur kurz zur Beobachtung hier, durfte abends aber schon wieder nach Hause. Sie hat lange diskutiert, weil sie hier bei dir bleiben wollte, aber die Ärzte haben darauf bestanden, dass nicht mehr als ein Besucher im Zimmer sein durfte, und da hatte ich natürlich den Vorrang.«

»Und Agatha?«

Das Zögern ihres Enkels verriet Trudy im Grunde schon alles, was sie wissen musste.

»Es sieht nicht gut aus«, sagte er schließlich. »Die Ärzte hier konnten sie nicht optimal behandeln, deswegen wurde sie gestern Abend mit dem Hubschrauber nach Inverness ausgeflogen. Wir haben bis jetzt noch nichts Neues gehört.«

Trudy vergrub das Gesicht in den Händen und schniefte laut. »Das ist alles meine Schuld.«

»Das ist doch Blödsinn.« Iain griff nach der Taschentuchbox, die auf dem Nachttisch stand, und reichte sie Trudy, um sich die Augen zu trocknen.

»Nein, du hattest vollkommen recht. Ich sollte meine Nase nicht überall hineinstecken.«

»Oh doch, Gran, das solltest du. Das solltest du auf jeden Fall«, sagte Iain mit fester Stimme.

Verwundert sah Trudy von ihrem Taschentuch hoch und warf ihrem Enkel einen fragenden Blick zu.

»Das ist der eindeutige Beweis, dass Larsons Mörder noch auf freiem Fuß ist«, sagte er.

»Du glaubst, er ist für unsere Vergiftung verantwortlich?«

»Wie solltet ihr euch sonst mit einem Insektizid vergiftet haben, das offiziell verboten ist? Ihr werdet es nicht aus Versehen zu euch genommen haben, und ich bezweifle, dass in so einem langweiligen Ort wie Dunlay innerhalb von einer Woche gleich zwei Menschen ihre Mordlust entdecken. Irgendjemand wollte euch zum Schweigen bringen, und es gibt nur eine Person, die daran Interesse haben könnte: der Mörder von Marcus Larson.«

Trudy wiegte bedächtig den Kopf von einer Seite zur anderen. Iains Argumentation klang plausibel, der Mörder hatte es auf eine von ihnen oder auch auf den gesamten Krimiclub abgesehen ... Er hätte nur ...

»Die Pralinen!«, rief sie laut aus, fuhr sich aber sofort mit der Hand an den Hals, der aufgrund des plötzlichen Ausbruches schmerzte.

Iain nickte. »Die perfekte Möglichkeit, das Gift unauffällig zu verabreichen. Allerdings hat der Mörder nicht bedacht, dass ihr vielleicht nicht alle die gleiche Menge davon esst. Hättet ihr alle drei kräftig zugelangt, hätte keine von euch den Notruf wählen können, und wenn man euch schließlich gefunden hätte, wäre jede Hilfe zu spät gekommen.«

»Das scheint mir reichlich stümperhaft.«

»Vielleicht ist der Mörder davon ausgegangen, dass alle alten Damen Schokolade lieben.«

»Nein, ich meine die ganze Vorgehensweise«, verdeutlichte Trudy. »Agatha hat die Pralinen mitgebracht, nachdem sie ihr am Donnerstag geschenkt wurden. Aber woher konnte der Mörder wissen, dass sie die Schachtel mit zu mir bringen würde?«

»Agatha könnte das ursprüngliche Ziel des Giftanschlags gewesen sein.«

»Das halte ich für sehr unwahrscheinlich. Selbst wenn sie etwas wissen sollte, ist sie mittlerweile so tüdelig, dass niemand sie mehr für voll nimmt«, gab Trudy zu bedenken. »Und sie konnte Dinge noch nie gut für sich behalten. Sollte sie irgendetwas Sonderbares entdeckt haben, hätte sie Isobel oder mir schon längst davon erzählt.«

»Dann war es vielleicht eine Kurzschlussreaktion. Der

Mörder könnte überhört haben, wie Isobel und du über McNab geredet habt, und dachte, er müsste schnell handeln.«

»Das wäre zumindest eine Möglichkeit.« Trudy ließ ihren Blick über das ruhige Wasser des Fjords gleiten. »Wir müssen diesen Giftmischer um jeden Preis finden.«

»Wir?«, fragte ihr Enkel mit einem Schmunzeln.

»Du glaubst doch nicht etwa, dass ich mich jetzt noch aus dem Fall heraushalten werde? Jetzt definitiv nicht mehr!« Aber bevor sie zu einer langen Erklärung ansetzen konnte, warum er sie nicht von der Ermittlung ausschließen durfte, entfuhr Trudy ein lang gezogenes Gähnen.

Iain stand auf und küsste ihre Stirn. »Jetzt«, sagte er, »musst du dich ausruhen und noch ein wenig schlafen.«

Er wandte sich zum Gehen, um Trudy etwas Ruhe zu gönnen, da schwang die Tür auf und Isobel trat ins Zimmer. »Habt ihr es schon gehört?«, fragte sie unter Tränen. »Agatha ist vor einer Stunde gestorben.«

Iain versteifte sich, während Trudy die Hände vor dem Mund zusammenschlug und Tränen ihre Augen füllten. »Nein«, sagten beide wie aus einem Mund.

Isobel lief zum Bett hinüber und warf sich in Trudys Arme. »Ich bin so froh, dass es wenigstens dir gut geht. Es ist alles meine Schuld. Hätte ich doch nur früher etwas gesagt! Hätte ich gleich den Krankenwagen gerufen, als ich McNab gefunden habe! Dann wären Larson und Agatha nicht tot, und Nick würde nicht hinter Gittern sitzen.«

»Nein, Isobel. Ich hätte mich nicht einmischen sollen, dann wäre es gar nicht erst so weit gekommen.«

Weinend lagen sich die beiden Frauen in den Armen und versuchten sich gegenseitig die Last der Schuld zu nehmen, während sie gleichzeitig ihre tote Freundin betrauerten.

***

Iain verließ eilig das Krankenzimmer und schloss leise die Tür hinter sich. Die Krankenhauswände schienen näher zu rücken, und er musste sich einen Augenblick mit dem Rücken gegen die Wand lehnen. Es hätte auch Trudy treffen können, wurde ihm schlagartig klar. Es hätte seine Großmutter sein können, die in irgendeinem anonymen Krankenhausbett in Inverness verstorben war. Ohne Freunde oder Familie, die sie auf ihrem letzten Weg begleiteten. Hatte Agatha überhaupt noch Familie? Iain konnte sich nicht mehr erinnern. Für ihn war sie immer die schrullige Alte gewesen, die ihm früher Süßigkeiten zugesteckt hatte, als keiner hinsah. Und jetzt war sie fort.

Iain fuhr sich mit beiden Händen durch die Haare. Er musste den Mörder finden! Ruckartig richtete er sich auf, nur um sich gleich darauf schwankend an der Wand abzustützen. Er hatte die letzten zwölf Stunden weder etwas gegessen noch getrunken, zu groß war seine Sorge um Trudy gewesen, und das forderte nun seinen Tribut.

»Iain? Geht es dir gut? Geht es Trudy gut?« Mit besorgtem Blick stand Gwendolyn vor ihm und hielt in jeder Hand einen Blumenstrauß.

»Ich bin nur zu schnell aufgestanden. Es geht gleich wieder.«

»Aber mit Trudy ist alles in Ordnung?«, hakte sie nochmals nach.

Iain nickte nur und stellte sich vorsichtig wieder aufrecht hin.

»Es hat gestern übrigens alles geklappt«, teilte sie ihm mit. »Der nette Mann von der Forensik hat mir die Sachen abgenommen und versprochen, sich direkt darum zu kümmern.«

»Welcher nette Mann?«, fragte Iain verwirrt, da er gedanklich noch bei Agatha und ihrem Mörder war.

»Thomas Soundso. Ich habe mir seinen Nachnamen nicht gemerkt. Ich war ehrlich gesagt ganz froh, dass ich es überhaupt wohlbehalten nach Inverness und wieder zurück geschafft habe, so konfus wie ich gestern war. Aber er war sehr aufmerksam und hat mir sogar einen Kaffee angeboten.«

Thomas konnte also auch anders, wenn er nur wollte. Es war offensichtlich nur Gwendolyns Charme vonnöten gewesen, dachte Iain freudlos. Aber er würde sich sicher nicht darüber beschweren, solange es dabei half, früher an die Testergebnisse zu kommen. Er bedankte sich überschwänglich bei Gwendolyn, die daraufhin eine wegwerfende Bewegung machte, ohne an den Blumenstrauß zu denken, den sie in der Hand hielt. Dadurch rieselten die weißen Blütenblätter wie Schnee auf den Krankenhausboden.

»Oh, der war für Trudy gedacht«, sagte sie betrübt, zuckte dann aber mit den Schultern. »Dann bekommt Trudy eben den anderen und Agatha den hier. Sie stört es garantiert nicht, wenn er ein bisschen zerfleddert ist.«

Iain verzog das Gesicht und konzentrierte sich krampfhaft auf die am Boden liegenden Blütenblätter, nur damit er Gwendolyn nicht in die Augen sehen musste, während er ihr die schlimmen Neuigkeiten beibrachte. »Agatha ist nicht mehr hier. Sie wurde gestern Abend nach Inverness verlegt.« Er zögerte einen Moment, bevor er weitersprach. »Gwen, sie ist vorhin verstorben.«

Die Blumen in Gwendolyns Händen fielen auf den Boden, und sie selbst wäre auch dort gelandet, hätte Iain sie nicht rechtzeitig aufgefangen und zu einem Stuhl geführt.

»Das kann doch nicht sein«, sagte Gwendolyn erschüttert. »Sie kann doch nicht von heute auf morgen einfach tot sein. Vorgestern im Gälischkurs sprühte sie noch vor Leben und hat uns wie gewohnt mit ihrer konfusen Art verrückt gemacht.«

Tränen liefen über Gwendolyns Wangen, woraufhin Iain ein zerknülltes, aber noch unbenutztes Taschentuch aus seiner Hosentasche fischte und es ihr gab. Sie versuchte ihre Tränen zu trocknen, doch es war hoffnungslos, es stiegen immer wieder neue in ihre Augen.

»Weiß sie es schon?«, fragte Gwendolyn und drehte den Kopf zu Trudys Krankenzimmertür.

Iain nickte. »Isobel ist bei ihr.«

»Ich kann da doch jetzt nicht reingehen, alles, was ich sagen könnte, wäre so ...« Sie fummelte mit den Fingern an dem Rock ihres Kleides herum.

Iain bückte sich, hob ungeschickt die Blumen auf, die Gwendolyn fallen lassen hatte, und fasste sie zu einem großen Strauß zusammen. »Du musst gar nichts sagen, Gwen. Gesellschaft wird den beiden guttun – und dir, denke ich, auch.«

Weinend nickte sie, stand auf und versuchte nervös ihr zerknittertes Kleid wieder glatt zu streichen. »Kommst du mit?«

»Nein, ich muss den Fall neu aufrollen.«

Iain gab ihr einen Kuss auf die Wange, drückte ihr den Blumenstrauß in die Hand und schob sie dann zur Tür, bevor er in die entgegengesetzte Richtung davonging.

»Iain?«, rief Gwendolyn ihm hinterher.

Iain, der schon fast am Ende des Krankenhausflures angekommen war, drehte sich noch einmal zu ihr um.

»Sei bitte vorsichtig.«

»Das bin ich immer«, sagte er ernst und verschwand durch den Stationstür in Richtung Ausgang.

Da ihm mit leerem Magen das Denken schwerfiel und seine Laune für gewöhnlich auch darunter litt, machte Iain einen Zwischenstopp beim *Marianne's.* Nach einem kurzen höflichen Geplänkel mit Shona verließ Iain mit einem Kaffee und einem Bagel das Café und machte sich sofort wieder in Richtung Polizeistation auf.

Obwohl er PC Parker erwartet hatte, traf Iain dort zu seiner Verwunderung auf PS Lamb. Nicht weniger verwunderlich war es, dass der Sergeant heute ohne seinen Schatten George Mcleod an seinem Schreibtisch ausharrte. Nach der Auseinandersetzung gestern hatte sich zu Lambs aufgeplatzter Lippe noch ein blaues Auge gesellt, wodurch er eher wie ein betrunkener Schläger als wie ein Polizist aussah. Als Iain am Morgen aufgewacht war, hatte er sich vorgenommen, sich für den impulsiven Schlag zu entschuldigen, doch nach den niederschmetternden Nachrichten der letzten Stunde überkam ihn das Gefühl, dass Lamb das Veilchen für seinen abwertenden Kommentar mehr als verdient hatte.

»Wie geht es Ihrer Großmutter?«, fragte dieser nun zur Begrüßung.

»Besser. Aber Agatha Browning ist tot.« Mit offenem Mund starrte der Sergeant Iain an. »Es handelte sich wohl doch um etwas anderes als den Schnaps zu viel«, konnte Iain sich eine schnippische Bemerkung nicht verkneifen.

»Es tut mir leid ... Ich ...«, begann der Sergeant, aber Iain unterbrach ihn, bevor er sich in irgendwelchen fadenscheinigen Entschuldigungen verlor. »Wie geht es unserem Insassen?«

Lamb stutzte aufgrund der barschen Unterbrechung, fing sich aber schnell wieder. »Sie meinen Carmichael? Der wurde heute Morgen von zwei Polizisten aus Inverness abgeholt. Ich habe Ihnen den Bericht von Ihrem

Schreibtisch mitgegeben.« Er zögerte kurz, fügte dann aber hinzu: »Ich hoffe, das war okay.«

Iain fluchte leise. Er hatte gehofft, Nicholas auf freien Fuß setzen zu können, bevor er nach Inverness überführt wurde, und dem jungen Mann damit zusätzlichen Ärger und sich selbst den Verwaltungsaufwand zu ersparen.

»Ich konnte keinen anderen Bericht finden und …«, versuchte Lamb sich zu rechtfertigen, aber Iain unterbrach ihn abermals. Diesmal jedoch, um seinen Untergebenen zu beruhigen. »Es ist in Ordnung, Sergeant. Ich bin nur überzeugt davon, dass die jüngsten Ereignisse ein neues Licht auf den Fall werfen werden.«

»Ein neues Licht?« Der Sergeant zog unsicher die Augenbrauen nach oben.

»Sie glauben doch nicht etwa, dass Nicholas Carmichael die Frauen aus seiner Zelle heraus vergiftet hat?«

»Handelt es sich denn tatsächlich um eine Vergiftung?«

»Laut Dr. Bishop deuten die Symptome auf ein inzwischen verbotenes Insektizid hin, aber das wird letztlich der Forensikbericht zeigen«, sagte Iain und fügte nach kurzer Überlegung hinzu: »Da wir keinen Gefangenen mehr haben, brauchen wir hier auch keinen Babysitter mehr. Sie können gern nach Hause gehen. Ich halte die Stellung und warte auf Nachricht aus dem Forensiklabor.«

Iain nahm einen letzten Schluck von seinem Kaffee und warf den Becher in den Papierkorb bei Lambs Schreibtisch, neben dem dieser, ohne sich zu rühren, wie am Boden festgeschraubt zu sein schien.

»Oder wollten Sie noch etwas anderes besprechen?«, fragte Iain stutzig.

Lamb zögerte einen Moment, schüttelte dann aber den

Kopf. »Nein. Mir ist nur wieder eingefallen, dass ich noch etwas erledigen muss. Ich soll Ihnen übrigens von Constable Parker mitteilen, dass er das Kalb in Ihrem Büro gefüttert und Gassi geführt hat. Ich hoffe, Sie erwarten von mir nicht auch noch, dass ich den Hundesitter spiele.« Damit verschwand der Sergeant aus der Polizeistation.

Mit einem unerklärlichen Störgefühl, das gewiss nicht Little John betraf, blickte Iain dem Sergeant hinterher, ging dann aber in sein Büro und wurde freudig von dem großen Hund begrüßt. Er gab Little John den Rest von seinem Bagel und empfand in diesem Moment eine immense Dankbarkeit dafür, dass er wenigstens einen Constable hatte, der sich auch für die Bedürfnisse anderer und nicht nur für sich selbst interessierte. Erfreut stellte Iain zudem fest, dass Lamb es nicht für nötig befunden hatte, den überführenden Polizisten neben dem abschließenden Bericht auch die Ermittlungsakte mitzugeben. Diese lag zusammen mit Iains Notizbuch unangetastet auf seinem Schreibtisch.

Iain nahm die Akte zur Hand und ging jede einzelne Notiz wieder und wieder durch, doch es half nichts. Er konnte sich einfach nicht konzentrieren. Seine Gedanken kreisten kontinuierlich um den Beinahe-Tod seiner Großmutter und wie dicht er daran vorbeigeschlittert war, das letzte bisschen Familie, das er noch hatte, zu verlieren. Der Schlafmangel tat das Übrige. Iain unterdrückte ein Gähnen, bevor er sich müde die Augen rieb. Nachdenklich sah er zum Aufenthaltsraum hinüber und überlegte, ob er es wagen sollte, noch eine Tasse des furchtbaren Kaffees zu trinken, als das Telefon klingelte.

»Ja?«, beantwortete Iain das Klingeln.

»Wallace? Hier ist Thomas von der Forensik. Ich rufe wegen der Proben von gestern an.«

»Das ging aber schnell.«

»Ich hatte es Ihrer Freundin doch versprochen.« Der Forensikassistent räusperte sich. »Die Pralinen waren mit Parathion versetzt, einem Insektizid. Der Kuchen und der Whisky waren unauffällig.«

»Danke vielmals, dass Sie sich so kurzfristig darum gekümmert haben. Ich schulde Ihnen etwas.« Iain wollte schon auflegen, doch Thomas hüstelte vernehmlich.

»Ja?«, fragte Iain.

»Würden Sie ein gutes Wort bei Ihrer Freundin Gwen für mich einlegen?«, fragte der Forensikassistent schnell.

Iain zögerte kurz, stimmte dann aber zu, woraufhin Thomas sich überschwänglich bedankte und das Telefonat beendete. Perplex schaute Iain auf den Hörer. Gwendolyn schien in der kurzen Zeit einen enormen Eindruck bei dem Forensikassistenten hinterlassen zu haben, doch das Gespräch mit ihr musste bis später warten. Iain wollte sofort zum Krankenhaus gehen, um Trudy die Bestätigung ihres Verdachts mitzuteilen, hielt aber inne, als er sein Spiegelbild im Fenster sah. Er hob seinen Arm und schnupperte an sich. Er hatte heute Morgen den Rat der Krankenpflegerin in den Wind geschlagen und war nicht nach Hause gegangen, um seine Kleidung zu wechseln, was sich inzwischen zu rächen begann. Iain beschloss, zunächst noch mit Little John eine Runde Gassi zu gehen und dann einen Umweg über seine Wohnung zu nehmen, um zu duschen und sich umzuziehen, bevor er sich auf den Weg zum Krankenhaus machte.

Kapitel 20

Als Iain am Sonntagmorgen ihr Krankenhauszimmer betrat, saß Trudy bereits mit gepackter Tasche auf der Bettkante.

»Es wird auch Zeit, dass du kommst«, sagte sie ungeduldig.

»Deine Ärztin hat vor nicht einmal fünf Minuten deinen Entlassungsbrief unterschrieben.«

»Das sind fünf Minuten zu viel in diesem Zimmer.« Trudy stand langsam von ihrem Krankenbett auf. Auch wenn sie sich noch nicht vollständig genesen fühlte, ging es ihr bereits deutlich besser als am Tag zuvor. Daher wollte sie möglichst schnell von diesem schrecklichen Ort verschwinden, mit dem sie nach Iains Unfall und Seans Tod keine angenehmen Erinnerungen verband.

Ihr Enkel nahm ungefragt ihre Tasche, und Trudy, die trotz ihres Alters sonst sehr auf ihre Eigenständigkeit bedacht war, ließ ihn in dieser Ausnahmesituation gewähren.

»Ich hatte schon gestern Abend mit dir gerechnet«, sagte sie, als sie durch die Empfangshalle des Krankenhauses schritten.

»Ich wollte vorbeikommen, aber als ich mich nach dem Duschen kurz aufs Bett gelegt habe, bin ich einfach eingeschlafen, und als ich wieder aufgewacht bin, war es mitten in der Nacht.« Iain half Trudy in den Polizeiwagen, den er vor dem Krankenhaus geparkt hatte, und glitt dann selbst auf den Fahrersitz.

»Wo fährst du denn hin?«, fragte Trudy, als sie auf halber Strecke bemerkte, dass Iain nicht den direkten Weg zum Polizeirevier nahm.

»Zu dir nach Hause.«

»Auf gar keinen Fall.«

Iain warf ihr einen fragenden Blick von der Fahrerseite aus zu und sah dann wieder auf die Straße.

»Wir fahren natürlich zum Polizeirevier«, beantwortete Trudy den Blick ihres Enkels.

»Auf gar keinen Fall.«

»Auf jeden Fall.«

»Die Ärztin hat gesagt, du musst dich ausruhen. Und ich finde, du solltest auf sie hören.«

»So ein Quatsch! Es ist doch egal, ob ich nun zu Hause sitze und grüble oder mit dir zusammen auf dem Revier sitze und den Fall bespreche. Arbeit ist das beste Mittel gegen Trauer, hat bereits Sherlock Holmes ganz richtig festgestellt.«

Iain rollte mit den Augen, lenkte den Wagen aber trotzdem in eine Nebenstraße, die zur Polizeistation führte. »Sobald es dir schlechter geht, bringe ich dich unverzüglich nach Hause.«

Auf dem Revier führte Iain Trudy direkt in den Aufenthaltsraum, wo sie auf einer durchgewetzten Couch Platz nahm, die ihr seltsam bekannt vorkam. Es dauerte einen Moment, bis sie darin die Couch erkannte, die Sean und sie ausrangiert und der Polizeistation gespendet hatten, als sie sich eine neue Wohnzimmergarnitur gekauft hatten. Das war mit Sicherheit schon fünfzehn Jahre her, aber keiner der Polizisten hier war seitdem auf die Idee gekommen, das alte Ding zu ersetzen. Erstaunlicherweise war die Couch noch gut in Schuss und, nachdem Trudy sich die Kissen zurechtgerückt hatte, auch einigermaßen bequem.

»Ich kann dir leider nur den schlechtesten Kaffee der Welt anbieten.« Ihre Enkel schaute verlegen auf die Kaffeemaschine.

»Mach uns doch einfach eine schöne Kanne Tee«, schlug Trudy vor.

Iain kramte den Wasserkessel hervor, stellte ihn auf den Herd und stapfte, nachdem er sich davon überzeugt hatte, dass es ihr an nichts fehlte, aus dem Zimmer.

Wenige Minuten später kam er mit einer Decke und der Fallakte wieder. Die Decke gab er Trudy, die sie dankbar über sich ausbreitete, die Zettel aus der Akte verteilte er auf dem kleinen Tischchen, das vor der Couch stand. Hinter ihm war Little John in den Aufenthaltsraum geschlüpft und legte sich nun der Länge nach zwischen Couch und Tisch, während Iain den Tee aufgoss, sich einen Stuhl heranzog und die auf dem Tisch ausgebreiteten Papiere betrachtete.

»Womit wollen wir anfangen? Ich bin gestern alles mehrfach durchgegangen, aber ich war wohl zu abgelenkt, um sinnvolle Schlüsse zu ziehen«, sagte Iain und sah Trudy bedauernd an. »Das Einzige, was hier fehlt, ist der ausgedruckte Bericht über die Beweise aus deinem Haus. Unsere Ahnung hat sich bestätigt, das Gift war in den Pralinen.«

»Dann lass uns doch damit anfangen«, schlug Trudy vor.

Ihr Enkel nickte. »Hattest du nicht gesagt, Agatha hätte die Schachtel geschenkt bekommen?«

»Sie hat doch donnerstagabends diesen Gälischkurs unterrichtet. Ich nehme an, einer von ihren Schülern dort hat sie ihr geschenkt.«

»Weißt du, wer alles in dem Kurs ist?«

Trudy schüttelte den Kopf. »Sie hatte vor dem Mittagessen am Montag ein paar Namen erwähnt, aber ich habe ehrlich gesagt nicht so genau zugehört.« Sie konnte sich nur noch grob daran erinnern, dass Isobel und Agatha sich über irgendwelchen Dorftratsch ausgetauscht hatten, bevor Gwendolyn aufgetaucht war.

»Gwen!«, rief Trudy plötzlich laut aus und erntete damit einen irritierten Blick von Iain, der aufgestanden war und gerade zwei Tassen mit dampfendem Tee auf den Tisch stellte. »Gwen ist auf jeden Fall in dem Kurs.«

Bevor Trudy auch nur nach ihrer Tasche greifen konnte, um ihr Handy zu suchen, hatte Iain bereits Gwendolyns Nummer unter seinen Kontakten gefunden und sich das Handy ans Ohr gehalten. Trotz der angespannten Stimmung kam Trudy nicht umhin, sich ein wenig zu freuen. Gwendolyn war die erste Frau, die Trudy ihrem Enkel vorgestellt hatte, deren Nummer er in seinem Handy abgespeichert hatte. Vielleicht entstand aus dieser trostlosen Angelegenheit am Ende doch noch etwas Gutes, dachte Trudy, während Iain darauf wartete, dass Gwendolyn ans Telefon ging. Aber sie nahm nicht ab.

»Vielleicht schläft sie noch. Es ist immerhin Sonntag, und die letzten Tage waren für uns alle anstrengend.«

»Ich könnte versuchen, Isobel anzurufen«, bot Trudy an. »Sie merkt sich alles bis ins letzte Detail, wenn es um Klatsch und Tratsch geht.«

Aber Iain schüttelte den Kopf. »Vereinzelte Namen werden uns nicht weiterhelfen. Wir brauchen eine komplette Teilnehmerliste, ansonsten entgeht uns der Täter am Ende womöglich noch.«

»Die Liste hängt bestimmt in der Bibliothek aus, wo der Kurs gehalten wird.«

»Heute ist Sonntag, da ist die Bibliothek geschlossen.«

»Verdammt. Und was jetzt?«

Iain warf Trudy zwar einen überraschten Blick zu, da er sie nur selten fluchen hörte, ging aber nicht weiter darauf ein und schlug stattdessen vor, eine Liste mit möglichen Verdächtigen zusammenzutragen, die sie dann nachher mit Gwendolyn, falls sie sie noch erreichen sollten, oder spätestens morgen mit der Teilnehmerliste des Gälischkurses abgleichen konnten.

»Meinetwegen. Lass uns bloß hoffen, dass am Ende nicht zwei Verdächtige unter den Teilnehmern sind«, sagte Trudy. »Nicholas können wir wohl ausschließen.«

»Wahrscheinlich schon.«

»Was soll das heißen: Wahrscheinlich schon?«

»Es besteht die klitzekleine Möglichkeit, dass Isobel euch das Gift verabreicht hat, um den Verdacht von Nicholas abzulenken. Immerhin ist sie als Einzige von euch unversehrt geblieben.« Schockiert sah Trudy ihren Enkel an, der beruhigend die Hände hob und sofort zurückruderte. »Schon gut, schon gut. Man wird wohl noch laut denken dürfen. Also, Nicholas ist raus.«

»Wie wäre es mit Scott Larson?«, schlug Trudy stattdessen vor. »Das Verhältnis zwischen ihm und seinem Vater soll zerrüttet gewesen sein, und er war dabei, als ich dir von Isobels Zeugenaussage erzählen wollte.«

Iain fuhr sich mit der Hand über den Nacken. »Möglich wäre es. Aber der Junge wirkt so, als könnte er sich nicht einmal gegen einen Hamster durchsetzen, geschweige denn seinen Vater mit einem Hammer erschlagen. In unserem Gespräch am Donnerstag hat er mir erzählt, dass er in London Kunst studieren wollte, aber sein Vater strikt dagegen war. Sie haben sich deswegen oft in den Haaren gehabt, aber Scott Larson hat schließlich nachgegeben. Jetzt fühlt sich der Junge wegen der vorangegangenen Streitigkeiten so schuldig, dass er, obwohl sein Vater tot ist und ihm damit endlich alle Wege offenstehen, in Dunlay bleiben und Schafe hüten will, statt zu malen. Ich hoffe wirklich, dass er den Absprung schafft, sobald sich der erste Kummer gelegt hat.«

»Aber das ist doch ein erstklassiges Motiv. Der strenge, alles beherrschende Vater, der schwache, jahrelang unterdrückte Sohn, ein heftiger Streit und schließlich der Griff zum Hammer – die Geschichte schreibt sich praktisch von selbst.«

»Leider ist das hier nicht einer deiner Kriminalromane. Außerdem hätte es sich, so wie du es beschreibst, um eine impulsive Beziehungstat handeln müssen. Dann hätte Scott Larson für den Schlag das Erstbeste gegriffen, was in seiner Nähe war, einen Stein, eine Flasche oder etwas Ähnliches. Er wäre nicht erst auf die Suche nach einem Hammer gegangen, um dann auch noch penibel darauf zu achten, dass er keine Fingerabdrücke hinterlässt.«

»Man weiß nie, was in den Köpfen der Leute vorgeht.«

»Schon gut, er kommt auf die Liste.« Iain gab resigniert nach, zog einen leeren Zettel zu sich heran und schrieb Scott Larsons Namen oben auf das Blatt. Danach klickte er nachdenklich mit dem Kugelschreiber. »Wie wäre es mit Michael Sweeney?«

»Der Bürgermeister geht dir wirklich gegen den Strich, nicht wahr?«

»Magst du ihn denn?«

»Ich muss ihn nicht mögen, solange er seinen Job gut macht.« Iain wollte bereits den Mund aufmachen, als Trudy ihn mit einer Handbewegung zum Schweigen brachte und weiterredete. »Auch wenn Mike bei vielen Angelegenheiten auf seinen eigenen Vorteil bedacht ist, kommt der Nutzen für die Gemeinschaft dabei nie zu kurz, und das ist für mich das Wichtigste. Ohne ihn wäre Agatha nicht mit dem Hubschrauber ausgeflogen worden, sondern hätte mit einem Krankenwagen ewig lang nach Inverness transportiert werden müssen.«

»Aber du gibst selbst zu, dass er das meiste nur aus Eigennutz tut. Allein diese Monstrosität von einem Hotel, die in Dunlay gebaut werden soll! Ich bezweifle, dass das Geld, das der Bürgermeister von der Hotelgruppe erhält, in die Stadtkasse fließt.«

»Was denn für Geld?«

»Habe ich das nicht erzählt? Sweeney bekommt eine sechsstellige Summe, wenn er für die erfolgreiche Vermittlung eines Baugrundstücks sorgt.«

»Nein!«, rief Trudy schockiert aus.

»Doch. Gwen hat den Schriftwechsel zwischen dem Bürgermeister und den Hotelleuten gesehen.«

»Aber es gibt doch hier genug Baugrundstücke. Warum sollte man ihm dafür so eine hohe Summe bezahlen?«

Iain schüttelte den Kopf. »Die einzigen Grundstücke, die für dieses enorme Projekt groß genug sind, werden im Moment noch von flauschigen Schäfchen und dem ein oder anderen Hochlandrind bevölkert. Sollten sich die Naturschützer am Sonntag durchsetzen, müsste sich die Hotelgruppe zwar an gewisse Naturschutzauflagen halten, könnte dann aber im Grunde jedem Schafhirten Dunlays ein unwiderstehliches Angebot machen. Allerdings nur, wenn Marcus Larson, der immun gegen solche Angebote ist und fast als Einziger das Referendum noch kippen kann, aus dem Weg wäre.«

»Glaubst du wirklich, Mike würde dafür so weit gehen, jemanden umzubringen?«

»Um ehrlich zu sein, ich weiß es nicht. Ich kann mir

nicht vorstellen, dass er sich selbst die Hände schmutzig machen würde. Es würde besser zu Sweeney passen, jemanden so zu manipulieren, dass er den Mord für ihn begeht.«

»Müsste George Mcleod dann nicht auch in Gefahr schweben?«

»PS Lamb hatte auch schon so etwas angedeutet, aber ich weiß gar nicht, welchen Standpunkt Mcleod in dieser ganzen Debatte vertritt. Du etwa?«

Trudy zuckte mit den Schultern. »Niemand hat sich je für Georges Meinung interessiert. Jeder wusste, dass Alistair und Larson sich darum reißen würden, Einspruch gegen das Referendum einzulegen. Ich bin mir nicht einmal sicher, ob George selbst jemals einen Gedanken daran verschwendet hat. Aber warum sollte er auch? Seine Familie ist schon seit Generationen in der Schafhaltung tätig.«

»Vielleicht war er es wie Scott Larson leid, Schafhirte zu sein. Es könnte doch sein, dass ihm dieses Gesetz völlig egal ist und er nur noch den Ausgang des Referendums abwartet, um sein Land eventuell noch etwas gewinnbringender zu verkaufen und dann in den Polizeidienst eintreten zu können. Dass Mcleod gern ein vollwertiger Polizist wäre, ist kein Geheimnis.«

Nachdenklich strich Trudy über den Kopf von Little John, den er inzwischen auf ihrem Schoß platziert hatte. »Die Manipulation des Referendums kommt mir als Motiv insgesamt doch sehr fragwürdig vor. Für die Geldsumme, die der Bürgermeister erhalten würde, oder für die mutmaßliche Gewinnsteigerung, die Scott Larson oder auch George Mcleod bei dem Verkauf ihres Landes erzielen könnten, würde doch niemand einen Mord, geschweige denn mehrere Morde begehen. Zumal der Ausgang des

Referendums von so vielen Variablen abhängig ist. Wenn man einmal von der Tatsache absieht, dass man überhaupt nicht vorhersehen kann, wie die Abstimmung am Sonntag ausgehen wird, ist George nicht die einzige verbleibende Hürde. Selbst wenn er keinen Einspruch einlegt, gibt es immer noch zwei andere Personen, die es tun könnten – die Erben von Alistair und Larson.«

»Aber Scott Larsons Einstellung zur Schafhaltung ist vielen Leuten in Dunlay bekannt. Auch wenn er im Moment noch hadert, ist es unwahrscheinlich, dass er Einspruch gegen das Referendum einlegen wird. Also bleibt nur noch der Erbe von McNab, von dem niemand weiß, wer es ist und wie er sich hinsichtlich des Referendums entscheiden wird.«

»Falls ihm denn überhaupt noch Zeit bleibt, eine Entscheidung zu treffen«, ergänzte Trudy.

Iain schlug sich mit der flachen Hand gegen die Stirn. »Und deswegen ist das Testament verschwunden. Die Erben dürfen nur dann abstimmen, wenn sie das Erbe rechtskräftig angetreten haben. Lass das Testament verschwinden, und du lässt den Erben verschwinden. Das erklärt, warum in McNabs Haus eingebrochen und sonst nichts gestohlen wurde. Das einzig Wertvolle in dem Haus war das Testament.«

»Hattest du nicht gesagt, es wären Jugendliche gewesen?«, fragte Trudy, rutschte dabei aber nervös auf der Couch hin und her und mied den Blick ihres Enkels.

»Stimmt etwas nicht?«, fragte Iain, der ihre Unruhe bemerkt hatte, besorgt. »Hast du es bequem? Oder soll ich dich nach Hause bringen?«

»Iain, es gibt etwas, das ich dir nicht erzählt habe«, sagte sie stockend. »Agatha, Isobel und ich waren an dem

Abend, als du den Fall übernommen hast, in Alistairs Haus.«

Iain sprang so hektisch auf, dass der Stuhl hinter ihm zu Boden polterte und Little John zu bellen anfing. »Und das erzählst du mir erst jetzt?!«

»Du hattest mir gerade erst wegen der anderen Dinge verziehen, da wollte ich mein Glück nicht überstrapazieren.«

»Aber ihr könntet Beweise vernichtet haben! Ihr habt doch nicht etwa irgendetwas von dort mitgenommen?«

Iain sah Trudy fassungslos an, aber sie schüttelte energisch den Kopf. »Niemals. Wir hatten uns noch gar nicht richtig umgesehen, da hörten wir erst ein Knacken am Fenster und dann wurde an der Tür gerüttelt. Wir haben alles stehen und liegen lassen und sind wie aufgescheuchte Hühner durch die Hintertür geflohen.«

»Um wie viel Uhr war das?«, fragte Iain. Er fuhr sich erst mit der Hand durch die Haare und strich dann beruhigend über den Rücken des Hundes, der immer noch bellte. Während Iain den Stuhl aufhob und sich wieder setzte, rollte Little John sich in einer Ecke unter dem Fenster zusammen.

»Es wurde gerade dunkel. Vielleicht so gegen zehn?«, antwortete Trudy.

»Und hast du die Person erkannt?«

Sie schüttelte bedauernd den Kopf. »Mein Fluchtimpuls war tatsächlich größer als meine Neugier.«

»Das hilft uns nicht weiter.« Iain wiegte nachdenklich seinen Kopf hin und her. »Wer hat die Tür aufgemacht?«

»Wie bitte?«

»Wer von euch dreien hat an dem Abend McNabs Haustür geöffnet?«

»Agatha. Ich weiß noch, wie aufgeregt sie war, als sie

den Schlüssel unter dem Schaf gefunden hat.« Trudy entfuhr ein Schniefen. Sie würde sich nie wieder über die schrullige Art ihrer Freundin amüsieren können und nie wieder eine ihrer skurrilen Weisheiten hören, die einem zuerst meist wirr vorkamen, bei näherer Betrachtung aber viel Wahrheit enthielten. »Ich hätte sie niemals in den Fall mit hineinziehen dürfen.«

Iain ging zu ihr hinüber und legte beschwichtigend den Arm um ihre Schultern. »Auch wenn ich es gern auf deine übermäßige Dickköpfigkeit schieben würde, dass ihr drei in den Fall verwickelt wurdet, muss ich widerwillig zugeben, dass dich keinerlei Schuld daran trifft.«

Erstaunt sah Trudy zu ihm auf.

»Zu dem Zeitpunkt, als du von McNabs Tod erfahren hast, war Isobel doch schon längst in die Sache involviert, auch wenn du es damals noch nicht wusstest.«

Ihr Enkel hatte recht, erkannte Trudy. Nachdem Nicholas unschuldig verhaftet worden war, wäre Isobel auch ohne Trudys vorherige Mitwirkung zu ihr gekommen und hätte um Hilfe gebeten. Woraufhin Trudy die Informationen ohne Umschweife an Iain weitergegeben und den Krimiclub dadurch wahrscheinlich trotzdem ins Visier des Mörders gebracht hätte.

»Hat es denn irgendeine Relevanz, wer von uns die Tür geöffnet hat?«, fragte Trudy, die sich plötzlich besser fühlte. Die Schuld nagte zwar weiterhin an ihr, aber die Erkenntnis, dass dieses Unglück nicht allein durch ihre unverbesserliche Neugierde verursacht worden war, erleichterte sie ungemein.

»Nur wenn die Person keine Handschuhe getragen hat«, antwortete Iain.

»Warum sollte Agatha denn Handschuhe getragen haben?«

»Ganz genau.«

Trudy sah ihren Enkel verwirrt an.

»Auf dem Türknauf waren keine Fingerabdrücke«, erklärte Iain, und langsam dämmerte es ihr.

»Das heißt, er wurde definitiv erst abgewischt, nachdem wir da waren«, ergänzte sie.

»Genauso wie der Rahmen des Gemäldes, die Aushöhlung in der Wand, und ich vermute auch die Zettel auf dem Couchtisch. Jemand wollte sichergehen, dass er keine Spuren hinterlässt. Das ist der Beweis, dass es keine Kinder oder Jugendlichen waren, die McNabs Hütte nur aus Spaß verwüstet haben. Das Haus wurde durchsucht. Warte mal.« Iain war wieder aufgesprungen und wühlte in den Papieren auf dem Tisch. Triumphierend zog er ein Blatt unter einem Stapel hervor und ließ die darüberliegenden Zettel zu Boden segeln. Seine Augen bewegten sich schnell von der einen Seite des Blattes zur anderen, als er gierig den Text in sich aufnahm.

»Hier steht es«, jubelte er. »Ich hätte mir den Bericht noch einmal durchlesen sollen, nachdem das Labor die Ergebnisse durchgegeben hatte. Am Hammer wurden Nicholas' Fingerabdrücke gefunden.«

»Das wussten wir doch schon.«

»Ja, aber die Abdrücke wurden nur am Metallkopf und dem angrenzenden Holz gefunden. Es gab keine am unteren Ende des Griffes. Genau dort, wo man normalerweise anfasst, wenn man den Hammer schwingt.«

»Willst du damit sagen ...?«

»Genau. Der Mörder hat Nicholas' Hammer genommen, Larson ermordet, den Hammer neben der Leiche platziert und dabei die eigenen Fingerabdrücke am unteren Ende des Hammers abgewischt. Ihm musste klar gewesen sein, dass am anderen Ende noch genug Fingerabdrücke von Nicholas sein würden, um ihn damit zu belasten.«

»Es ist die gleiche Vorgehensweise. Das verbindet den Einbruch bei Alistair mit dem Tod von Marcus Larson.«

Iain neigte bedächtig den Kopf zur Seite, die ganze Aufregung von eben war verraucht. »Das bedeutet im Grunde nur, dass an beiden Tatorten der Täter intelligent genug war, seine Fingerabdrücke nicht zu hinterlassen. Es könnte sich um einen Zufall handeln.« Iain atmete tief durch. »Zumindest können wir Dean Rodd ausschließen. Das Verhalten schreit eher nach jemand Strategischem wie dem Bürgermeister, obwohl der wahrscheinlich von vornherein Handschuhe tragen würde.«

»Deans Talente liegen nun mal woanders.«

»Ein Glück, sonst hätten wir diesen hochgradig tatverdächtigen Landarbeiter nicht von unserer Liste streichen können.« Iain konnte seinen Sarkasmus nicht zügeln, als er mit dem Zettel herumwedelte, auf dem bisher nur Scott Larson als potenzieller Täter stand. Gedankenverloren sammelte er die Papiere wieder auf, die ihm eben heruntergefallen waren, und warf sie zurück auf den Tisch. Dabei fielen die Fotos aus McNabs Haus aus dem Briefumschlag, in die Iain sie gesteckt hatte. Trudy schaute interessiert hinüber, nahm die Fotos in die Hand und betrachtete sie eingehend.

»Das sind nur einige Fotos, die ich in dem Chaos in McNabs Haus gefunden habe«, sagte Iain und ging zu Little John hinüber, der begonnen hatte, mit den Pfoten auf dem Fußboden zu schaben. »Ich dachte, sie würden mir weiterhelfen, aber ich habe nicht herausfinden können, wer die Leute sind. Erkennst du irgendwen?«

»Diese Männer hier sind bereits seit Jahren tot. Das waren Alistairs Angelfreunde.« Trudy deutete auf die Fotos der Frau mit der hellen Haut. »Und das hier müsste Alistairs Schwester sein, sie ist auch schon tot.«

Es blieben nur noch die Fotos von der dunkelhäutigen Frau übrig. Trudy drehte das Foto um und las die knappe Notiz auf der Rückseite.

»Kennst du sie?«, fragte Iain, während er dem Hund die Leine anlegte.

Trudy verneinte, und ihr Enkel ließ enttäuscht den Kopf hängen.

»Irgendwie kommt sie mir aber bekannt vor.« Trudy steckte die Fotos zurück in den Briefumschlag und warf diesen zurück auf den Tisch. »Vielleicht habe ich sie in dem Jahr hier gesehen, aber das ist schon fast dreißig Jahre her. In meinem Alter kann man sich einfach nicht mehr alle Gesichter und Namen merken.«

Iain ging grinsend mit Little John zu ihr hinüber und gab ihr einen Kuss aufs Haar. »Als wenn du je irgendwen oder irgendetwas vergessen würdest«, sagte Iain. Dann deutete er auf den Hund. »Ich führe unseren Freund hier kurz Gassi. Ruh dich doch eine Runde aus, dann machen wir gleich weiter.«

Trudy nutzte die Gelegenheit, um auf die Toilette zu gehen. Als sie wieder in den Aufenthaltsraum kam, schaute sie als Erstes in den Kühlschrank, da der Hunger sich langsam meldete. Zu ihrer Freude waren die Frischhaltedosen, die sie vor wenigen Tagen für Iain mitgebracht hatte, noch nicht ganz leer. Trudy holte zuerst die Pasteten heraus und legte sie zum Aufwärmen in den Backofen. Dann setzte sie den Wasserkessel erneut auf dem Herd auf, bevor sie das letzte bisschen Tee, das sich noch in der Kanne befand, wegschüttete, und neue Teebeutel hineingab. Sie zögerte einen Moment, doch schließlich holte sie auch den Käsekuchen aus dem Kühlschrank und stellte ihn auf den Tisch vor der Couch. Vielleicht mochte Iain ein Stück essen, aber ihr selbst war die Lust auf alles Süße bis auf Weiteres vergangen. Als Trudy gerade dabei war, in den chaotischen Schränken nach Tellern und Besteck zu suchen, kam Iain wieder zur Tür herein.

»Du wirst nicht glauben, wer mich gerade angerufen hat«, rief er aufgeregt.

»Gwen?«, fragte Trudy abgelenkt, weil sie mittlerweile dazu übergegangen war, die heißen Pasteten aus dem Ofen zu holen. Ihr Enkel kam zu ihr herübergelaufen, nahm ihr das Blech aus den Händen und verteilte das Essen auf den Tellern, die Trudy bereitgestellt hatte.

»Nein«, sagte er, während sie gemeinsam die Teller und den Tee zum Tisch hinübertrugen. »Es war der Anwalt.«

»Etwa Alistairs Anwalt?«

Iain nickte und legte Little John, der es sich wieder vor dem Fenster gemütlich gemacht hatte, eine Pastete vor die Nase. »Er ist gestern Nacht aus dem Urlaub zurückgekommen, hat vorhin seine Nachrichten abgehört und mich umgehend zurückgerufen. Du errätst nie, wer McNabs Besitz erbt!«

Trudy sah ihn erwartungsvoll an, während er sich endlich setzte und zu einer Gabel griff.

»Du erbst Little John, und Dean Rodd darf sein Lieblingsschaf Rosalie behalten. Ansonsten geht alles an Gwen. Das Land, die Schafe, sein Geld. Besitz und Liegenschaften in einem Gesamtwert von mehreren Millionen Pfund.«

Trudy blieb der Mund offen stehen. »Ich dachte, Alistair hätte nur ein paar Tausend Pfund auf der Bank liegen.«

»Laut seinem Anwalt hat er gut laufende, langjährige Verträge mit Großhändlern für Wolle und Lammfleisch, außerdem besitzt er noch einige Mietshäuser in den Lowlands, und nicht zuletzt sind da noch die vielen Hektar Weideland in Dunlay, die sogar noch mehr wert sein dürften, wenn das Referendum am Sonntag durchkommt. Das Geld liegt gut verteilt auf mehreren Bankkonten, da McNab der lokalen Bank die Verwaltung eines so großen Vermögens nicht zugetraut hat.«

»Aber warum sollte Alistair ausgerechnet Gwen alles vermachen?«

»McNab hat das Testament im letzten Monat ändern lassen.« Iain machte eine Pause, um endlich etwas von seiner Pastete zu essen, und bedeutete Trudy, das Gleiche zu tun, da sie ihr Essen in der Aufregung noch nicht angerührt hatte.

Erst nachdem sie ungeduldig einen Bissen genommen hatte, fuhr er fort: »Er hat ohne ihr Wissen einen DNA-Test veranlasst, mit einem Haar von ihrer Jacke. Sie ist seine Tochter.«

Trudy vergaß über dieser Neuigkeit ihr Essen wieder, kramte die Fotos erneut aus dem Briefumschlag hervor und hielt Iain das Bild der unbekannten Frau unter die Nase.

»Ich gehe mit dir jede Wette ein, dass das Gwens Mutter ist. Deswegen kam sie mir so bekannt vor.«

Iain nickte und aß den letzten Rest seiner Pastete auf, bevor er sich noch ein Stück Käsekuchen auf den Teller legte. »Der Anwalt konnte mir allerdings nicht sagen, ob Gwen davon gewusst hat.«

»Nein, bestimmt nicht. Gwen ist wie ein offenes Buch. So etwas hätte sie nicht verheimlichen können.« Trudy kramte in ihrer Tasche, bis sie ihr Handy fand. »Ich rufe sie jetzt noch mal an.«

Ein lautes Tuten schallte ihr aus dem Handy entgegen, aber auch nach dem zehnten Klingeln ging niemand dran.

»Komisch, es ist doch schon nach zwölf«, sagte Trudy. »Müsste sie nicht mittlerweile wach sein?«

»Vielleicht ist sie unterwegs«, schlug Iain vor.

»Oder untergetaucht?«

»Wieso? Glaubst du etwa, dass sie für Larsons Tod und euren Giftanschlag verantwortlich ist?«

Trudy und Iain schauten sich einen Augenblick ernst an und mussten dann beide lachen.

»Nein, natürlich nicht«, sagte Trudy. Sie hatte Gwendolyn bei ihren vielen Besuchen in der Bibliothek inzwischen recht gut kennengelernt, und die Vorstellung, dass diese gutherzige junge Frau einen Mord begehen könnte, war einfach absurd. »Sie hat mir erzählt, dass Alistair ihr den Umgang mit seinen Schafen nahebringen wollte und dass sie sich noch nie so dumm bei irgendetwas angestellt hat. Es würde mich nicht wundern, wenn sie das Land und die Schafe verkauft, egal, ob das Referendum nun erfolgreich ist oder nicht.«

»Wer verkauft Schafe?« PC Parker steckte seinen Kopf durch die Tür und schaute erst überrascht zu Trudy, die gemütlich auf der Couch ihre Pastete aß, und dann zu seinem Vorgesetzten.

»Ben, was machen Sie denn hier? Ist heute nicht Ihr freier Tag?«, fragte Iain nicht weniger erstaunt.

PC Parker trat mit geröteten Wangen in den Raum. Statt der gewohnten Uniform trug er Jeans und einen einfachen Pulli und wirkte dadurch auf Trudy seltsamerweise viel vertrauenswürdiger als in seiner Berufskleidung. »Ich wollte Sie nicht stören. Ich bin nur hergekommen, um noch ein paar Berichte über die Befragungen der Naturschützer zu schreiben, da ich gestern Abend nicht fertig geworden bin. Der verführerische Duft hat mich hierher statt zu meinem Schreibtisch gelockt.« Die warmen

Pasteten, die für den angenehmen Geruch in der Polizeistation verantwortlich waren, hatten Little John, Iain und Trudy unterdessen aufgegessen, aber der Blick des Constables blieb sehnsüchtig an dem Käsekuchen hängen, der immer noch auf dem Tisch stand.

»Nehmen Sie sich ruhig ein Stück«, ermutigte ihn Trudy.

»Das ... das geht doch wirklich nicht.«

»Natürlich geht das.« Trudy setzte sich etwas auf und schob dem mittlerweile hochroten Constable ein Stück Kuchen auf einen Teller. »Auf dem Stövchen beim Herd steht Tee, falls Sie welchen möchten.«

Obwohl es ihm sichtlich unangenehm war, zog PC Parker sich einen Stuhl heran und setzte sich, nachdem er sich eine Tasse Tee eingegossen hatte, zu ihnen an den kleinen Tisch neben der Couch.

»Niemand backt so gut wie Sie, Mrs Wallace«, sagte der Constable zufrieden und steckte sich einen großen Bissen in den Mund.

»Trudy, bitte«, erwiderte sie mit einem Lächeln, während Iain sich dafür bedankte, dass Parker sich in seiner Abwesenheit um Little John gekümmert hatte.

»Kein Problem, Sir. Nachdem ich mich ein paar Tage um unseren widerwilligen Gefangenen kümmern musste, war der Hund ein Kinderspiel. Allerdings mochte er mein Beef-Sandwich lieber als sein Hundefutter.«

»Und Sie waren gestern wirklich noch hier und haben die Berichte angefertigt?«, frage Iain nach, der so viel Engagement nicht gewohnt war.

»Aye. Ich dachte, in meinen Notizen würde sich noch etwas finden, das ich vorher übersehen hatte und das bei der Ermittlung helfen könnte.« Parker holte ein Notizbuch, das dem von Iain zum Verwechseln ähnlich sah, hervor. »Aber George hatte noch kurz vorbeigeschaut, und danach konnte ich mich nicht mehr ausreichend konzentrieren und bin nach Hause gegangen.«

»Mcleod war gestern Abend auch noch hier?«

Der Constable nickte bestätigend und kaute zu Ende, bevor er wieder sprach. »Ich dachte erst, er wollte zu Sergeant Lamb, aber er war auf der Suche nach Gwen. George hatte wohl von Agathas Tod gehört und wollte mit Gwen zusammen eine Trauerfeier organisieren.«

»George Mcleod wollte eine Trauerfeier organisieren?«, fragte Trudy und zog die Augenbrauen ungläubig in die Höhe. George Mcleod mochte viele gute Eigenschaften haben, aber er war nicht gerade dafür bekannt, Interesse an solchen Feierlichkeiten zu haben, geschweige denn, sich auch noch aktiv an deren Planung zu beteiligen.

PC Parker nickte wieder und legte sich ein weiteres Stück Kuchen auf seinen Teller. »Aye, er war doch seit Jahren in diesem Gälischkurs und hat Agatha ziemlich gut gekannt.«

»Was?«, schrien Iain und Trudy gleichzeitig. Beide waren aufgesprungen und sahen Ben Parker schockiert an, woraufhin dieser vor Schreck das Kuchenstück von seinem Teller fallen ließ. Trudy plumpste allerdings sofort wieder auf die Couch zurück, da das ruckartige Aufstehen zu viel für ihren noch geschwächten Körper gewesen war.

»George Mcleod ist im Gälischkurs, er wusste von den Streitigkeiten zwischen Larson und Nicholas, und sein Land liegt genau neben dem von McNab, sodass es durchaus möglich wäre, dass er schon wach und auf dem Weideland unterwegs war, als Isobel und Nicholas den Hund weggeschafft haben.« Iain begann die Fakten an seinen Fingern abzuzählen. »Er könnte auch von dem Testament gewusst haben, wenn er bei einer von den seltenen Sauftouren, die McNab unternommen hat, dabei gewesen und der alte Mann durch die Wirkung des Alkohols vielleicht ein bisschen zu redselig geworden ist. Und wenn Mcleod tatsächlich für die Abschaffung des Gesetzes war, hätte er auch einen guten Grund, Larson umzubringen.« Iain beendete seine Beweiskette und sah zu Trudy hinüber, die nur erschöpft nickte.

»Die Frage ist nur, warum er so versessen darauf gewesen sein soll, das alte Gesetz abzuschaffen.«

»Das kann ich vielleicht beantworten.« Eine weitere Person hatte sich unbemerkt zu ihnen gesellt. Sergeant Lamb stand im Türrahmen des Aufenthaltsraumes, im Gegensatz zu PC Parker aber in voller Uniform. »Ich muss Ihnen etwas sagen.« Peinlich berührt schaute der Sergeant zur Seite und verstummte.

»Rücken Sie schon raus damit«, sagte Iain ungeduldig, als Lamb keine Anstalten machte, weiterzureden. »Es kommt sowieso heraus, ob Sie es wollen oder nicht.«

»Ich behaupte nicht, dass George irgendwen getötet hat«, sagte Lamb nach einem kurzen Zögern und sah sehr unglücklich darüber aus, seinem Freund in den Rücken zu fallen. »Aber ich kann mir gut vorstellen, warum er unbedingt möchte, dass sich die Naturschützer mit dem Referendum durchsetzen.«

Lamb machte erneut eine Pause, während die anderen drei ihn erwartungsvoll anschauten.

»Er brauchte Geld«, platzte er schließlich heraus. »Er hatte Schulden, extrem hohe Schulden.«

»Aber er hätte doch einfach sein Land zusammen mit den Schafen verkaufen können«, wandte Iain ein.

»Viehhaltung allein lohnt sich heutzutage so gut wie gar nicht mehr, außer Larson wollte keiner sein Land haben. Und der hat ihm eine lachhaft niedrige Summe geboten. Einen Bruchteil dessen, was er von den Hotelleuten bekommen würde, wenn das Referendum durchkommt. Wenn er sein Land nicht für einen angemessenen Preis verkaufen kann, verliert er nicht nur seinen Grund und Boden, sondern auch alles andere, was er besitzt.«

»Wie lange wissen Sie schon davon?«, fragte Iain.

»Sie waren mit dem Fall und Ihrer Großmutter beschäftigt. Ich wollte Sie damit nicht auch noch belasten«, sagte der Sergeant ausweichend.

»Wie lange?« Iain wurde zwar nicht laut, aber sein eisiger Tonfall ließ Lamb erzittern.

»Ich wusste schon länger, dass er Schulden hat. George ist der wohl schlechteste Pokerspieler der Welt, war aber nicht davon abzubringen, mit immer höheren Einsätzen zu spielen. Als ich irgendwann nicht mehr mitmachen wollte, hat er sich einfach andere Mitspieler gesucht, die ihn aber genauso ausgenommen haben. Wie katastrophal es wirklich um seine Finanzen bestellt ist, habe ich erst herausgefunden, nachdem Sie mich beauftragt hatten, die Hintergründe und die Alibis der Schafhirten zu überprüfen.« Der Sergeant schwieg für einen Moment, fügte dann jedoch leise hinzu: »Die entscheidende Information der Bank erhielt ich am Freitagabend.«

»Und damit kommen Sie erst jetzt?«, fauchte Iain. »Seit fast zwei Tagen sitzen Sie auf dem einzig soliden Mordmotiv! Was wäre, wenn er noch mal versucht hätte, meiner Großmutter etwas anzutun? Was ist mit Gwen? Beten Sie, dass ich falschliege und dass Mcleod nicht auch noch etwas mit ihrem Verschwinden zu tun hat!«

»Ich ... Er ist doch mein bester Freund.«

Aber Iain hörte Lamb nicht mehr zu. Vor Wut kochend stürmte er aus dem Aufenthaltsraum, nur um Sekunden später mit seiner Jacke und den Schlüsseln für den Polizeiwagen wiederzukommen.

»Wo könnte er sich versteckt haben?«, knurrte Iain.

»Ich habe gestern den ganzen Tag damit zugebracht, ihn zu suchen. Der einzige Ort, wo ich noch nicht nachgesehen habe, ist der alte Schlachthof seiner Familie. Aber da würde er niemals hingehen, weil er dort als Kind immer zusehen musste, wie sein Vater mit bloßen Händen Lämmer getötet hat.«

»Der perfekte Ort also. Keiner würde vermuten, dass er dort untertaucht.« Iain wandte sich an Parker. »Ben, Sie informieren die Polizei in Inverness und fordern Verstärkung an. Wir wissen nicht, wie seine derzeitige Verfassung ist, und er hat schon zwei Menschen getötet. Wir wollen nicht, dass es noch mehr werden. Fordern Sie auch gleich einen Krankenwagen an! Ich kann nur hoffen, dass es für Gwen noch nicht zu spät ist.«

Iain warf Lamb erst einen wütenden Blick und dann die Autoschlüssel zu. »Sie kommen mit mir. Und keine Alleingänge mehr, verstanden? Sie haben sich schon genug Fehltritte geleistet.«

Der Sergeant verschwand durch die Tür, aber bevor Iain ihm folgte, klatschte er zweimal kurz mit der Hand gegen seinen Oberschenkel. Little John, der bis jetzt von seinem Platz am Fenster aus alles aufgeregt und mit heraushängender Zunge beobachtet hatte, sprang auf alle viere und war sofort an Iains Seite.

»Und was ist mit mir?«, fragte Trudy empört, weil sie sich übergangen fühlte. Sie war mehr als bereit, für ihre junge Freundin in die Bresche zu springen.

Iain ging rasch zu ihr hinüber und drückte ihr einen weiteren Kuss aufs Haar. »Du bleibst brav hier, mischst dich nicht mehr ein und ruhst dich aus.« Dann war auch er, gefolgt von Little John, durch die Tür verschwunden.

Kapitel 21

Die Fahrt verlief schweigend. Iain saß vor Wut kochend auf dem Beifahrersitz und hielt nach dem Schlachthof Ausschau, von dem PS Lamb gesprochen hatte. Iain kannte das Gebäude nicht und hatte, um sich weitere Umwege und Verzögerungen zu ersparen, seinen Kollegen fahren lassen. Dieser rutschte zwar während der gesamten Fahrt auf dem Fahrersitz hin und her und warf seinem Vorgesetzten dabei immer wieder nervöse Seitenblicke zu, fuhr aber trotzdem souverän die Serpentinen entlang, die sich durch die Hügellandschaft schlängelten. Je mehr Zeit verstrich, desto mehr verwandelte sich Iains Wut in Unruhe. Er war sich sicher, dass George Gwen entführt hatte. Warum sollte sie sonst nicht auf seine oder Trudys Anrufe reagieren? Jetzt konnte er nur hoffen, dass ihr noch nichts passiert war.

Iain fragte sich schon, ob Lamb absichtlich woanders langfuhr, um das Aufeinandertreffen mit seinem Freund hinauszuzögern, als ein großer, maroder Hof in Sicht kam. Langsam und ohne Blaulicht fuhren sie auf das Grundstück, um Mcleod nicht verfrüht durch irgendwelche Geräusche auf sich aufmerksam zu machen. Aber der Kies knirschte laut unter den Autorädern, und Iain betete, dass Mcleod es nicht gehört hatte.

Lamb und Iain sprangen aus dem Auto, und während der Sergeant langsam vorging, öffnete Iain die hintere

Tür, sodass Little John von der Rückbank springen konnte. Iain sah sich um und erschauderte bei dem Anblick, der sich ihm bot. Der Schlachthof lag totenstill da. Viele der Fenster waren mit Brettern vernagelt, von denen einige schon wieder abgefallen waren. Die Farbe blätterte von den Wänden, und aus kleinen Rissen im Mauerwerk spross Unkraut. Die Atmosphäre war gespenstisch.

Iain folgte Lamb zu der am nächsten gelegenen Tür, die sich zu ihrem Erstaunen leicht öffnen ließ. Iain machte ein Zeichen, dass der Sergeant vorgehen sollte, woraufhin dieser die Tür ein Stück weiter öffnete und hineinschlich. Iain folgte ihm mit Little John im Schlepptau.

Im ersten Augenblick musste er blinzeln, weil es im Inneren des Hauses unerwartet dunkel war. Doch seine Augen gewöhnten sich schnell an das Dämmerlicht, das durch die halbherzig vernagelten Fenster hineinschien. Sie standen in einer Art Vorraum, von dem zwei Türen abgingen. Lamb trat entschlossen auf die rechte Tür zu, drehte sich aber um, als er merkte, dass sein Vorgesetzter zögerte. »Ich war als Kind auch häufiger hier, dort geht es zum Schlachtraum.«

Iain nickte und folgte dem Sergeant durch die Tür. Sobald sie den Vorraum verlassen hatten, schlug ihnen ein widerlicher Gestank entgegen. Ein Gemisch aus abgestandenem Rauch, altem Blut und verwesendem toten Fleisch. Little John begann zu winseln.

»Schhhh, Johnny. Du musst ruhig bleiben«, flüsterte Iain. Der Hund gab keinen Mucks mehr von sich, scharrte aber weiter nervös mit den Pfoten auf dem Boden. Iain hielt sich seinen Jackenaufschlag über Nase und Mund. Er konnte den Hund gut verstehen, der Gestank war ekelerregend.

Vor ihnen erstreckte sich ein riesiger Raum, und soweit

Iain erkennen konnte, hatte er alles zu bieten, was einen Albtraum erst so richtig furchterregend machte. In der Mitte des Raumes dehnte sich nahezu über den gesamten Boden ein flaches gefliestes Becken aus, das man für ein Kinderplanschbecken hätte halten können, wären da nicht die gewaltigen Haken gewesen, die an einem Fließband aufgereiht von der Decke darüber hingen. Bei dem Gestank, der trotz des vorgehaltenen Stoffs in Iains Nase stieg, hätte es ihn nicht überrascht, wenn sich noch ein totes Schaf an einem der Haken befunden hätte. Kein Wunder, dass Mcleod diesen Ort mied.

Iain bedeutete Lamb, nach links zu gehen, während er selbst an der rechten Seite des Beckens entlangging. Aufgrund der dürftigen Beleuchtung und der schieren Größe des Raumes lag der hintere Teil noch im Dunkeln, doch Iain hoffte, dass sie Mcleod dort finden würden. Er ging an unzähligen Werkzeugen vorbei, die sich fein säuberlich an der Wand neben ihm aufreihten, von denen er aber größtenteils nicht einmal den Namen wusste. Er hatte sich nie Gedanken darüber gemacht, welche Hilfsmittel zum Schlachten eines Schafes nötig waren.

Je weiter Iain in den Raum vordrang, desto deutlicher erkannte er die Schatten im hinteren Teil des Schlachthofes. Er meinte gerade, zwei Personen im Halbdunkel ausgemacht zu haben, als an der hinteren Wand ein Feuer aufflackerte.

»Keinen Schritt weiter«, ertönte eine zittrige Stimme.

Iain wandte sich der Stimme zu und konnte im schummrigen Licht des Feuers endlich erkennen, welches Drama sich vor ihm abspielte. Gwendolyns gefesselte Hände waren mit einem Seil an einem der Haken an der Decke befestigt worden, sodass ihr Körper an ihren nach oben gestreckten Armen in der Luft hing und ihre ebenfalls gefesselten Füße kaum den Boden berührten. Ihre Kleidung war dreckig, und an dem Rock ihres Kleides zog sich ein langer Riss von der Hüfte bis zum Saum. Angsterfüllt sah sie Iain aus tränenverschmierten Augen an. Neben ihr streifte George Mcleod wie ein wildes Tier umher. Sein Blick wirkte gehetzt, und in seiner Hand hielt er ein langes, scharf aussehendes Messer. Hinter den beiden konnte Iain drei große Verbrennungsöfen erkennen, wobei die Tür des mittleren nun offen stand und den Blick auf ein loderndes Feuer freigab, das mittlerweile eine extreme Hitze in den Raum abgab. Reflexartig bewegte sich Iain auf Gwendolyn und Mcleod zu.

»Keinen Schritt weiter, habe ich gesagt.«

»George, sei doch vernünftig.« Lamb war auf der anderen Seite ebenfalls einen Schritt an ihn herangetreten. »Wir können doch darüber reden.«

Mcleod holte jedoch drohend mit dem Messer aus, sodass Iain und Lamb stehen blieben. Dann richtete er das Messer auf Gwendolyn. »Wenn ihr noch einen Schritt näher kommt, bringe ich sie um, das schwöre ich.«

Ihr entfuhr ein Schluchzen, und weitere Tränen liefen ihr über das Gesicht.

Mcleod schritt auf sie zu und strich ihr mit der freien Hand über die Wange. »Meine kleine süße Wendy. Ich will dir doch nicht wehtun, dir am allerwenigsten. Aber wenn sie mir keine Wahl lassen.« Er drehte sich messerschwingend zu den beiden Polizisten um, sodass sie einen Schritt zurückwichen. Little John stieß ein lang gezogenes Heulen aus.

»George, bitte. Leg doch das Messer weg!«, versuchte Lamb es erneut.

Aber Mcleod fuchtelte nur noch aufgeregter damit herum. »Wisst ihr, wie das ist, wenn niemand einen für voll nimmt?« Als er keine Antwort bekam, redete er weiter. »Natürlich nicht. Mr Ich-bekomme-das-schon-hin und der Herr Inspector aus der großen Stadt. Ich bin auf Knien zu Larson gekrochen und habe ihn angefleht, auf seine Ansprüche zu verzichten, habe ihm erklärt, dass ich das Geld, das die Leute vom Hotel mir geboten haben, unbedingt brauche, dass mein Leben davon abhängt. Und wisst ihr, was er gemacht hat?«

Iain blieb stumm, und Lamb schüttelte den Kopf.

»Ausgelacht hat er mich. Mich einen Schwächling und Versager genannt, dem es gar nicht zustehen würde, im gleichen Vereinsvorstand wie er zu sitzen.« Wahnsinn sprach aus seinem Blick, als er triumphierend den Kopf hob. »Jetzt lacht er nicht mehr.«

Iain ging einen Schritt nach vorn, dicht gefolgt von Little John.

»Nicht weiter.« Mcleod schwang erneut das Messer in seine Richtung, sah dann aber betrübt drein. »Das mit Agatha tut mir unbeschreiblich leid, das müsst ihr mir glauben. Ich hatte gehofft, es würde Trudy treffen. Dieser vorlaute alte Drachen! Sie hätte so lange weitergebohrt, bis sie mich schließlich überführt hätte. Ich habe doch ihren Blick gesehen, als sie in die Polizeistation gestürmt ist, sie hatte mich schon die ganze Zeit über im Verdacht!«

»Das ist nicht wahr, Mcleod, und das wissen Sie auch«, ergriff Iain schließlich das Wort. »Lassen Sie Gwen gehen, sie hat damit doch gar nichts zu tun.«

»Ich lasse sie gehen, sobald die Frist für den Einspruch abgelaufen ist. Ich würde meiner kleinen Wendy niemals etwas zuleide tun.« Als er ihr ein weiteres Mal über die Wange strich, versuchte sie ihm auszuweichen, brachte es aber nur fertig, den Kopf von ihm wegzudrehen. »Warum musste der Alte ihr auch alles vermachen?«

»Woher wussten Sie von dem Testament?« Da Mcleod abgelenkt war, wagte Iain sich einen Schritt näher an die beiden heran. Wenn er nah genug herankäme, könnte er Mcleod mit Sicherheit überwältigen.

»Stopp, nicht weiter!«, schrie Mcleod und setzte Gwendolyn das Messer an die Kehle. »Der Alte ist immer ganz rührselig geworden, wenn er getrunken hatte, hat von verpassten Chancen geredet und davon, dass er sein Testament zugunsten seiner Tochter geändert hat. Dieser dumme alte Narr. Es ist alles seine Schuld. Wäre er nicht gestorben, wäre ich doch nie auf die Idee gekommen ... Aber wo das eine Hindernis schon aus dem Weg ist, warum nicht das zweite auch gleich beseitigen?« Mcleod grinste entrückt. »Wenn ich mein Land erst verkauft habe, bin ich reich – selbst nach Abzug der ganzen Schulden. Dann können Wendy und ich von hier verschwinden und woanders ganz neu anfangen.«

»Ach Georgie ...«, ächzte Lamb, der vollkommen erschüttert von dem Verhalten und Gerede seines Freundes war.

»Nenn mich nie wieder Georgie!«, schrie Mcleod hysterisch, riss das Messer herum und lief auf den überraschten Sergeant zu, der abwehrend die Arme hochriss.

Da heulten in der Ferne Sirenen auf. In dem kurzen Moment der Ablenkung sprang Little John, der sich unbemerkt herangeschlichen hatte, auf Mcleod zu und begrub diesen unter sich. Das Messer, das er gerade noch in der Hand gehalten hatte, flog scheppernd davon.

Kapitel 22

Trudys Esszimmer erstrahlte nahezu im alten Glanz. Der Tisch und die Stühle standen wieder am richtigen Platz, und das übrige Chaos war innerhalb kürzester Zeit beseitigt worden. Nur der hässliche Fleck im Teppich erinnerte noch an die Geschehnisse der vergangenen Tage. Da ihm mit nichts beizukommen war, hatte Trudy beschlossen, den Teppich herauszureißen und durch einen neuen zu ersetzen. Aber so lange dies noch nicht geschehen war, konnte sie sich nicht dazu überwinden, in diesem Zimmer zu essen. Jedes Mal, wenn sie den Fleck sah, musste sie daran denken, wie ihre Freundin genau an dieser Stelle zuckend auf dem Boden gelegen hatte. Darum hatte das Mittagessen heute am Küchentisch stattgefunden.

Trudy war bereits dabei, das übrig gebliebene Essen und das Geschirr abzuräumen, während Gwendolyn und Iain noch am Tisch saßen und sich unterhielten. Die zwei hatten Trudy zwar ihre Hilfe angeboten, aber sie hatte darauf bestanden, dass wenigstens die beiden noch das Dessert aßen, das sie vorbereitet hatte.

»Schade, dass Isobel schon gehen musste«, sagte Gwendolyn, während sie ihren Löffel in die Quarkspeise tauchte.

»Ich kann verstehen, dass sie Nicholas persönlich aus dem Gefängnis abholen möchte«, antwortete Trudy.

»Unfassbar, dass es so lange gedauert hat, bis sich jemand gefunden hat, der seine Entlassungspapiere unterzeichnet.«

»Die Polizei liebt ihre Bürokratie eben über alles. Frag bloß nicht, wie lang der Bericht ist, den ich am Sonntag noch verfasst habe.« Iain grinste Gwendolyn schief an. »Damit könnte man bestimmt jemanden erschlagen.«

Sie musste lachen, wurde dann aber wieder ernst und sah auf die Striemen, die sich immer noch um ihre Handgelenke zogen. »Ich kann einfach nicht glauben, dass es George war. Er war doch so nett und zuvorkommend.«

»Gier und Verzweiflung sind die Triebfeder für viele Morde, und alle Verfehlungen werfen lange Schatten.« Iain konnte es sich nicht verkneifen, mit den Augen zu rollen, da Trudy schon wieder ihre Lieblingsautorin bemühte, aber sie ignorierte ihn geflissentlich. »Ein halbe Million Pfund Spielschulden sind keine Kleinigkeit, und George war nicht für seine Robustheit bekannt. Kein Wunder, dass er am Ende durchgedreht ist und diesen wahnwitzigen Plan ausgeheckt hat. Gut, dass ihr John dabeihattet. Wer weiß, was George sonst noch mit dem Schlachtermesser angestellt hätte.«

Sie sah dankbar zu dem Hund hinüber, der unter dem argwöhnischen Blick von Sherlock auf seinem neuen Kissen vor der Hintertür schlief. Trudy hatte beschlossen, zukünftig auf den irreführenden Beinamen zu verzichten, und hoffte, dass Sherlock und John ein genauso gutes Team bilden würden wie ihre Namenspaten in den Romanen von Arthur Conan Doyle. Dabei fiel ihr ein, dass Agatha während ihrer Krimirunden immer wieder von Holmes und Watson als Paar gesprochen hatte. Sie war der festen Überzeugung gewesen, dass es zur damaligen Zeit genauso viele Homosexuelle unter Detektiven und Polizisten gegeben hatte wie heutzutage und dass Doyle es nur nicht offenkundiger dargestellt hatte, weil es damals noch verboten gewesen war. Ach, Agatha. Manch engstirniger junger Mensch konnte sich wirklich an ihrer offenen und ehrlichen Art, die Welt zu betrachten, ein Beispiel nehmen. Wie sehr Trudy sie doch vermissen würde. Umso wichtiger, dass ihr Mörder nun endlich hinter Gittern saß.

»Hat er noch irgendetwas gesagt, nachdem ihr ihn unter dem Hund hervorgezogen hattet?«, wandte Trudy sich an ihren Enkel.

Iain schüttelte den Kopf. »Nichts Sinnvolles zumindest. Er hat nur noch gegackert und vor sich hin gemurmelt. So Sachen wie ›Er hatte es mir versprochen‹ und ›Nur noch heute, dann bin ich meine Sorgen los‹. Ich hoffe, die Aussagen von Gwen, Lamb und mir reichen aus, um ihn zu verurteilen. Ein ordentliches Geständnis wird man aus ihm wohl nicht mehr herausbekommen.«

Gwendolyn nickte bestätigend. »Letztlich hat George seinen Willen sogar bekommen, bloß dass ihm das jetzt nichts mehr nutzt.«

»Du hast dich also entschieden, keinen Einspruch gegen die Abstimmung vom Sonntag einzulegen?«, fragte Iain.

»Selbst wenn ich wollte«, Gwendolyn sah auf ihre Uhr, »hätte ich nicht einmal mehr sechs Stunden Zeit, um mein Veto einzulegen, und ich bin immer noch nicht rechtlich als Alistairs Erbin anerkannt.«

»Ich habe gestern kurz mit Scott Larson gesprochen«, sagte Trudy, die sich wieder zu Iain und Gwendolyn gesetzt hatte, nachdem sie schließlich auch die Dessertteller der beiden in der Spülmaschine verstaut hatte und somit in der Küche nichts mehr zu tun war. »Ich wollte mich eigentlich nur für das Hereinplatzen in euer Gespräch letzte Woche entschuldigen, da hat er mir erzählt, dass er das gesamte Land seines Vaters an The Stag verkaufen und schon im nächsten Monat nach London ziehen wird, um Kunst zu studieren. Er hat mir dann noch einige seiner Kunstwerke gezeigt. Der Junge hat wirklich Talent.«

»Und was machst du mit McNabs Vermögen, wenn es erst einmal deins ist, Gwen? Doch nicht etwa weiter in der Bibliothek und für den grässlichen Bürgermeister arbeiten?«, scherzte Iain.

»So schlimm ist Mike nun auch wieder nicht. Außerdem muss ich doch meine neue Kollegin einarbeiten.« Gwendolyn warf Trudy einen verschwörerischen Blick zu.

»Du?«, fragte Iain überrascht.

»Du hattest recht. Nur zu Hause herumsitzen bekommt mir offensichtlich nicht, das bringt mich nur auf dumme Ideen«, sagte Trudy mit einem Schmunzeln. »Aber ich habe einen Ort gefunden, wo meine Kenntnisse über Kriminalliteratur sehr wohl erwünscht sind. In der Bibliothek ist eine Halbtagsstelle frei geworden, und Gwens Chef Desmond hat sie mir sofort gegeben. Ein wirklich netter Kerl.«

Iain brauchte einen Moment, bis er seine Stimme wiederfand. »Du weißt aber schon, dass man dort ruhig sein muss?«

»Du warst wohl noch nicht in der hiesigen Bibliothek, Iain«, meldete sich Gwendolyn lachend zu Wort. »Das ist die beste Anlaufstelle für den neusten Tratsch und Klatsch der Stadt.«

»Oje, was das wohl wird.« Iain fuhr sich verzweifelt durch die Haare.

Trudy schlug ihm nur liebevoll gegen den Arm. Zufrieden sah sie dem Geplänkel zwischen Gwendolyn und Iain zu und war froh, dass Alistairs ungewöhnlicher Tod nicht nur Schlechtes hervorgebracht hatte. Trudy hatte nicht mehr daran geglaubt, dass einer ihrer Verkupplungsversuche doch noch zum Erfolg führen würde. Also beschloss sie, die beiden noch etwas allein zu lassen, schließlich hatte sie schon genug zum Gelingen dieser Beziehung beigetragen.

»Ich werde noch ein bisschen malen gehen«, sagte sie zu Iain. »Ich arbeite an einem Bild für dich, als Ersatz für dasjenige, das ich Alistair geschenkt habe.«

»Das wäre doch nicht nötig gewesen«, antwortete Iain mit einem überraschten Blick, der sogleich in ein Lächeln überging. »Aber es wird sich sicher gut neben dem Gemälde aus McNabs Hütte machen. Gwen hat mir versprochen, dass ich es zurückhaben kann.«

»Man kann nie genug Bilder haben, schon gar nicht in so einer traurigen Junggesellenbude wie deiner.« Mit einem Zwinkern verabschiedete Trudy sich und ging in ihr Atelier. Sie nahm sich ein Glas und die neue Flasche Whisky aus der Schublade ihres Schreibtisches, goss sich einen guten Schluck ein und prostete dem halb fertigen Bild von Sean zu.

»Wir haben wahrlich beide genug Fehler in unserem Leben gemacht, aber das mit Iain haben wir gut hinbekommen.«

Sie trank den Whisky in einem Zug aus, schnappte sich einen Pinsel und machte sich an die Vollendung ihres Werks.

***

Gwendolyn sah Trudy wohlwollend hinterher. »Ich wünschte, ich hätte auch so eine Großmutter wie du.«

»Du meinst eine eigensinnige, sture und rechthaberische Frau, die nur allzu gern ihre Nase in deine Angelegenheiten steckt?«

»Ganz genau.«

Iain blickte lächelnd zur Decke und verschränkte die Arme hinter dem Kopf. »Stimmt. Ich habe mit Trudy wirklich Glück gehabt. Obwohl sie sich ein bisschen weniger in mein Leben einmischen könnte, vor allem in mein Liebesleben.«

»Sie meint es doch nur gut.«

»Ich weiß, aber das macht es nur schwerer ...«

»Das macht was schwerer?«

Iains Lächeln war verschwunden. »Sie anzulügen.«

»Hast du etwa eine geheime Beziehung, von der niemand weiß?« Gwendolyns Ton war spielerisch, aber Iain nahm auch die Neugier wahr, die aus ihren Worten sprach.

»Nein, das ist es nicht.« Iain blickte sich erst um und sah dann nachdenklich zu Gwendolyn hinüber. Sie hatte sich als erstaunlich gute Freundin erwiesen, auf die er sich auch in schweren Zeiten verlassen konnte. Aber konnte er ihr auch etwas anvertrauen, von dem bisher niemand in Dunlay etwas wusste? Von dem selbst seine Großmutter nicht die geringste Ahnung hatte?

»Geht es um deinen Ex-Freund in London?«, fragte Gwendolyn nach.

Iain blieb der Mund offen stehen. »Woher weißt du ...?«

»Ich habe Isobels und Agathas Kommentaren beim Mittagessen letzte Woche erst nicht viel Beachtung geschenkt, aber als meine Flirtversuche ins Leere liefen und als du dann auch noch so eine Sexbombe wie Shona, die sich dir förmlich an den Hals geworfen hat, komplett ignoriert hast, da dämmerte es mir langsam.«

»Vielleicht solltest du über eine Laufbahn bei der Polizei nachdenken«, schlug Iain scherzend vor.

»Reicht dir die eine Person etwa nicht aus, die sich bereits ungefragt in deine Fälle einmischt?«, antwortete Gwendolyn mit einem Lachen. »Denn wir wissen wohl beide, dass die Arbeit in der Bibliothek sie auch in Zukunft nicht davon abhalten wird.«

Ende

Danksagung

Der Fall ist gelöst, der Täter verhaftet, und nun ist es an der Zeit, den Menschen zu danken, die meine Buchreise erst möglich gemacht haben.

Danke an Nils, der mir während des gesamten Entstehungsprozesses den Rücken freigehalten und mir nicht nur mit Rat und Tat, sondern auch mit aufmunternden Worten zur Seite gestanden hat.

Danke an Ben, der mein Leben auf so viele verschiedene Arten bereichert, auch wenn er sein Bestes dafür getan hat, mich immer wieder vom Schreiben abzulenken, und damit leider auch allzu oft Erfolg hatte.

Danke an Lotta, Sophia und Frank, die zu den wenigen Personen gehören, die von der Entstehung dieses Buches wussten und mit ihrem Interesse und ihren Nachfragen meine Motivation hoch gehalten haben.

Danke an Birgit Förster, die meinem Text den letzten Feinschliff gegeben hat und ganz nebenbei noch gefühlt tausend Kommata ergänzt hat.

Danke an das Team von between pages by Piper, das meiner Geschichte einen Ort zur Entfaltung gegeben hat. Ganz besonderer Dank gilt Daniela Brandt, die mich herzlich im Verlag willkommen geheißen hat, und Elke Hittinger, die mich den ganzen Weg begleitet hat.

Zu guter Letzt möchte ich auch dir danken, liebe Leserin und lieber Leser. Danke, dass du dich dazu entschieden hast, in die Welt von Iain und Trudy einzutauchen. Ich hoffe, du hattest Freude beim Lesen und hast dabei die skurrilen Charaktere Dunlays genauso ins Herz geschlossen wie ich. Bis zum nächsten Mord in den Highlands. Cheerio!